Lothar Ruske (Hg.)

Tatorte Hessen kulinarisch

14 geschmackvolle Kurzkrimis mit 14 Rezepten

SOCIETÄTSVERLAG

Umschlaggestaltung: Katja Holst, Frankfurt am Main
Satz: Societäts-Verlag; Nicole Proba
Druck und Verarbeitung:
Bercker Graphischer Betrieb GmbH, Kevelaer
Printed in Germany 2007

ISBN 978-3-7973-1034-7

INHALTSVERZEICHNIS

ROSENTORTE (Rezept aus der Wetterau)

Zutaten für eine Torte von 26 cm Durchmesser

Für die Böden:
750 g Mehl
3 Eigelb
5 EL Wasser
3 EL Rum
750 g Butter

Für die Creme:
1 l Sahne
2 P Vanillepudding
6 Eigelb

Für die Rosenpaste:
Frische Blätter ungespritzter Rosen

Mehl, Eigelb, Wasser und Rum verkneten, Butter einarbeiten und bei 180°C 6 dünne Böden daraus backen. Vorher mit der Gabel einstechen.

Puddingpulver in etwas Sahne auflösen, restliche Sahne erhitzen und aufgelöstes Puddingpulver zugeben. Kurz aufkochen lassen. Etwas abkühlen und Eigelb unterziehen. Kalt stellen und fest werden lassen.

Rosenblätter im Mixer zerkleinern und mit der gleichen Menge Zucker vermischen.

Die Tortenböden zuerst mit Rosen- und dann mit Vanillecreme bestreichen und zusammensetzen. Mit gezuckerten Rosenblättern verzieren.

DIE TAGE AM SEE

Von Uli Aechtner

Sie lag bäuchlings auf der Wiese, auf der nackten Erde, ohne Decke oder Handtuch, das Gesicht zur Seite geneigt, die Arme weit ausgebreitet. Als wolle sie die Welt umarmen, die Erde liebkosen. Machberg fand keine Worte für das, was er bei diesem Anblick empfand.

Es war noch früh am Morgen, keine Menschenseele unterwegs. Der kleine See lag still und ruhig. Die Anwohner waren längst zur Arbeit gefahren, nach Gießen und Frankfurt. Sie würden diesen heißen Tag in klimatisierten Büros verbringen, in kühlen Bankhochhäusern.

Noch drei Wochen bis zu den Ferien. Dann würden die Schüler den See erobern. Am Wochenende kamen die Familien. Immer erst gegen Mittag. Dafür mit Decken, Plastikenten, Schlauchbooten und sogar mit kompletter Grillausrüstung. Obwohl Grillen am See verboten war. In Scharen kamen sie hier heraus, zum Hungener See. Aber immer erst gegen Mittag.

Und jetzt lag da dieses Mädchen. Ganz allein. Mit dem Bauch zur Erde. Ihm war, als hätte sie jemand für ihn hierhin gelegt. Für ihn ganz allein.

Irene schloss ihr Ferienhaus am Hungener See sorgfältig ab. Drehte den Schlüssel dreimal um, stellte dann ihre Gummistiefel vor die Haustür, drapierte Putzeimer und Lappen dazu und einen Besen. Es sollte so aussehen, als sei jemand zu Hause. Als käme der Besitzer jeden Moment zurück, um zu putzen. Sie lächelte in sich hinein. Hanno hatte sie wegen ihrer Angst vor Einbrechern immer verspottet. Aber Hanno war nicht mehr da. Das Haus gehörte jetzt ihr allein.

Es war schön, das kleine Haus. Eine verfallene Hütte war es gewesen, eine Bretterbude aus Holz, wie Hanno geschimpft hatte. Nach und nach hatte sie Hanno die Bretterbude schmackhaft gemacht. Hatte es ihm nett gemacht hier draußen am See, ihm jeden Wunsch von den Augen abgelesen. Er sollte etwas Angenehmes mit diesem Ort verbinden. Mit ihrer Bretterbude. Als sie Hanno weich gekocht hatte, ein Vorgang, der sich über einen Sommer hinweg erstreckte, da half er ihr, das Haus zu renovieren. Was heißt renovieren? Stück für Stück bauten sie die Bretterbude ab. Ersetzten sie durch ein Steinhaus, ein weißes. Die tiefblaue Holztür und die blauen Läden setzten sich klar von der strahlenden Helle des Hauses ab. Das kleine Grundstück blieb halb verwildert. Nur in unmittelbarer Nähe des Hauses hatte Irene einen Teil der Wiese gemäht und ein paar ordentlich gestutzte Büsche gesetzt. Die Wiese schien nahtlos in Seerosen überzugehen. Und die Seerosenpracht wieder in Wasser. Mitten in die Seerosen hinein führte ein Holzsteg. Klar und gerade. Meist lag ihr Seeyak darauf, lang, schmal und gelb. Der See war eigentlich zu klein für ein Seeyak. Mit drei, vier Paddelschlägen, so kam es ihr vor, war sie manchmal schon am anderen Ufer. Aber sie konnte hier kleine Manöver üben. Rückwärts paddeln. Plötzlich wenden. Die Eskimorolle. Oft lag sie auch einfach nur auf dem Boot und ließ sich treiben, bäuchlings, die Arme bis zu den Ellbogen im See, inmitten von Seerosen. Die Touristen tummelten sich am anderen Ende des Sees, ihre Stimmen drangen aus der Ferne nur schwach zu ihr herüber. Die Glocke der kleinen Kirche in Hungen war da schon lauter.

Irene setzte sich in ihren Mercedes, ließ den Motor an. Sie musste nach Frankfurt, in ihre Kanzlei. Das ganze Wochenende hatte sie hier am See zugebracht, jetzt hoffte sie, dass die Straßen frei waren. Um zwölf erwartete sie einen wichtigen Klienten. Sie warf einen letzten Blick auf den Putzeimer. Auf ihr Haus. Seit Hanno sie verlassen hatte, war es ihr Zufluchtsort. Irenes Welt. Sie hatte das Häuschen bei der Scheidung gegen Hanno und seine Familie verteidigt wie eine Löwin ihr Junges. Niemand sollte je wagen, es ihr wegzunehmen, zu beschädigen oder auch nur zu beschmutzen.

Im letzten Sommer, kurz nach der Fertigstellung des Hauses, hatte ihr einmal jemand ein Graffito an die Mauer gesprüht. Sie war sofort an ihren Laptop gerannt, hatte einen Maler in Gießen ausfindig gemacht, der binnen Stunden an den See herauskam, um die Schmiererei zu entfernen. Tagelang war sie am See entlanggelaufen und hatte jeden verdächtigt. War es der dicke Eis essende Junge? Oder sein Freund, der spillerige Dürre mit dem Irokesen-Schnitt? Konnte sie die Oma mit den wabbeligen, faltigen Beinen wirklich als Tatverdächtige ausschließen? Sie hatte sich in ihr Haus zurückgezogen, danach, für Wochen. Hatte geschmollt. Niemand hatte ihr kleines Anwesen anzutatschen, niemand.

Machberg musste eingedöst sein. Als er wieder aufwachte, war das Mädchen verschwunden. Die Wiese, auf der sie gelegen hatte, war menschenleer. Er war enttäuscht. Rappelte sich auf, schlenderte rüber zur Frittenbude. Bestellte Pommes mit Majo. Suchte den See mit den Augen nach ihr ab.

Seit sechs Wochen kam er jeden Tag hier heraus, lungerte am See herum. Manchmal saß er auch ganz einfach im Auto, die Lehne zurückgestellt, hörte Musik aus dem Autoradio und döste vor sich hin. Dachte an früher. An die Sommer hier am See. Caro, seine Frau, hatte von all dem keine Ahnung. Sie wusste auch nicht, dass sie ihn gefeuert hatten. Es lief nicht mehr gut in Bankfurt. Ein falscher Deal, nicht genug Umsatz – und man war weg vom Fenster, in diesen Zeiten. In Zukunft würde es verdammt klamm werden. Das neue Reihenhaus in Bad Homburg war noch nicht abbezahlt. Caro lag jetzt vielleicht völlig entspannt in den Taunus Thermen, hatte den Kleinen mitgenommen zum Baden und Planschen. Irgendwann würde er es ihr sagen müssen. Dass es vorbei war. Dass sie das Haus aufgeben mussten. Dass Caro sich eine Arbeit suchen musste. Er fürchtete sich davor. Er würde dastehen wie der letzte Verlierer.

Endlich sah er sie wieder. Sie kam aus den Büschen, in einem gelben ... Was war das nur? Ein Paddelboot? Sie saß etwas ungelenk darin, drehte sich einmal fast im Kreis. Sie schien den richtigen Paddelschlag noch zu üben. Das Boot war vermutlich kippelig. Jetzt steuerte sie der Drehung entgegen. Gab zu viel Druck auf das Paddel. Verlor das Gleichgewicht. Wie in Zeitlupe fiel sie ins Wasser. Das Paddel machte sich selbstständig und schwamm ein Stück vom Boot weg. Er wartete darauf, dass sie wieder auftauchte, doch er konnte sie nirgends sehen.

Drei Schrecksekunden lang stand er dumm da. Dann rannte er los, die Frittentüte noch in der Hand. Das Wasser bremste sein Tempo gewaltig. Er schob die Beine mit Kraft durch den See, arbeitete mit dem freien Arm mit. Die Fritten hielt er dabei hoch über den Kopf.

Als er bei ihr ankam – er konnte an dieser Stelle des Sees gerade noch stehen –, tauchte sie vor ihm aus dem Wasser auf. Anscheinend kam sie mit den Füßen nicht auf den Grund, sie strampelte mit Armen und Beinen wie ein junger Hund, schnaubte, spukte Wasser. Er wich zurück, Richtung Strand. Sie folgte ihm, schob dabei das Boot vor sich her.

„Darf ich mal?" Als sie offensichtlich stehen konnte, streckte sie ihre patschnassen Hände nach seinen Fritten aus. Goldgelbe Fritten in buttergelber Majo vor sonnengelbem Paddelboot. Er überließ ihr wortlos die Tüte und watete wieder in den See, um ihr Paddel einzufangen. Es war blutrot.

Als er mit dem Paddel ans Ufer kam, hockte sie im Schneidersitz auf seinem Handtuch und ließ sich seine Fritten schmecken. Andächtig schob sie sich Stück für Stück in den Mund, sah jede Fritte skeptisch an, bevor sie sie in Majo tauchte. Er lächelte. Setzte sich neben sie ins Gras.

„Öfter hier?"

„Hmm."

Die Kommunikation kam stockend in Gang. Sie mampfte, und ihm fiel nichts ein, was er hätte sagen können.

„Ihr Boot?", brachte er schließlich hervor.

„Hmm."

„Aber Sie paddeln noch nicht lange?"

„Sieht man das?“
„Hmm.“
Sie streckte sich auf seinem Handtuch aus, als gehöre es ihr, schloss die Augen und nahm ein Sonnenbad. Er ließ sich neben sie ins Gras fallen. Er dachte an Caro und den Jungen. An das Haus in Bad Homburg. Dachte an Frau Nörke, seine mütterliche Sekretärin, die ihm stets all seine kleinen Sorgen abgenommen hatte, vom Zusammenstellen lästiger Präsentationsmappen bis hin zur Auswahl von Caros Weihnachts- und Geburtstagsgeschenken. Jetzt war all das vorbei. Die Zukunft war ein weißes Loch. Ein Wirbelkreis aus Licht. Sie tat nicht einmal weh, solange man sich nicht klar machte, dass sie real war.
Mach du mal, Machberg!, hatten die Kollegen stets gesagt. Und ja, er hatte gemacht. Nur leider nicht das Richtige. Eine einzige falsche Entscheidung hatte alles vermasselt. Jetzt lag er neben einer jungen, nassen Frau im Gras, statt im Büro zu hocken. Wie fühlte sich das an?

Irgendwann wurde er unruhig. Die Sonne stieg höher und höher, brannte auf seiner Haut. Und die Frau war zu fremd. Zu nah. Zu jung.
Er sollte sie endlich küssen. Oder aufstehen und fortgehen.
„Darf ich auch mal mit dem Paddelboot?“, fragte er stattdessen.
„Klar!“ Sie war sofort wach, blinzelte zu ihm hoch. „Wir müssen nur die Prallplatte verstellen. Ich helfe Ihnen.“
„Wo haben Sie das gelernt, das Paddeln?“
Sie zuckte die Achseln. „Aus einem Buch!“
Die Antwort verwirrte ihn. Konnte man etwas so Praktisches wie Paddeln ... aus einem Buch lernen?
Er lief neben ihr her zum Wasser. Die Sonne hatte den See ins Visier genommen, wärmte ihn durch. Die ersten Tagestouristen kamen anmarschiert, besetzten lautstark die Liegewiese, steckten ihre Claims ab. Ihr Lachen drang weit über das Wasser.

Auf ihre Aufforderung hin versuchte Machberg, sich in das enge Boot zu zwängen, das in Ufernähe im Gras lag. Er passte nicht hinein. Etwas hinderte ihn, seine Füße auszustrecken. Sie lachte. Forderte ihn auf, wieder auszusteigen. Dann kniete sie sich neben das Boot, tastete mit den Händen in der Tiefe des Bugs herum. Er hatte alle Zeit der Welt, ihren Hintern zu betrachten. Er war fest und knackig, die Beine darunter waren schlank und braun gebrannt. Der Badeanzug, ein hauchdünner, roter, saß knapp und verdeckte nicht viel.

Endlich tauchte ihr Kopf wieder aus dem Boot auf, sie warf die Haare zurück. Als er sie zum ersten Mal gesehen hatte, waren ihre Haare ihm schwarz und glatt erschienen. Aber der Eindruck war nur durch die Nässe entstanden. Nun, wo sie anfingen zu trocknen, leuchteten sie brünett und ringelten sich zu Locken.

„Okay, jetzt wieder rein!“

Gehorsam stieg er wieder in das Boot. Jetzt war das, wogegen seine Füße gestoßen waren, weiter weg von seinem Körper, aber es war noch immer zu nah, um die Beine ausstrecken zu können.

„Knie auseinander!“, befahl sie streng.

Er schaute sie hilflos an.

„Das muss so sein“, erklärte sie knapp. „Die Beine müssen leicht angewinkelt sein. Sie lenken mit dem Arsch.“

Deutlicher hätte sie es nicht sagen können. Er nickte. Stieg wieder aus, mit vereinten Kräften schoben sie das Boot aufs Wasser, er verlor schon beim Einsteigen das Gleichgewicht und kippte in den See. Sie lachte. Zog das Boot wieder in Richtung Ufer, bis es nur noch drei Handbreit Wasser unter dem Boden hatte. Als er endlich drinhockte, saß das Boot auf Grund.

„Hau ruck!“

Sie zerrte und zog, dann war er plötzlich im Wasser und glitt über den See. Wortlos reichte sie ihm das Paddel.

„Schön langsam“, mahnte sie, „nicht so wild!“

Er seufzte. Tauchte erst das eine Blatt ins Wasser, dann das andere. So schwer war es nun auch wieder nicht. Das Boot drehte sich anfänglich um die eigene Achse, später dann konnte er es auf Kurs halten.

Er paddelte am Rand des Sees entlang, ganz vorsichtig. Betrachtete die Häuser am Ufer. Die kleinen, adretten, die fast wie Einfamilienhäuser aussahen. Und die Bretterbuden aus Holz, die Hippies in grauer Vorzeit gebaut zu haben schienen. Das fesche weiße Steinhaus mit den blauen Fenstern und dem hölzernen Steg, der so weit in den See hinausragte, kannte er nur zu gut. Heiß wie Glut fraß sich sein Anblick in seine Seele. Dann glitt er in die Bucht, vor der ein Schild prangte: Vorsicht! Die ganze Bucht ist Privatbesitz! Er musste laut lachen. Er fand das Schild lächerlicher denn je. Irene hatte in ihrem zweiten Sommer am See darauf bestanden, dass er es anbrachte. Und noch etwas nahm er wahr: Irene hatte das Licht im Haus brennen lassen. Seltsam. Das sah ihr gar nicht ähnlich.

Als das Paddelboot aus ihrem Blickfeld verschwunden war, atmete Rena tief durch. Was für ein Abenteuer! Zuerst hatte sie das Boot entdeckt, das einsam auf dem Steg lag. Nur probehalber hatte sie sich hineingesetzt, vorsichtig. Die Prallplatte war zu nah am Sitz eingestellt. Nach kurzem Überlegen, das alles war eher ein Spaß gewesen, hatte sie die Prallplatte verstellen wollen. Sie hatte sie gelöst und herausgezogen, eine stabile Blechplatte mit zwei abgeknickten Enden, an denen sie innen ins Boot geschraubt wurde. Und dann hatte sie es gesehen. Hinter der Prallplatte – sie war dazu da, dass der Paddler bei einem Unfall nicht ins Boot hineingezogen und darin festgeklemmt wurde – hinter der Prallplatte war mit breitem, soliden Klebeband ein Schlüsselpaar befestigt gewesen. Ein kleiner Schlüssel für die Kette, mit der das Boot festgemacht war, das erkannte sie schnell. Und ein größerer Schlüssel.

Der Schlüssel zum Haus.

Montagmorgen. Die Besitzer waren in ihre Stadtwohnungen abgereist, nach Frankfurt, Gießen, Friedberg. Dort würden sie die Woche über zur Arbeit gehen. Sie würden frühestens am Wochenende wiederkommen. Ihr Herz hatte geklopft, als sie das Haus aufgeschlossen hatte. Es war ihr gewesen, als betrete sie eine verbotene Welt.

Lange hatte sie in dem geräumigen Hauptraum gestanden und auf den See hinausgeblickt, über die Seerosen hinweg. Welch ein Friede. Dann hatte sie das Licht eingeschaltet, um alles inspizieren zu können. Das Haus war ohne falsche Eitelkeit eingerichtet. Helles Laminat überall. Ein schlichter Holztisch mit Korbsesseln. Ein alter, offenbar handbemalter Schrank. Eine Corbusier-Liege stand vor dem Fenster, die Kuhfellversion. Sie setzte sich darauf. Von hier aus konnte man über den ganzen See blicken. Sie sah die Pommesbude am anderen Ufer. Die Markierungsboje für die Tagesgäste. Habenichtse wie sie. Eine Küchenzeile war in den Hauptraum integriert. Im Kühlschrank fand Rena eine Flasche Dom Perignon. Und ein Stück Torte. Sie nickte zufrieden. Sah lecker aus.

Sie warf noch einen Blick in das kleine Bad. Ein Schlafzimmer vermutete sie im Obergeschoss. Das würde sie sich später ansehen. Sie hatte den Schlüssel an einem langen Band befestigt, das sie in einer Schrankschublade fand, hatte ihn sich um den Hals gehängt. Hatte die Haustür wie selbstverständlich hinter sich ins Schloss gezogen. Ein schönes Gefühl, reich zu sein. Sie hatte das Boot losgemacht, zu Wasser gelassen und ans Ufer gezogen. War eingestiegen und losgepaddelt. Es war ein Seeyak, ein Boot für große Seen. Es sollte die Wellen brechen, daher war es lang und schmal, aber auch ziemlich kippelig. Man musste es mit geschickten Paddelschlägen stabilisieren.

Als sie mit dem Boot ein wenig vertraut war, hatte sie sich auf den See hinausgewagt. Jedoch blieb sie immer in der Nähe des Ufers, um notfalls mit dem Boot an Land schwimmen und am Ufer wieder einsteigen zu können. Sie traute sich nicht zu, in dieses Boot im offenen Wasser einzusteigen, falls sie kentern sollte. Und dann hatte sie ihn gesehen. Er hatte am Ufer gesessen und so konzentriert in die Ferne geschaut, als stünde eine geheime Botschaft am Horizont. Sie hatte ihn einen Moment zu lange betrachtet. Hatte das Gleichgewicht verloren und war ins Wasser geglitten. Ihr Glück. Wenig später war er bei ihr gewesen.

Als Machberg von seiner kleinen Tour auf dem See zurückkam, stand das Mädchen am Ufer wie ein Statue. Hatte die Hand über die Augen gelegt und erwartete ihn reglos.

Machberg fragte sich, worauf er sich da einließ. Seit Tagen lungerte er hier am See herum, machte seiner Frau weis, er ginge zur Arbeit. Die Abfindung, die ihm die Bank gezahlt hatte, würde ihn noch eine Weile über Wasser halten, würde ihm ermöglichen, dieses Spiel den ganzen Sommer über durchzuhalten. Etliche unwirkliche Wochen mehr. Und dennoch ... Ein unwirkliches Abenteuer obendrein würde jetzt kaum noch einen Unterschied machen.

„Und? Wie paddelt sich das Boot?“, fragte sie.

„Sehr schön!“, sagte er langsam.

Das Mädchen schien Interesse an ihm zu haben. Er hatte das angenehme Gefühl, sich in ihrem Lächeln spiegeln zu können.

„Wollen wir etwas trinken?“, fragte sie.

Er zog fragend eine Braue hoch.

„Bei mir!“, lachte sie fröhlich. „Ich habe ein Häuschen hier am See.“

Sie ließ das Boot achtlos am Strand liegen – so ein teures Boot, dachte er noch – , steckte lediglich das Paddel hinein, so dass es aus dem Boot herausragte im spitzen Winkel, ein blutrotes Paddel über einem sonnengelben Paddelboot. Zielstrebig stapfte sie los. Sie hatte einen schnellen, rhythmischen Gang, obwohl sie barfuß lief. Ein Mädchen, das sich viel im Freien bewegte. Ihre Schultern leuchteten nussbraun in der Sonne, sanft floss ihr Haar darüber.

Sie hob einen Schlüssel hoch, den sie an einem Band um den Hals trug.

„Kommen Sie?“

Als sie auf der Höhe ihres Hauses ankamen, erstarrte er. Er zögerte, wollte stehen bleiben. Sie aber bog hurtig in die kurze Einfahrt ein, die Einfahrt zu dem weißen Haus mit den blauen Fenstern. Irenes Haus. Früher sein und Irenes Haus. Er atmete tief durch. War die Kleine eine Freundin von Irene? Hatte Irene sie eingeladen, hier zu wohnen?

Das Mädchen schlüpfte unbefangen ins Haus, er folgte ihr mit schweren Schritten.

„Ein sehr schönes Feriendomizil“, sagte er vorsichtig.

Sie lächelte nur. Sie war schon am Kühlschrank, dem großen, verchromten amerikanischen Kühlschrank, über dessen Anschaffung Irene und er so gestritten hatten. Sie öffnete die Tür, als hätte sie ihr ganzes Leben nichts anderes getan, als Türen von Designerkühlschränken zu öffnen, reckte ihren kleinen, festen Hintern, der immer noch in dem knappen roten Badeanzug steckte, und schaute über die Schulter zu ihm zurück.

„Tadadadamm!“ Sie hob eine Flasche Dom Perignon über ihren Kopf – Irene kaufte eben nichts Billiges – und streckte ihm ein Tellerchen mit zwei Tortenstücken entgegen.

„Kuchen gibt‘s auch! Zwei Stücke sind noch da. Für jeden eins.“

„Rosentorte!“, entfuhr es ihm. Irene hatte seinen Lieblingskuchen gebacken. Die Art, wie die gezuckerten Rosenblätter darauf verteilt waren, das war unverkennbar ihre Handschrift.

„Rosentorte? Ich wusste gar nicht, dass der so heißt.“

„Haben Sie den nicht selbst gebacken?“

„Nö. Nur selbst gekauft!“

Wie glatt sie lügen konnte. Seufzend setzte Machberg sich an den Tisch, den Tisch, den er abgebeizt, gehobelt, gewachst und hierher geschleppt hatte, vor Jahren.

„Sie haben Geschmack!“, sagte er anerkennend und umfasste den Champus, das Haus und die Einrichtung mit einer großzügigen Armbewegung.

„Danke!“, sagte sie schlicht und schob sich mit einer Hand das Haar über die Schulter zurück.

„Wie lange besitzen Sie dieses Kleinod denn schon?“

„Ich hab das Haus einer Freundin abgekauft!“

Der Satz versetzte ihm einen Schlag. Irene hatte sich dermaßen angestellt bei der Scheidung wegen dieses Ferienhauses am See. Ausgeschlossen, dass sie es verkauft hatte! Er beugte sich zu dem Mädchen vor. Ihr gebräuntes Gesicht leuchtete in den letzten Sonnenstrahlen des Tages, die schräg ins Haus fielen, die Lebenslust pulsierte unter ihrer jungen, straffen Haut.

„Du bist hier eingebrochen“, sagte er wie im Scherz und drohte ihr mit dem Finger. „Du lügst mir etwas vor!“

„Ich hab's mir nur ausgeliehen!“, kicherte sie.

„Oha!“

„Ja. Und das Boot.“

„Das Boot gleich mit?“

Seit wann paddelte Irene? Oder hatte sie einen Freund, der paddelte? Mach weiter, Machberg!

„Weißt du, dass die Besitzerin sehr zornig werden kann? Unberechenbar zornig?“ Er runzelte die Stirn bei dem Gedanken an seinen letzten Streit mit Irene. Sie hatte eine Petroleumleuchte nach ihm geworfen, hier, in diesem Raum, und er hatte sich nur so eben noch ducken können, um nicht getroffen zu werden. Die Lampe war inmitten des Zimmers zerschellt, wochenlang hatte es nach Petroleum gestunken, die Macke im Laminat musste noch zu sehen sein.

„Du machst Witze! Woher willst du die Besitzerin kennen? Ich kenne sie ja nicht einmal!“ Sie lachte leise. „Und im Ernst: Glaubst du etwa, die kommt vor nächsten Freitag hier heraus?“

„Nein!“, sagte Machberg. „Bestimmt nicht.“

Das Mädchen warf belustigt das Haar zurück. Hüpfte lachend vom Stuhl, um die Champagnergläser aus dem Schrank zu holen und auf den Tisch zu stellen. Geschickt löste sie den Draht und ließ den Korken aus der Flasche gleiten, ohne den aufschäumenden Champus zu vergießen, so schnell hatte sie ein Glas unter die sprudelnde Flasche gehalten.

„Prost!", sagte sie warm und nahm einen ersten Schluck.

„Du leihst dir nicht nur ihr Haus aus, du säufst der Hausherrin auch noch den Champagner weg. Wenn sie hier aufschlägt, wird sie dich auf der Stelle umbringen!", neckte er jetzt amüsiert und mit gespielter Strenge. „Sie stellt dich an die Wand und erschießt dich."

Das Mädchen schüttelte den Kopf. „Sie muss es geschickter machen."

„Und wie?", fragte er interessiert.

„Hm." Sie überlegte kurz. „Sie kann mir einen Schlag auf den Hinterkopf versetzen ..."

„Und dann?"

„Wenn ich bewusstlos bin, steckt sie mich ins Boot. Ohne Prallplatte. Auf dem Steg schiebt sie mich – den Bug nach vorn – ins Wasser. So, als hätte ich mich vom Steg in den See gleiten lassen. Es muss so aussehen, als hätte ich versehentlich in einem falschen Winkel angesetzt und wäre mit der Nase voraus auf den Grund des Sees gestürzt. Das Boot bohrt sich in den Boden, und ich sacke ganz tief ins Boot, klemme drin fest und komme nicht wieder raus."

Machberg schaute sie erstaunt an.

„Tja. Was wird der Gerichtsmediziner dazu sagen?"

„Dass ich vom Steg ins Wasser springen wollte, mit dem Boot. Paddler tun so etwas, das ist nichts Ungewöhnliches. Und dass ich keine Prallplatte eingebaut hatte – vermutlich, weil ich den See für nicht weiter gefährlich hielt – und mich im Boot festgeklemmt habe. Ein Paddlerunfall aus Leichtsinn."

„Okay. Und das Hämatom am Kopf?"

„Ganz einfach. Ich bin mit dem Kopf auf dem Steg aufgeschlagen, kurz bevor ich ins Wasser glitt."

„Du hast aber kein Wasser in der Lunge!"

„Das macht nichts. Ein Paddler kann an einem einzigen kalten Wassertropfen ersticken, wenn er ihn einatmet. Der Kehlkopf zieht sich dann zu. Eine Art Schockreaktion."

„Interessant!"

„Oh ja! Wenn die Gerichtsmediziner nicht allzu gründlich sind – und das sind sie selten, dazu fehlt ihnen die Zeit – dann müsste das Ganze als Unfall durchgehen!"

Irene hatte erst in Frankfurt gemerkt, dass sie ihren Laptop im Ferienhaus in Hungen vergessen hatte. Verfluchte Naht! Sie hatte am Wochenende eine Strategie für einen ihrer besten Kunden ausgearbeitet. Einen Kunden, mit dem sie sich für den nächsten Tag verabredet hatte. Und nun steckten alle Daten in dem verfluchten Laptop. Sie brauchte ihre Notizen morgen, unbedingt. Missmutig rief sie ihre Sekretärin an. Sie bat sie, die beiden letzten Nachmittagstermine abzusagen. Sie würde zurückmüssen, an den See. If you get a lemon, make lemonade. Wenn das Leben dir eine Zitrone gibt, mach dir eine Limonade daraus, das war Irenes Sprichwort seit Kindertagen. Sie würde zurückfahren und den Laptop holen. Und sie würde sich einen weiteren schönen Abend am See gönnen. Sie hatte noch etwas von der Rosentorte im Kühlschrank, die sie für eine Feier mit den Ferienhaus-Nachbarn gebacken hatte. Und zwei Flaschen Dom Perignon. Sie würde Champagner trinken, sich auf ihr gelbes Paddelboot legen und im Dämmer über den See treiben.

Caro lenkte ihr offenes Cabrio in die Tiefgarage der Bank. Als sie an Hannos Parkplatz vorbeikam, stellte sie mit Schrecken fest, dass er leer war. Wo zum Henker steckte ihr Mann? Sie hatte ihn schon x-mal angerufen, um ihn zu fragen, ob sie das Ferienhaus in der Toskana für nächsten Sommer buchen solle. Und immer hatte seine treue Sekretärin behauptet, er sei in einem Meeting. Diese verstaubte alte Schachtel! Caro musste der Ferienhaus-Agentur Bescheid geben, sonst würde das nächstes Jahr mit dem Urlaub in der Toskana nichts mehr. Und überhaupt: Was machte Hanno den ganzen Tag in Meetings? Nun war auch noch sein Parkplatz leer. Missmutig lenkte sie ihr Cabrio in Hannos Parklücke und stieg aus. Den Kleinen hatte sie bei ihrer Mutter gelassen, um so viel Bewegungsfreiheit wie möglich zu haben. Mit Riesenschritten stob sie durch das Parkhaus, das Treppenhaus hoch und dann gleich in Hannos Büro. Seine Sekretärin lächelte unsicher, als sie Caro erkannte.

„Hallo, Frau Machberg! Sie suchen Ihren Gatten?"

„Was soll das Theater?", giftete Caro die gepflegte ältere Dame an. Hanno hatte über seine Sekretärin nur Gutes erzählt. Demnach war sie absolut zuverlässig, diskret, blitzgescheit, loyal und von schnellem Entschluss. Lauter Eigenschaften, die eine Frau nicht gern über eine andere hört. Doch glücklicherweise war Adelheid Nörke an die sechzig und sah aus wie eine Kreuzung aus einem Ozzy-Osborne-Imitat und einem Honigkuchenpferd.

„Was ist los?", fragte Caro unumwunden und krallte sich an ihrer Handtasche fest.

„Dr. Machberg ist ..."

„Ja?" Caro hielt den Atem an. Sie machte sich auf alles gefasst.

„... nicht da!", sagte die Nörke tonlos und zuckte die Achseln.

Caro strafte sie mit einem bösen Blick.

Adelheid Nörke stach der Hafer. „Nun ja", gab sie zögernd nach. „Ehrlich gesagt, hat er ein paar Tage frei. Als er noch mit seiner ersten Frau verheiratet war, ist er dann immer in sein Ferienhaus am Hungener See gefahren."

Das saß. Machbergs Derzeitige schnaubte wütend, bevor sie sich auf dem Absatz umdrehte und wortlos das Büro verließ.

Als die Sonne unterging, sah es aus, als fiele sie in Zeitlupentempo in den See. Machberg und das Mädchen saßen auf dem Steg, randvoll gefüllte Champagnergläser in der Hand. Sie hatten eine zweite Flasche im Kühlschrank gefunden und hatten auch diese geköpft. Machberg hatte dem Mädchen seinen Pulli geliehen, Rena hatte ihn über den Badeanzug gezogen, den sie immer noch trug. Die Nacht roch nach Seerosen und Algen. Machberg fühlte sich wie verzaubert. Er hatte ganz vergessen, wie schön es hier sein konnte. Und nun saß er hier, hatte sein altes Ferienhaus wieder und eine junge Frau dazu. Wohlig spürte er, wie das Mädchen ihren Kopf an seine Schulter lehnte.

Als der See in der Dunkelheit kaum noch auszumachen war, beschloss Rena, nach Hause zu gehen. Machberg verspürte ein Ziehen unterhalb des Magens und ein schwindeliges Gefühl im Kopf. Er hätte das Mädchen gern bei sich behalten, auf der anderen Seite hatte es sein Gutes, wenn sie heimging. So konnte er nichts überstürzen. Er hatte sie noch immer nicht nach ihrem Alter gefragt. Nur ihren Namen kannte er inzwischen.

Er nahm den flüchtigen Kuss entgegen, den sie ihm zum Abschied auf die Stirn drückte. Schaute ihrem Schatten nach, der mit der schwarzen Nacht eins wurde.

Als Rena in dem kleinen Zimmer, das sie im Dorf gemietet hatte, aufwachte, fühlte sie sich rundum wohl. Über Nacht war sie zu einem Boot, einem Haus und einem Mann gekommen. Nun gut, der Mann war schon etwas älter. Aber genau das machte ihn auch interessant. Er schien nicht so unbeherrscht und ungeschickt zu sein wie die Jungen aus dem Dorf. Und er war nicht so direkt und ordinär wie die Lastwagenfahrer, die an die Tanke kamen.

Sie beschloss, zum Bäckerladen zu laufen und ihrem neuen Bekannten frische Brötchen mitzubringen, überlegte es sich dann aber anders. Eine innere Unruhe trieb sie mit Macht in das kleine Haus am See. Und ... stand da nicht noch dieser Kuchen im Kühlschrank?

Eine große, kräftige Frau machte Rena die Tür auf. Sie trug ein teures Kostüm. In der Hand hielt sie einen Becher Kaffee. Ein paar Aktenordner und einen Laptop hatte sie nahe dem Eingang zurechtgestellt, als wolle sie jeden Moment damit abreisen.

„Ja, bitte?“, fragte sie abweisend.

Das musste die Hausbesitzerin sein. Die Frau, der das gelbe Boot gehörte. Was machte die hier? Mitten in der Woche? Hatte Machberg sie rechtzeitig kommen hören? Konnte er ungesehen abgehauen sein?

Fieberhaft suchte Rena nach einer Antwort. Nach einem Satz, der einigermaßen gescheit klang.

„Das sind doch alles Ferienhäuser hier am See“, hörte sie sich sagen. „Ich wollte mal fragen, ob Sie Ihr Haus nicht vermieten möchten? Nur für ein paar Wochen. Ihres gefällt mir am besten.“

Rena hatte noch nicht ausgesprochen, da schüttelte die Frau schon den Kopf. Doch ebenso plötzlich besann sie sich anders.

„Kommen Sie rein!“, bat sie. „Viel Zeit habe ich nicht, aber einen kleinen Moment ...“

„Ja, danke!“

Rena ging rasch zu dem schönen alten Holztisch hinüber und nahm am Kopfende Platz. Hier hatte sie gestern mit Machberg gesessen und Champus getrunken. Wo er nur stecken mochte? Warum hatte er sich noch nicht gemeldet?

„Möchten Sie vielleicht ein Stück Kuchen?“, fragte Irene freundlich. „Ich habe Rosenkuchen im Kühlschrank. Selbst gebacken.“

Ihre Besucherin sah nicht so aus, als könne sie sich ein Ferienhaus leisten. Und dass Sie sich so zielstrebig an ihren Tisch setzte, das verriet ihr, dass ihr junger Gast schon einmal hier gewesen war.

Ein grauenhafter Verdacht stieg in ihr auf. Was, wenn Machberg ... Wenn er mit der Kleinen ...

Hier in *ihrem* Haus? Doch wohl nicht in *ihrem* Bett?

Sie servierte ihrer Besucherin ein Stück Rosenkuchen, sah zu, wie sie aß. Und versuchte, ihre Gedanken zu ordnen.

Als sie gestern zurückgekommen war, um ihren Laptop zu holen, hatte sie sofort gesehen, dass die Matte schief vor der Tür lag. Und dass ihr rotes Paddel in der Küche an der Wand lehnte.

Sie hatte vorsichtig danach gegriffen und war durchs Haus geschlichen, um möglicherweise einem Dieb aufzulauern.

In ihrem Bett hatte sie ihn gefunden. Er lag auf dem Bauch, einen Arm angewinkelt, den Kopf darin geborgen. Sie hatte nur einmal zugeschlagen. Dass *er* es war, hatte sie erst gesehen, als sie ihn umdrehte. Im ersten Moment war sie zu Tode erschrocken. Aber dann hatte die Wut sie übermannt. Sie hatte ihn an den Füßen gepackt und zum See geschleift. Mit letzter Kraft hatte sie seine Beine in das Kajak gepfercht und Mann und Boot vom Steg gestoßen. Luftblasen waren aus dem See aufgestiegen und hatten sie zufrieden gestimmt. Er war nur bewusstlos, versuchte, dort unten zu atmen. So drang Wasser in seine Lungen. Tod durch Ertrinken. Ein Paddlerunfall. Das Hämatom am Kopf würden sie dem Aufschlag auf dem Steg zuschreiben, wenn sie nicht allzu sorgfältig waren. Und wann waren sie das schon?

„Besitzen Sie das Ferienhaus schon lange?“, fragte Irenes Besucherin.

„Es ist mein Ein und Alles!“, sagte Irene leise und schaute versonnen über den See. „Möchten Sie noch ein Stück Rosenkuchen? Eins ist noch da.“

„Ja gern“, sagte Rena kauend.

„Kein Problem!“

Irene blickte flüchtig zum Kühlschrank hin, in dem das letzte Stück Torte darauf wartete, verzehrt zu werden. Doch es schien, als spräche sie zu ihrem blutroten Paddel, das griffbereit neben dem Kühlschrank an der Wand lehnte.

METZELSUPP (Schlachtsuppe)

Zutaten für 6 – 8 Personen:
2,5 l Wurstbrühe (vom Metzger)
1 Blutwurst, möglichst ungeräuchert
1 Leberwurst
2 Zwiebeln
1 EL Schweineschmalz oder Wurstfett
Salz
Pfeffer
Majoran
Thymian

Die Brühe auf die Hälfte einkochen. Zwiebeln schälen und klein würfeln. Würste häuten und mit einer Gabel gut zerdrücken. Fett zerlassen und die Zwiebelwürfel darin goldgelb braten. Wurstmasse dazugeben, mit Salz, Pfeffer, Majoran und Thymian sehr kräftig würzen und die Masse 10 Minuten bei geringer Hitze braten lassen. Dann alles in die Brühe rühren. Die Metzelsupp noch 10 Minuten bei offenem Topf köcheln lassen. Kräftig abschmecken.

Als Beilage reicht man am besten Bauernbrot, dick mit Wurstfett bestrichen.

DER LIEBE GOTT UND DIE NACHBARN

Von Cornelia Christina Anken

Der liebe Gott hört alles. Auf der Ladefläche stoßen die gefüllten Metallschalen gegen das Warndreieck. Das klappert ganz laut, auch die Deckel von den Schalen. Und das hört er. Der liebe Gott sieht auch alles. Jedes Kind weiß das doch. Deswegen macht es auch keinen Sinn, *heimlich* über die rote Ampel zu fahren, nachts, bei Regen, wenn's auch sonst keiner merkt. Gott weiß es eben doch. So gesehen gibt's nämlich gar kein heimlich, jedenfalls nicht vor ihm. Aber die Ampel, die habe ich wirklich aus Versehen überfahren, das hab ich gar nicht gewollt, das war keine Absicht.

Und weil Gott alles sieht, weiß er auch, dass ich das eben war. Das Autodach zwischen uns, das zählt da nicht, das ist wie Glas für ihn. Ist auch gar nicht schlimm, wenn er da durchgucken kann. Da sieht er dann nämlich auch in meinen Kopf hinein. Auf den Schmerz unter der Schädeldecke. Der ist riesig. Der hämmert und der ist rot. Der hämmert, als hätte ich was Schweres gegen den Kopf bekommen.

Und deswegen ist's auch gut, dass Gott durch alles durchgucken kann. Mit so farbigen Kopfschmerzen merkt man nämlich nicht immer gleich, wenn die Ampel umspringt. Das weiß er ganz bestimmt. Ich denke, da lässt er dann auch milde Umstände gelten. Selbst wenn ich nicht weiß, ob er selbst auch mal Kopfschmerzen hat, der liebe Gott.

Mutter hat das manchmal gesagt: Das sind milde Umstände. Eigentlich heißt es ja mildernde Umstände, nur eben nicht bei ihr. Wenn sie das auf ihre Art gesagt hat, war alles in Ordnung. Dann konnte sie sogar die Hand auf meinen Kopf legen. Nicht zum Streicheln, einfach nur, um sie dort liegen zu lassen. Ein bisschen draufzudrücken vielleicht auf den Scheitel, wo sich die roten Haare teilen. Aber nicht so, dass es gleich wehtut. Nur so ein wenig runter. Und vielleicht doch noch ein wenig doller. Aber nicht viel mehr. Das waren ihre milden Umstände. Heute gab's nur andere Umstände. Denn wenn ich mal so richtig drüber nachdenke, dann hab ich ja wirklich was an den Schädel bekommen. Den Hackklotz nämlich. Und deshalb drückt's heute auch mehr als nur ein bisschen.

Bestimmt hatte der Papa die ewig fliegenden Hackklötze auch satt. Das kann schon der Grund sein, denke ich, weswegen er sich am Ende in die Badewanne gelegt hat.

Das war vielleicht eine Sauerei, als das Wasser übergeflossen ist, so warm und rot. Wie beim Schlachten eben. Ist durchs ganze Haus gelaufen, das warme Wasser mit seinem ganzen Blut drin. Ist ja auch echt viel Blut in einem Mann, vielleicht so viel wie in einem Schwein. Nur dass sich die Schweine eben nicht selber umbringen. Das wäre ja noch schöner.

Vielleicht lag's aber auch an meinen roten Haaren, dass er sich in die Badewanne gelegt hat. Weil die Mutter doch immer zum Pfarrer rennt und dem seine Haare grade so rot sind wie meine. Hat der Papa nämlich gesagt: Das Kuckuckskind mit den roten Haaren vom Pfarrer, der Bankert, der alte. Als ob ich dem Pfarrer einfach die Haare geklaut hätte und aufgesetzt wie die Indianerhaube. Aber das stimmt schon: Außer mir hat in der ganzen Familie keiner rote Haare. Rot wie die Feuerwehr, das haben die Kunden und die Nachbarn auch oft gesagt, und grad so rot wie beim Pfarrer. So hieß es immer, wenn sie mich gesehen haben – nur wenn die Mutter dabei war, dann nicht. Als ob das ein Geheimnis wäre, das man vor ihr hat, und gerade die Mutter blind wär und das nicht selber merken täte, wie rot meine Haare sind.

So eine Sauerei, hat die Mutter gerufen, als sie den Papa gefunden hat. Und: Haben wir denn keinen Dachboden mit Balken? Jetzt geht die ganze Blutwischerei auch noch im Bad los. Aus den Kachelritzen kriegt man das doch gar nicht mehr richtig raus. Ja, lieber Gott, so eine dreckige Bescherung!

Ist nicht immer leicht auszuhalten mit der Mutter, der Sauberkeit, der Kirchenrennerei und dem lieben Gott.

Lieber Gott, sei unser Gast und segne, was Du uns bescheret hast, hat die Mutter vor jedem Essen gebetet. Der Papa und ich haben dabei immer still auf die Teller vor uns runtergeguckt, wo die Würste drauflagen und das Fleisch, das nicht verkauft worden ist.

Ich weiß ja nicht, was der Papa gedacht hat, aber ich hab immer drauf gehofft, dass der liebe Gott endlich mal bei uns zu Gast ist. War er aber nie. Mitgegessen hat er jedenfalls nicht, nicht von meinem Teller. Der wurde nämlich nicht leerer durch ihn.

Dabei hab ich mir das doch immer so gewünscht, dass ich das nicht alles alleine aufessen muss. Das esse ich doch gar nicht gerne, das Fleisch und die Würste. Das ganze Zeugs von den toten Tieren.

So gerne hätte ich mal was aus Soja gegessen, vielleicht eine Tofu-Frikadelle oder ein Soja-Würstchen. Aber nix da, immer nur Rippchen und Haspel und Rouladen mit ein bisschen Kartoffelbrei dabei oder Tiefkühlspinat.

Bei anderen Leuten gibt's schon so Sachen zu essen. Das habe ich im Laden gehört, wenn sie nicht über meine Haare geredet haben oder über das Wetter.

Uns kommt so was nicht auf den Tisch, fand die Mutter. Das gehört sich nicht für Metzgersleut. Wo kommen wir denn da hin, mit einem Metzgerssohn, der gern Vegetarier wäre, so ein jämmerlicher Körnerfresser? Was sollen denn da die Kunden denken. Essen ihre eigenen Sachen nicht – ja was soll denn das für eine Werbung sein? Man muss doch mit gutem Beispiel vorangehen.

Ganz bestimmt aber hört bei mir das gute Beispiel bei der Metzelsupp auf. Die gibt's nach jedem Schlachten bei uns, aber da mach ich nicht mehr mit. Schon lange nicht mehr. Da leg ich mir doch lieber gleich selbst die Bibel auf den Kopf. Gern auch ganz lange. Alles, nur nicht wieder die Kotzerei die ganze Nacht.

Trotzdem sind die Hasen am schlimmsten. Schlimmer noch als die Metzelsupp. Weil bei den Hasen könnt ich schon kotzen, bevor sie auf dem Teller liegen. Aber nicht, weil die eklig sind, sondern weil sie vorher so niedlich sind.

Such dir mal einen von unseren Hasen aus, hat die Mutter gesagt, als ich noch ganz klein war. Und später auch, immer wieder mal. Dann bin ich zu den Ställen hinter dem Haus und hab mir den schönsten Hasen ausgesucht oder den liebsten. Auf den hab ich mit dem Finger gezeigt. Wusste doch gar nicht, wofür ich den raussuche. Hab ja auch gar nicht verstanden, warum die später immer alle weg waren, die lieben, schönen Hasen.

Bis dann eines Tages der Dippehaas auf unserem Mittagstisch stand. Und die Mutter losgeschimpft hat: Na, da haste aber einen feinen Hasen ausgesucht. Der ist ja ganz zäh – und das am heiligen Sonntag. Zum Glück essen wenigstens wir den jetzt. Zum Glück hat den keiner von den Kunden erwischt.

Von dem Hasen hab ich aber doch nix essen können. Also nicht etwa, weil der zäh war. Nein, weil der so niedlich war, als er noch gelebt hat. Bevor ich ihn ausgesucht hab. Das war ja immer ein Todesurteil, wenn ich was ausgesucht hab. Das hab ich doch gar nicht gewollt, dass die sterben, die hab ich doch nicht mit Absicht ausgesucht.

Da konnte die Mutter aber ganz böse werden, wenn man nichts gegessen oder nicht aufgegessen hat. Also hab ich doch erst alles runtergewürgt und später ausgekotzt. Da konnte die Mutter aber noch viel böser werden. Fürs Kotzen gab's nie mildernde Umstände. Im Gegenteil, wenn man gar nicht mehr dran gedacht hat, dann kam der Hackklotz geflogen oder auch mal die Messer. Weil's der Mutter grade wieder hochkam. Also nicht das Essen, sondern dass man nicht pariert hatte oder doch pariert hat und dann gekotzt.

Deswegen fahre ich ja auch durch die Nacht, obwohl's kleine Ferkel regnet. Und der Regen es so aussehen macht, als ob sich das Rote aus meinem Kopf in der Windschutzscheibe spiegelt. Aber das ist gar nicht so: Denn gelb sind die Schmerzen nicht. Und grün schon gleich gar nicht. Deswegen weiß ich, es ist wieder nur eine Ampel, die umspringt. Diesmal halte ich gleich an. Jetzt bin ich nämlich nicht mit Gott alleine, der durchs Dach und durch meinen Kopf sehen kann.

Jetzt sehe ich nämlich blau.

Das liegt daran, dass da die Polizei steht und mich rauswinkt. Die stehen gerne an den Bundesstraßen und kontrollieren. Und die Polizei kennt keine mildernden Umstände, wenn man nicht anhält. Also bleib ich wohl besser stehen und kurbel das Fenster runter.

„Guten Abend: Führerschein und Fahrzeugpapiere bitte!"

„Jawoll, die Herren", sag ich und reich denen die Sachen gleich raus.

„Wo geht's denn hin? Haben wir was getrunken?"

Na ja, wenn ich mit denen was getrunken hätte, müssten die das doch eigentlich wissen, aber das sag ich jetzt besser mal nicht. Nur was ich sagen soll, ist jetzt ziemlich schwierig, mit den ganzen Schalen hinten im Kombi drin, weil die sind ja nicht leer.

„Ne", sag ich. „Getrunken haben wir nicht. Tun wir nie. Danach darf man nämlich nicht mehr Auto fahren! Und man muss doch auch immer mit gutem Beispiel vorangehen! Immerhin muss ich ja fahren", sag ich und zeig draußen auf die Tür. Da steht nämlich *Metzgerei Schwaberl – seit hundert Jahren gut im Fleisch*. „Ich mach doch heut Nacht Partyservice." Und dabei zeig ich dann nach hinten zur Ladefläche, wo die Schalen gegen das Warndreieck stoßen. Jetzt natürlich nicht, denn ich steh ja noch. Das ist auch besser, wenn es nicht klappert. Dann gucken sie vielleicht nicht so genau hin. Das wäre richtig ungünstig, wenn die reinsehen wollten in die Schalen. Sonst ist denen nämlich gleich ganz schnurz, ob ich dazu noch was getrunken habe.

Aber so weit geht das Interesse zum Glück doch nicht, und sie winken mich durch. Und sie lachen.

Und „Gute Fahrt!" wünschen die mir auch noch.

„Gleichfalls", sag ich. Als ob das 'ne gute Fahrt sein könnte, nachts bei Regen auf der B8 von Hanau aus auf den Glauberg. Mit Kopfschmerzen zum Blödwerden!

Aber da wollte ich doch schon immer mal hin mit dem Papa und der Mutter. Und wenn ich nicht heute Nacht fahre, komme ich da bestimmt nie mehr hin. Bestimmt nicht.

Nur leider hören die Schmerzen nicht einfach auf, bloß weil die Polizei einem 'ne gute Fahrt wünscht.

So rot sind die Schmerzen wie die Federn von meiner alten Indianerhaube. Die mochte ich gern. Die war gekauft. Die hat mir die Nachbarin geschenkt, die keine Kinder hatte.

Nein, selbst gebastelt war die nicht, wie die von den anderen Kindern früher. Die hatten so Bussardfedern und Taubenfedern in ihren Hauben und was sie sonst so aufgelesen haben. Also nicht vom Spatz oder so, die sind zu klein für einen richtigen Indianer. Die kann man sich höchstens ins Haar knoten, darf man nur eben nicht wegen den ekligen Milben.

Die sind nicht gut genug für dich, hat Mutter gesagt, die Nachbarskinder. Nicht wegen den falschen Indianerhauben, sondern weil sie kein eigenes Geschäft haben wie wir. Wir haben ja doch unsere Metzgerei: alter Familienbesitz schon seit Urzeiten. Die gehört der Familie von der Mutter, schon vom Urgroßvater her oder sogar schon von zwei Urs. Nein, dem Papa hat die nicht gehört, der durfte nur da arbeiten. Weil er nämlich die Mutter geheiratet hat. Hat sie jedenfalls immer so zu ihm gesagt: Konnte dir doch gar nichts Besseres passieren, Walter, als mich zu heiraten. So 'ne gestandene Metzgersfrau. Da kannste gar nicht dankbar genug sein. Da haste ja 'ne gute Partie gemacht. Mit mir und so einer alteingesessenen Metzgerei, Walter.

Das sind wir nämlich, alteingesessen. Und wer das ist, den kennt jeder. Der ist bekannt wie ein bunter Hund. Deshalb muss man immer mit gutem Beispiel vorangehen, sagt die Mutter. Das ist ganz wichtig, denn Hanau ist auch nur eine Stadt aus Dörfern, wo jeder jeden kennt. Wo die Gardinen wackeln, wenn man vorbeigeht, sagt die Mutter. Wir haben doch einen Ruf zu verlieren.

Und deswegen kommt auch Reinlichkeit gleich nach Gottesfürchtigkeit. Was sollen denn die Kunden denken, wenn es bei uns dreckig ist? Deswegen war das Spielen mit den Nachbarskindern meist verboten. Ein Kind macht schon genügend Dreck. Wo kommen wir denn da hin, wenn hier noch andere Blagen rumtoben? Ja, wo kommen wir denn da hin? So hat die Mutter immer gefragt.

Andere Kinder sind schon wo hingekommen, selbst wenn die ihren Eltern sicherlich auch mal Dreck beschert haben, denke ich. Trotzdem sind die Eltern wohl ab und an mit denen irgendwo hingefahren. In den Urlaub oder auch nur auf einen Ausflug. Davon haben sie jedenfalls oft erzählt in der Schule. Die waren am Meer oder in den Bergen. Das kenne ich alles gar nicht. Das kostet nämlich Geld, das irgendwo Hinkommen. Geld, das vielleicht andere Leute haben, auch wenn ihnen keine Metzgerei gehört, wir aber nicht. Obwohl ich das mit dem Geld als Grund gar nicht so verstanden habe, denn am liebsten wäre ich eben einfach nur mal auf den Glauberg gefahren mit den Eltern. Das sind doch nur dreißig Kilometer. Da fährt man gar nicht lange, höchstens 'ne halbe Stunde, wenn's hochkommt. Wenn einen nicht die Polizei anhält, um in die Schalen zu gucken. Das kann ja nun doch nicht so teuer sein, das Benzin für so ’n kleines Stück Fahrt.

Bub, was willste denn nur dort, hat der Papa gefragt. Dabei weiß doch jeder, dass da die Kelten gewohnt haben, oben auf dem Glauberg. Da siehste nur 'nen Hügel mit Bäumen. Trotzdem hat er irgendwie traurig geguckt. So, als wär ein Hügel mit Bäumen nicht das Schlechteste, was man so sehen kann. Frag die Mama, hat er gesagt.

Willst dich wohl vor der Arbeit drücken, hat die Mutter gesagt. Schlag dir die Flausen besser aus dem Kopf. Für so was haben Geschäftsleute gar keine Zeit. Wo kommen wir denn da hin, wenn jeder macht, wonach ihm der Sinn grad steht? Wisch du lieber mal die Theke. Das ist nötig.

War nicht immer leicht, irgendwo hinzukommen. Weil doch immer alles frisch gewischt war. Wegen der Kunden. Und die Wohnung hinter dem Laden darf ja auch nicht schmutziger sein, wegen der Nachbarn, wenn die zu Besuch kommen.

Natürlich ohne Kinder. Deswegen: immer wischen, erst feucht, dann alles trocknen. Und da darf man dann nicht durchlaufen, sonst fängt die ganze verdammte Plackerei wieder von vorn an mit dem Feudel und dem Eimer. Geht höchstens heimlich in Socken, dass man da drüberläuft über das frisch Gewischte. Wenn man mal aufs Klo muss, wenn es noch feucht ist, ist das ganz schlecht. Vor allem, wenn's dringend ist und man vergisst, die Schuhe auszuziehen. Da gibt's keine mildernden Umstände für. Dafür gibt's wieder die Bibel auf den Kopf wegen dem Dreck, den man nun schon wieder gemacht hat.

Die Bibel ist ja kein schweres Buch, jedenfalls nicht an sich. Wiegt ja nicht mal so viel wie 'ne ordentliche Schweinshaxe. Aber wenn sie einem auf dem Kopf liegt, muss man schon stille halten, damit sie nicht runterfällt. Dann kommt sie einem schon gleich schwerer vor. Vor allem, wenn man die Hände dabei ausstrecken muss. Gaaaanz waagerecht. So lange, bis einem alles flimmert vor den Augen. So lange, bis einem die Bibel dann doch vom Kopf fällt. Das gibt erstmal Schläge, denn: wer den Herrn Jesus fallen lässt, lässt Gott fallen. Und wer Gott fallen lässt, muss ab ins Kühlhaus. Ohne Essen. Bis die Lippen blau sind und die Hände auch. Bis man gar nicht mehr weiß, ob's schon dunkel ist oder noch hell draußen, wo die Kinder ohne eigenes Geschäft spielen.

Das ist nicht toll im Kühlhaus bei den toten Schweinen. Die guckt man sich nur am Anfang neugierig an und spielt ein bisschen mit den Zungen oder fährt das geteilte Rückgrat nach. Oder man sieht sich die Hasen an, wie sie so nackig da hängen, gar nicht mehr flauschig und mit so ekligen Augen. Ganz glasig sind die. Da weiß man auch gar nicht mehr, mit welchem Hasen man mal gekuschelt hat, heimlich, wenn's die Mutter nicht gemerkt hat.

Man kann auch mit den Innereien spielen, aber dabei wird einem auch ziemlich kalt. So eine Kälte ist das da drin, dass man wirklich etwas Schlimmes getan haben muss, um da reinzugehören so für ein paar Stunden. Machen ja aber auch nur schlechte Kinder: den Herrn fallen lassen und durchs Gewischte laufen. Wo Mutter doch den Herrn Jesus, unseren Erlöser, so liebt und immer ganz rote, rissige Hände davon gehabt hat. Also vom Wischen, meine ich. Und vom Auswaschen der ganzen Metallschalen, wo die Lebern drinliegen und das Gehackte. Macht ihr doch auch keinen Spaß, in der Mittagspause alles auszuräumen, die Schalen zu putzen und dann wieder mit allem hinein damit, das ganze glibberige Zeugs, die toten Tiere und so.

Muss aber so, wegen der Kunden. Die verdienen es doch sauber. Sind ja auch immer so nett. Was für ein liebes Kind, so ruhig und friedlich!, haben sie früher immer über mich gesagt, genau wie die Nachbarn, und: Trägt einem immer die schweren Taschen nach Hause. Könnte sich mein Kind mal 'ne Scheibe von abschneiden!

Das wäre ja noch schöner, wenn sich die anderen Kinder auch noch was von mir abgeschnitten hätten, anstatt mich nur zu vermöbeln. Abschneiden, als wäre ich ein Schinken, wo man grad was von abschneiden kann. Und wo's dann auch ein bisschen mehr sein darf. Ja, ja, so ein liebes Kind, hat die Mutter dann auch gesagt. Egal, ob ich zuvor im Kühlhaus war oder allein auf meinem Zimmer. So ein lieber Bub, der macht einem keinen Ärger.

Und jetzt fährt er bei Regen durch die Nacht. Der Bub. Denn das bleibt man wohl oder übel, ihr Kind. Lebenslänglich. Auch wenn man schon groß ist und neunzehn Jahre und alt genug, Tag für Tag in der Metzgerei zu arbeiten. Immer zu helfen, all die Schalen sauber zu bekommen. Das hat sie jedenfalls immer gesagt: Du bleibst immer mein Kind. Glaub bloß nicht, dass du mal hier wegkommst. Du machst schön die Hauptschule und übernimmst den Laden. Für mehr reicht's bei dir eh nicht. Bild dir das mal nicht ein. Du wirst Metzger.

Und damit hat sie ja vielleicht auch Recht gehabt, denn die Schalen habe ich ja nie sauber bekommen. Sauber genug. Das kommt von den Bakterien. Die sieht man nicht, obwohl sie immer da sind. Wie Gott. Der ist auch immer da, und man sieht ihn nicht. Aber die Mutter kann sie wohl doch sehen, die Bakterien, auch wenn ich sauber gemacht habe.

Reinlichkeit kommt gleich nach Gottesfürchtigkeit, hat sie heute wieder gesagt. Und dann hat sie mir den Hackklotz an den Kopf geworfen und das Beil gleich hinterher. Na, wenn das die Nachbarn gesehen hätten. Oder die Kunden. Aber so was macht die Mutter ja nur, wenn der Laden abgeschlossen ist, in der Mittagspause, am Abend oder am heiligen Sonntag.

Jetzt ist der Laden auch geschlossen. Da hängt auch schon das Schild dran. Das war noch vom Papa übrig: *Wegen Trauerfall geschlossen*. Was sollen denn die Leute denken, wenn wir nicht einen Tag schließen, wenn der Metzger stirbt, hat die Mutter gesagt. Bub, mal mal ein Schild!

Das hätte ihr jetzt aber wirklich gefallen, der Mutter, dass wir das Schild jetzt zweimal benutzen. Wegen der Sparsamkeit nämlich. Sparsamkeit ist auch ganz wichtig. Deswegen waren auch oft meine Hosenbeine zu kurz und die Hemdsärmel. Da haben die anderen Kinder drüber gelacht. Die, die mit ihren Eltern in den Urlaub gefahren sind. Dem Feuermelder sind die Ärmel eingelaufen, haben sie gerufen, bevor sie mich verkloppt haben.

Wehr dich halt, hat die Mutter gesagt, wenn ich mit den blauen Flecken überall heimkam. Wehr dich halt, oder willst du werden wie dein Vater?

Wehr dich halt, hat sie nie gesagt, wenn sie mich verkloppt hat oder mit dem Hackklotz nach mir geworfen. Gegen die Mutter darf man nämlich auch gar nicht die Hand heben. Auch nicht, wenn man eben schon neunzehn ist. Vater und Mutter muss man nämlich ehren. So steht das in der Bibel, egal, ob man sie nun auf dem Kopf hat oder sie nur bei der Mutter auf dem Nachttisch liegt. Deswegen hab ich mir das auch immer alles gefallen lassen. Auch das Schimpfen, und das konnte sie lang und breit.

Dass ich ein guter und ein lieber Bub bin, hat sie nämlich nur zu den Nachbarn und den Kunden gesagt. Ansonsten war sie nicht nur bei den Kleidern sparsam, sondern auch meist bei den Worten. Obwohl man die ja nicht wie das Gesparte auf die Bank tragen kann, damit es dafür Zinsen gibt, von denen wir den neuen Mercedes kaufen.

Wir haben ja einen Ruf zu verlieren, weil wir anständige, fleißige und sparsame Leute sind. Und deswegen auch der neue Mercedes. Und weil es keine Schande ist, wenn man zeigt, dass man es zu etwas gebracht hat. Ganz im Gegenteil, das darf ruhig jeder sehen und wissen.

Durfte aber keiner wissen, wenn die Mutter mich abends zu sich ins Schlafzimmer gerufen hat. Dorthin, wo die Bibel auf dem Nachttisch liegt und wo der Papa schon lange nicht mehr geschlafen hat. Weil er nämlich in die Wohnung unterm Dach gezogen ist. Dorthin, wo früher die Großeltern gewohnt haben. Dorthin, wo's zwar Balken gibt, aber eben auch eine Badewanne. Aus der dann das Wasser durchs ganze Haus geflossen ist, warm und rot. Nur weil ich rote Haare und die Nase vom Pfarrer habe. Vielleicht aber auch, weil die Mutter immer gesagt hat, der Papa wär ja kein ganzer Mann. Der wär ja nur fürs Schlachten zu gebrauchen.

Das ist unser Geheimnis, Bub, hat die Mama geflüstert, wenn sie auf dem Bett gesessen und den Bademantel zurückgeschlagen hat. Bist ein lieber Bub, hat sie dann gemeint und mich ganz fest an sich gedrückt. Oder sie hat mir die Hand auf den Kopf gelegt oder in den Nacken. Riechst auch so fein, hat sie dann gesagt, weil davor musste ich ja immer ganz lange baden. Und mich gut sauber machen, auch untenrum. In ihrem Schlafzimmer ist mir immer ganz übel geworden. Da hat alles immer so nach Creme gerochen. Auch sie. Und unter der Creme war dann doch wieder nur Fleisch. Ihr Fleisch. Ganz eklig war es, das anzufassen – wie bei den toten Tieren im Kühlhaus, nur eben warm.

Sie dann anzusehen, wenn sie gefragt hat, ob sie mir gefällt, war auch nicht einfach. Das wollte ich doch gar nicht alles sehen, das helle Fleisch und die zwei dunklen Flecken auf den Brüsten. Die sind immer ganz hart geworden und rissig, wenn mich die Mutter an sich gedrückt hat. Hart und rissig wie die Hände von der Mutter, trotz der ganzen Cremerei.

Dann noch lieber ins Kühlhaus zu den toten Hasen, oder die Bibel auf den Kopf. Dann doch viel lieber mal einen Ausflug auf den Glauberg, wir alle zusammen: der Papa, die Mutter und ich – so wie andere Familien das machen. Vielleicht sogar mit einem Picknick, bei dem es auch einen richtigen Salat gibt. Und Obst.

Da hätte es dann gut und gerne auch im Kombi hinten klappern dürfen, alles zusammen mit dem Warndreieck. Dann hätte der Papa vielleicht gesehen, wie schön es ist auf einem Hügel mit Bäumen, wenn man ins Tal runterguckt. Und die Mutter hätt vielleicht mal nichts vom lieben Gott und dem Herrn Jesus, unserem Erlöser, gesagt. Weil ich dann was von den Kelten erzählt hätte. Die hatten nämlich ganz viele Götter, die Kelten, und ganze Männer waren das auch. Die haben ihren toten Feinden immer die Köpfe abgeschlagen und sie überall mit sich rumgetragen. Und hergezeigt haben die die auch ganz stolz.

Das hätte ich nämlich gerne gemacht. Also die alten Sachen studieren: Archäologie und so an der Universität. Schlag dir das mal aus dem Kopf, hat die Mutter aber gesagt. Wer soll das denn bezahlen? Ja, wer soll denn das Geschäft übernehmen, wenn der Papa nicht mehr ist? Und dafür reicht's bei dir schon gleich gar nicht da oben. Dabei hat sich die Mutter an die Stirn getippt. Ja, und dann war ja der Papa auch nicht mehr.

Und deswegen mache ich den Ausflug jetzt und alleine mit den Metallschalen.

Die werden nun zum Problem. Ich bin nämlich da. Auf dem Parkplatz beim Besucherhäuschen am Fuße des Glaubergs. Da, wo früher die Kelten gewohnt haben. Also nicht im Häuschen, sondern oben auf dem Gipfel. Aber dahin kann ich nicht alle Schalen mitnehmen. Da geht nur eine. Da muss man was aussuchen!

Macht aber nix, weil ich weiß ja, welche die wichtigste ist.

Die anderen lasse ich im Auto, das ich hier abstelle, um gleich zu Fuß weiterzugehen. Denn natürlich ist das Häuschen jetzt zu. Mitten in der Nacht, da rechnet ja keiner mehr mit Besuch.

Dafür regnet es wenigstens nicht mehr. Nur der Boden ist jetzt ganz nass. Der schmatzt auch so komisch, wenn man drüberläuft. Der hätte der Mutter gar nicht gefallen, der ganze Dreck an den Füßen. Macht ja aber nichts, sie muss ja nicht laufen.

Ist ein ganz schöner Anstieg da rauf. Den Weg kenn ich auch nicht so genau, ich war ja noch nie hier. Aber irgendwie schaffe ich das trotzdem ganz leicht, vielleicht auch, weil die Schmerzen ganz plötzlich weg sind.

Es kann ja auch sein, dass man beim Höherkommen dem lieben Gott ein bisschen entgegenkommt oder dem Herrn Jesus, unserem Erlöser. Sind doch im Himmel, die beiden. Und dem Himmel komme ich mit jedem Schritt näher. Vielleicht gehört es ja auch zur Erlösung, dass der farbige Schmerz im Kopf einfach weggeht. Dass er zu etwas anderem wird. Zu diesem leisen Summen nämlich, das einen irgendwie trägt. So, als würden die Füße gar nicht mehr den Boden berühren.

Denn das Summen habe ich jetzt im Kopf. Das fühlt sich viel besser an als der Schmerz. Das ist auch gar nicht bunt. Ganz farblos ist das Summen.

Das mögen mildernde Umstände sein, wenn einen so ein Geräusch immer weiterträgt. Wenn man auch gar nicht mehr merkt, wie schwer die Schale ist oder der Dreck an den Füßen. Wenn es egal ist, ob der Weg steil ist oder lang. Ja, wo kommen wir denn da hin, würde die Mutter jetzt bestimmt fragen. Aber es hat sich ausgefragt. Denn wir sind ja schon da.

Und hier oben auf dem Glauberg stehen gar nicht mehr so viele Bäume. Gewiss nicht mehr so viele jedenfalls wie am Hang.

Dafür kann man hier oben die Sterne sehen. Sogar ganz viele davon. Die leuchten ganz toll. Nicht so glasig wie die Augen von den toten Hasen, nur kalt sehen die auch aus. So, als hätten die Sterne grad viel Zeit im Kühlhaus verbracht.

So allein unter dem großen, dunklen Himmel, nur mit den kalten Sternen, kann einem schon ein wenig unheimlich werden. Klar weiß ich, dass hier keine Geister von den toten Kelten herumspuken, aber so, mitten in der Nacht ... wenn der Wind weht und die wenigen Bäume ächzen. Da kann es einem schon kalt den Rücken runterlaufen.

Irgendwie kann ich auch gut verstehen, dass die Leute früher an viel mehr Götter geglaubt haben. Wenn ein Gott so allein für alles zuständig ist, da muss man doch einfach Angst haben, dass er mal etwas Schlimmes übersieht. Dass er mal was vergisst. Oder ein Gebet überhört.

Ich bin nämlich gar nicht sicher, ob er wirklich so darauf geachtet hat, dass wir ihn jeden Tag an unseren Tisch gebeten haben. Wie dringend mir das manchmal war, dass er gerade bei uns zu Gast ist, wenn ich mal wieder nicht aufessen konnte.

Aber wahrscheinlich war er einfach nur lieber bei anderen Leuten zu Gast. Bei Leuten, die in Urlaub fahren und Sojawurst essen. Bei Leuten, die kein Geschäft und nicht immer den neuesten Mercedes haben.

Denn der liebe Gott hört ja doch alles. Das weiß doch jedes Kind. Der wollte nur einfach nicht segnen, was wir uns da beschert haben. Denn gehört hat er uns bestimmt. Laut genug hat's die Mutter ja gesagt. Vor jedem Essen. Er ist eben nur lieber nicht gekommen.

Und ganz bestimmt wollte er nichts von *meinem* Teller essen. Weil er natürlich schon von dem Geheimnis von der Mutter und mir gewusst hat. Ich bin ja nicht blöde. Ich weiß schon, dass das etwas anderes bedeutet: Vater und Mutter ehren. So, wie es in der Bibel steht. Aber bestimmt nicht das, was der Bub immer gemacht hat, wenn ihn die Mutter abends zu sich ins Schlafzimmer gerufen hat. Da würde mir doch auch glatt der Appetit vergehen, wenn ich der liebe Gott wäre.

Vielleicht hatte er aber auch einfach nur Angst, dass er mal den Hackklotz an den Kopf bekommt. So versehentlich. Weil er dazwischengestanden hätte, so zwischen der Mutter und dem Vater. Oder zwischen der Mutter und mir. Dann hätte er bestimmt gewusst, was Kopfschmerzen sind.

Aber das spielt ja gar keine Rolle mehr.

Jetzt sitze ich am Steilhang und schaue ins dunkle Tal runter, wo in ganz wenigen Häusern noch Licht brennt. Da, wo jemand nicht schlafen kann. Genau wie ich.

Das spielt jetzt auch keine Rolle mehr, weil mein Kopfschmerz ja weg ist. Weil jetzt die Schalen nicht mehr gegen das Warndreieck klappern. Und weil die eine Schale jetzt neben mir auf der feuchten Erde steht. Mein Hintern ist schon ganz nass und kalt. Nur der Schale ist es egal, was für ein Wetter und ob es dunkel ist. Die sieht nix, die Schale, die fühlt auch nix.

Aber ich fühl was. Nicht nur den nassen Boden und den rauen Wind. Ich fühl das Summen. Immer doller. So, als ob ich zittern würde. Tue ich aber nicht. Ich sitze ganz ruhig und schau ins Tal runter.

Und ich komme mir wie so ein alter Kelte vor. Das kann man sich hier nämlich so richtig schön vorstellen, nachts im Dunkeln: so ein mächtiger Fürst zu sein. Ganz riesig fühlt man sich da. So, als würde einem das alles da unten gehören. So, als hätte man alle seine Feinde besiegt.

Da mache ich auch grad mal, wonach mir der Sinn steht. Denn so viel Zeit zum Nixtun hatte ich ja noch nie. Es hat ja immer die Mutter was von einem gewollt. Da musste ja immer geputzt, gegessen und gebetet werden. Da waren keine Löcher in die Luft zu starren und Maulaffen feilzuhalten. Da musste mit gutem Beispiel vorangegangen werden.

Und das mach ich jetzt auch. Denn ich warte einfach ab, bis zumindest das blaue Licht wiederkommt. Denn ganz doof ist die Polizei ja nicht. Auch wenn die Polizisten so blöde fragen, ob wir was getrunken haben.

Irgendwann finden die das Auto ganz bestimmt. Steht ja immerhin auf einem öffentlichen Parkplatz. Und dann erinnern die sich: *Metzgerei Schwaberl – seit hundert Jahren gut im Fleisch*. Wenn die dann vorher in der Metzgerei waren, zählen die doch auch zwei und zwei zusammen. War doch alles voller Blut im Laden. Diesmal ist nämlich nicht gewischt worden. Und auch in 'ner großen Frau ist 'ne Menge Blut. Und wenn die erstmal zwei und zwei zusammenzählen, dann kommen die auch drauf, dass unterm Strich die Mutter fehlt. Dass da zwar jede Menge Blut ist, aber keine Metzgersfrau mehr – wegen dem Trauerfall.

Dann ist das auch gar keine Metzgerei mehr, sondern vor allem ein Tatort. Das kenne ich aus dem Fernsehen. Bei mildernden Umständen durfte man nämlich schon einmal fernsehen. Oder wenn die Mutter beim Pfarrer war.

Wenn der Laden aber erst ein Tatort ist, ist gleich Schluss mit lustig. Dann sperrt die Polizei den Laden richtig ab. Nicht nur wie ich mit dem Schlüssel, sondern gleich mit so bunten Bändern. Die fangen auch zu suchen an. Einen Täter nämlich. Also mich.

Klar, dass die sich dann gleich an die Metallschalen im Auto erinnern. Und dann denken die bestimmt: Feiner Partyservice!

Weil die nicht wie der liebe Gott durchs Metall geguckt haben. Hätten wir mal bloß gleich in die Schalen geguckt, sagen die sich dann. Da hätten wir uns die ganze Sucherei nach dem Metzgersbub, dem rothaarigen, glatt sparen können. Das denken die dann. Und: Wo kommen wir denn da hin, wenn jeder grad so seine Mutter zerhackt, wenn's ihm so in den Sinn kommt.

Nur dass mir das gar nicht in den Sinn gekommen ist. Das hab ich wirklich aus Versehen gemacht. Hab ich doch gar nicht gewollt. Das war nämlich gar keine Absicht. Das kam einfach so über mich. Nur gibt's da bestimmt keine mildernden Umstände für. Nicht von der Polizei und bestimmt auch nicht vom lieben Gott. Nur die Götter von den Kelten, die würden's vielleicht verstehen.

Sie hätte das ausgerechnet heute besser nicht getan, die Mutter: mir wieder den Hackklotz an den Kopf werfen. Vor allem nicht das Fleischerbeil gleich hinterher.

Denn irgendwie hat sich das Beil ganz toll angefühlt in meiner Hand. Zum ersten Mal. Jedenfalls in dem Moment, als ich es aufgehoben habe. Obwohl mir da der Kopf schon so wehgetan hat. Oder vielleicht gerade deswegen. Sonst hätte ich das ja bestimmt nicht gemacht, ihr einfach so die Hände abgehackt, der Mutter.

Das macht man ja nicht, einfach so Hände abhacken, sind ja keine Schweinepfoten. Und dann auch gleich den Kopf, nur damit er nicht mehr schreit: Die Schale ist dreckig. Alles dreckig hier!

Hätte sie mal besser nicht gemacht, mit dem Beil werfen. Nun liegen sie in den Hackfleischschalen, die roten, rissigen Hände. Na ja, rot sind sie nicht mehr, sondern schon ganz blass und ausgeblutet. Nur rissig sind die immer noch vom ewigen Putzen.

Und die eine Schale steht neben mir. Da ist der Kopf von der Mutter drin. Der besieht sich die Schale jetzt von innen. Die hatte ich auch ganz besonders gut sauber gemacht. Vorher. Nur eben wieder nicht sauber genug.

Und jetzt sind wir auf dem Glauberg: die Mutter und ich. Nur dass sie nix von dem Hügel und den Bäumen am Steilhang sieht. Und auch die Sterne nicht oder die Lichter im Tal, da, wo die Leute auch nicht schlafen können.

Wär sie doch bloß früher mit mir hierher gekommen. Nur einmal. Mit dem Vater vielleicht und nur für ein Picknick. Hätte sie doch nur einmal mal 'ne Sojawurst für mich gemacht. Oder mir einen von den Hasen geschenkt, die ich ausgesucht hab, anstatt die immer totzumachen. Hätt doch gereicht, denke ich. Hätt doch gereicht, um mit gutem Beispiel voranzugehen.

Was sollen denn morgen nur die Kunden und die Nachbarn denken? Was denn nur, wenn alles abgesperrt ist und die Polizei den Bub sucht. Den Metzger. Und der Pfarrer, der ahnt ja auch noch nix.

Nur der liebe Gott, der weiß es jetzt schon.

GRÜNKOHL, wie er einst in Buchschlag gekocht wurde

Zutaten für 12 Personen:

6 kg Grünkohl
500 g Zwiebeln
1,5 kg Kassler mit Knochen
1,5 kg Schweinebacke
Je 12 Kochwürste, Pinkelwürste und Mettwürste
2 kg kleine, gleich große Kartoffeln
Butter oder Butterschmalz
Zucker

Den Grünkohl waschen, abtropfen, von Stielen befreien, klein hacken. Die Zwiebeln pellen und würfeln, im Schweineschmalz glasig dünsten. Den Grünkohl zugeben, salzen und mit 2 Litern Wasser begießen.

Bei milder Hitze zugedeckt etwa 2 Stunden schmoren lassen.

Eine Stunde vor Schluss das Kassler mit Knochen, die Schweinebacke und eine halbe Stunde vor Schluss die Kochwürste, Pinkelwürste und Mettwürste dazugeben.

Die Kartoffeln kochen und pellen, erkalten lassen. Wenn sie ganz trocken sind, in einer Pfanne in Butter oder Butterschmalz goldbraun braten, etwas salzen und zum Schluss nach Geschmack mit viel Zucker bestreuen und karamellisieren. Manche mögen dann noch einfach gekochte Kartoffeln dazu.

BUCHSCHLAGER GRÜNKOHL

Von Dieter Bromund

Ich werde vom Professore berichten, einem Mann, der lange in Buchschlag lebte und den Zustand heiterer Gelassenheit an dem Morgen erreichte, als dort das größte Verbrechen verübt wurde, an einem Januarsonntag um halb acht.

Der Professore hatte früher als sonst seinen Spaziergang begonnen, die Morgenkälte lockte ihn. Er nutzte dieses frühe Gehen, um seinen Gedanken freien Lauf zu lassen. Häufig hatte er dabei Ideen gefunden, die er für seine Arbeit verwenden konnte. Immer aber war er mit klarem Kopf an seinen Schreibtisch zurückgekehrt.

Heute erinnerte er sich an das erste Grünkohlessen, das eine Gruppe kochender Männer im Jahr seines Umzugs in einer kleinen Teeküche für die Mitglieder der evangelischen Kirchengemeinde gekocht hatte – im kalten Januar, denn der Kohl musste Frost bekommen haben. Der Professore hatte sich eingeladen gefühlt und genoss ein Essen, wie er es im heimatlichen Norden nicht besser hätte finden können.

Der Kohl war mit Schweineschmalz bereitet und bei milder Hitze gründlich geschmort worden, bis ihm in der letzten Stunde Schweinebacke, Kassler am Knochen und in den letzten dreißig Minuten Kochwürste, Pinkelwürste und Mettwürste zugesetzt wurden. Kartoffeln von gleichmäßiger Kleinheit waren abgedampft, gebraten und dann mit viel Zucker bestreut und in der Pfanne karamellisiert worden. Der Senf war von schweißtreibender Schärfe, der kalte norwegische Aquavit schmerzte an den Zahnhälsen und öffnete den Weg für bitteres Jever. Als die Kollektenbox herumgereicht wurde, gab der Professore reichlich.

Seine Gedanken liefen frei weiter.

Er erinnerte sich, wie er kurz nach dem Einzug in Buchschlag an einem Sonntag in der Sonne liegend ständig durch zu tief fliegende Flugzeuge gestört wurde. Irgendjemand in der Flugleitstelle wies den Piloten falsche Flugbahnen an. Wütend hatte der Professore die Lärmbeschwerdestelle des Frankfurter Flughafens angerufen. Er hatte unendlich lange warten müssen, bis der Hörer abgenommen wurde und eine kühle Männerstimme nach Uhrzeit, Flugrichtung und Beschreibung der Maschine fragte. Als er lediglich die ungefähre Zeit des größten fliegenden Störenfrieds nennen konnte, bedauerte der andere. Mit so unpräzisen Informationen könne man keine Maschine identifizieren.

Er war des Waldes wegen nach Buchschlag gezogen. Wo sonst konnte man breite Sandwege für Spaziergänge nutzen, im Winter dampfende schwere Rösser bei der Holzarbeit beobachten, Männer an kleinen Feuern Pausen machen sehen und den Duft frisch gefällter Fichten einatmen?

So also hatte er Buchschlag kennen gelernt.

Von heiterer Gelassenheit war er damals noch meilenweit entfernt.

Er erinnerte sich an das zweite Grünkohlessen der kochenden Männer im nächsten Jahr und an einen der Gastgeber, der ihm einen Nordhäuser Korn und Königspils zum Grünkohl anbot. Den hatte er lauthals angepflaumt. Das sei ja nun wohl ein Absturz gegenüber dem ersten, dem ursprünglichen Kohlessen. Auf die karamellisierten Kartoffeln hatte man auch verzichtet, und das Kassler war fettlos und ohne Knochen auf den Tisch gekommen. Sein Obolus war entsprechend klein ausgefallen.

Der ständige Fluglärm brachte den Professore in jenem Jahr auf einen neuen Gedanken. Statt zu telefonieren, schickte er seine Beschwerden mit den präzisen Daten als Fax an den Flughafen und bat um schriftliche Antworten. Im Lauf der Jahre konnte er höchst verschiedene Erklärungen sammeln, in der originellsten war von einem Vogel die Rede, der in der fraglichen Zeit auf einem Messmikrofon gesessen habe. Daten zu diesem Fall stünden also bedauerlicherweise nicht zur Verfügung.

Als in dem warmen Sommer die Waldwege plötzlich verbreitert und mit sehr grobem Split bedeckt wurden, rief er wütend das Buchschlager Forstamt an. „Kein Anschluss unter dieser Nummer" bewog ihn, bei der Auskunft nachzufragen. Das Buchschlager war mit dem Langener Forstamt vereint worden, und dort ließ sich ein Anrufbeantworter hören, der sich nach einigen Sekunden Beschwerde bereits abschaltete. Doch der Forstmann rief zurück, weil der Professore seine Nummer vor seiner Beschwerde genannt hatte. Im Zuge allgemeiner Rationalisierungen würden im Forstbetrieb künftig Maschinen eingesetzt, und die verlangten befestigte und breitere Wege. Die Waldidylle war nachhaltig zerstört.

Zurückblickend fand der Professore seine damalige Wut und Entrüstung immer noch verständlich. Doch er war froh, sie überwunden zu haben durch einen Gedanken, der ihm im Wald gekommen war. Er wurde ein bekannter Leserbriefschreiber mit beißendem Hohn und gab den Versammlungen der politischen Parteien mit seinen Fragen und Kommentaren spitze Akzente.

Auch auf diese Phase seines Lebens blickte er jetzt in der kalten Morgenluft freundlich zurück.

Die heitere Gelassenheit war ihm zugefallen, als er in einem Taschenbuch aus der Studienzeit, in der „Weisheit des lächelnden Lebens", blätterte und sich festlas. Wie eine Erleuchtung war über ihn gekommen, dass Zorn ebenso wenig Sinn machte wie der ewige Wunsch nach Veränderung. Beglückt stellte er fest, dass es ihm nicht um neue Erkenntnisse, transzendentale Klarheit oder zuversichtliche Gottergebenheit ging, sondern um heitere Gelassenheit.

Sie war mühsam zu erringen. Er musste sich anfangs zu ihr zwingen.

So bei der Beschwerdestelle des Flughafens. Hier liefen seine Anrufe jetzt auf einen Beantworter. Er möge, bitte, seine Beschwerde nennen, man werde ihr nachgehen und ihn zurückrufen. Was geschah – mit eben denselben dünnblütigen Erklärungen über Flugzeuge, die Gartenaufenthalte bei Ostwind in Buchschlag immer wieder störten.

Doch seine innere Haltung hatte Erfolg. Wenn er hörte, was man ihm sagte, oder las, was man ihm schrieb, erregte er sich kaum mehr. Ganz offensichtlich war er auf dem richtigen Weg zum Ziel.

Staunend hatte er im letzten Winter ein riesiges Fahrzeug im Buchschlager Wald beobachtet. Es hatte etwas von einem Urtier an sich, rollte auf einen Baumstamm los und umklammerte ihn zangenhaft. Mit dem schnellen Schnitt einer wandernden Säge wurde die Baumkrone geköpft, die krachend zu Boden stürzte. Ein zweiter Schnitt löste den Stamm von seinen Wurzeln, die Zange drehte sich und legte ihn auf den Boden. Später sah der Professore, dass die Stämme von der gleichen Maschine zum Abtransport an den Wegrand gezogen wurden. Ein einziger Mann bediente das Gerät und leistete mehr als alle früheren Holzarbeiter mit ihren Rössern. Und auch das früher verpönte Liegenlassen von Kronen war nun erwünscht, der Biomasse des Forstes wegen, die man möglichst wenig verändern wollte. Eine einleuchtende Erklärung, die der Professore in einem der kostenlosen Blättchen las, die seinen Briefkasten regelmäßig verstopften. So griff er nicht mehr schimpfend zum Telefon, sondern akzeptierte das Neue ohne Klage.

Und so war er vor dem Sonntag, mit dem mein Bericht begann, wieder einmal zum Grünkohlessen der kochenden Männer ins Haus der evangelischen Kirchengemeinde gegangen. Das ausgewogene Verhältnis von süß und salzig, Schärfe und Sanftheit, festem Fleisch und weicher Wurst würde sicher seinem angestrebten ausgeglichenen Zustand gut entsprechen. Das tat es, obwohl er feststellen musste, dass der Koch bei diesem Grünkohl auf Schmalz vollends verzichtet hatte, das Fleisch in harten Scheiben angeboten wurde, Schweinebacke und Schweinebauch gänzlich fehlten und statt der Pinkelwurst eine Rindswurst von Gref-Völsing auf seinem Teller landete. Er trank Glaabsbräu aus Seligenstadt und einen lauwarmen Korn unbekannter Herkunft.

Wer auf all das freundlich zurückblicken kann, stellte er zu Beginn seines sonntäglichen Spaziergangs morgens um halb acht Uhr fest, hat den Zustand heiterer Gelassenheit erreicht. Schlechter werdenden Grünkohl, steigenden Lärm, immer weiter verhunzten Wald nahm er, wie es kam, heiter und gelassen, ohne Wunsch nach Änderung.

Und so nahm er auch die beiden Männer zur Kenntnis, vermutlich Waldarbeiter, die mit einem Jeep in eine große Lichtung gefahren waren und jetzt, eine Art schweres Rohr auf den Schultern tragend, stehen blieben und den östlichen Winterhimmel beobachteten, über den niedrig die nach Osten ausfliegenden Flugzeuge zogen.

Sicherlich ein neues Gerät, das die Arbeit im Wald noch effektiver macht, dachte er und bog nach rechts ab, zurück Richtung Breitseeweg.

Ein paar Minuten später fuhr der Jeep eilends an ihm vorbei in Richtung Sprendlingen.

Der Professore nahm die Sonntagszeitung aus dem Briefkasten, warf alles andere ungelesen in die Papiertonne, trank seinen Morgentee und hörte Mozarts Dritte Symphonie auf HR 2, schaltete danach hörsatt ab und beschloss, an diesem kalten Wintersonntagmorgen ein Bad zu nehmen. Er war eigentlich ein Duscher, doch im neuen Zustand schien ein Bad ihm angemessener, um heiter und gelassen in guter Wärme vor sich hin zu dämmern.

So erfuhr er erst in den Zwölf-Uhr-Nachrichten, dass eine amerikanische Passagiermaschine mit 195 Personen kurz nach halb acht Uhr morgens in das Hochhauszentrum in Neu-Isenburg gestürzt sei. Von weiteren zweihundert Toten war die Rede. Man sei sicher, dass die Maschine aus dem Buchschlager Wald heraus zu Beginn des Steigflugs mit einer Boden-Luft-Rakete abgeschossen worden sei.

Soll man´s glauben, dachte der Professore gelassen, manche Menschen haben aber auch vor nichts mehr Achtung.

EBBELBREIKUCHE

(Hefekuchen mit Apfelmus)
Zutaten für einen Kuchen mit 26 cm Durchmesser

Für den Teig:
- 250 g Mehl
- 1 Ei
- 20 g Hefe
- 2 EL Zucker
- 30 g Butter in Flöckchen
- 1 Prise Salz
- 1/8 l Milch

Für den Belag:
- 500 g Apfelmus
- 30–50 g Rosinen (nach Geschmack)
- 1 TL Zimt

Alle Zutaten sollen zimmerwarm sein.

Apfelmus mit Zimt und Rosinen verrühren und abgedeckt stehen lassen.

Mehl in eine Schüssel sieben. Milch bei schwacher Hitze erwärmen. Hefe in die lauwarme Milch bröckeln. 4 Esslöffel Mehl dazugeben, zu Brei verrühren und eine Prise Zucker zufügen. Hefebrei mit einem Tuch abdecken und an einem warmen Ort 30 Minuten gehen lassen.

Mehl mit Zucker und Salz mischen; eine Vertiefung hineindrücken. Ei hineingeben und die Butterflöckchen darauf. Hefebrei dazugießen. Mit den Händen zu einem glatten Teig verarbeiten. Mit einem Tuch abdecken und 60 Minuten gehen lassen.

Backofen auf 180–200 °C vorheizen. Springform einfetten.

Teig noch einmal kräftig durchkneten und auf einer bemehlten Arbeitsfläche dünn ausrollen. Vorsichtig in die Springform legen und einen Rand formen. Apfelmus auf den Boden geben. 15 Minuten ruhen lassen. Anschließend 25–30 Minuten backen.

DER ZWERG

Von Andrea C. Busch

Er lag auf dem Bauch, die Augen geschlossen, den Kopf leicht zur Seite gedreht. Der Atem flach nur, kaum Bewegung im Brustkorb. Bloß nicht rühren. In der Nase den Geruch von Erde und Gras. Und ein wenig Blut. Die Feuchte des Bodens kroch ihm in die Knochen. Bald würde alles vorbei sein.

Hauptkommissarin Ina Dehler von der Darmstädter Mordkommission – genauer gesagt vom Polizeipräsidium Südhessen – drehte sich gerade eine Zigarette, als das Diensthandy in ihrer Motorradjacke mit der Afri-Cola-Melodie aufjaulte. Seit sie für jeden Anrufer einen eigenen Klingelton einstellen konnte, wusste sie, was sie zu erwarten hatte.

„Uli, du alte Nervensäge, was willst du?"

„Dir den Tag versauen, was sonst? Wir treffen uns in Groß-Zimmern, Waldstraße 41, bei Dietrich. Da liegt 'ne Leiche hinterm Haus."

„Bin gleich da." Wenigstens ein Heimspiel, dachte Ina. Von ihrem Haus in der Bachgasse bis zur Waldstraße 41 lohnte es sich eigentlich nicht, das MZ-Gespann zu nehmen. Ein Fahrrad hätte es auch getan. Sie nahm es trotzdem und verabschiedete sich in Gedanken schon mal von dem Motorradausflug in den Odenwald, den sie heute hatte unternehmen wollen. Warum konnten die Leute nicht unter der Woche sterben? Musste es immer sonntags sein?

Als Ina an der ehemaligen Post, in der jetzt Hemden gebügelt wurden, in den Kreisel fuhr, sah sie bereits Ulis Wagen und den des Notarztes vor der Tür stehen und den Fahrradweg versperren. Sie bog links in die Bahnstraße ein, parkte vorm Knusper-Eck, vor dessen Eistheke sich eine kleine Schlange gebildet hatte, und wartete ausnahmsweise an der Ampel, bevor sie die Straße überquerte, weil Kinder auf der anderen Straßenseite standen.

Uli Gerber erwartete sie schon. Mit geschlossenen Augen lehnte er am Zaun des Anwesens und hielt sein Gesicht in die sanfte Junisonne. Er trug seine heiß geliebte braune Wildlederjacke, und der schmale lange Zopf mit den eingeflochtenen Perlen, eine Erinnerung an die längst vergangene Zeit als „Langhaariger“, hing über der Brust.

„Wo ist Christoph?“, fragte sie. Christoph Berend war gewöhnlich als Erster zur Stelle.

„Ich hab ihn nicht angerufen. Er ist zum 70. Geburtstag seiner Mutter gefahren, und ich habe versprochen, ihn heute nicht mit Leichen zu belästigen.“

„Weiß seine Mutter nicht, womit er sein Geld verdient?“

Uli rollte die Augen. „Schon, aber wenn ich ihn heute da weghole, jammert sie ihm wieder wochenlang vor, dass er wie sein älterer Bruder zur Bank hätte gehen sollen. Gutes Einkommen, keine Wochenendarbeit, und bestimmt hätte er da auch ein nettes Mädchen kennen gelernt, das er hätte heiraten und mit dem er Kinderchen haben könnte und so weiter und so weiter.“

Ina dachte an ihre Akademikerfamilie, die mit ihrer Berufswahl nicht einverstanden gewesen war und sie stark unter Druck gesetzt hatte, damit sie „wenigstens“ ein Jurastudium absolvierte. Wenn sie schon partout nicht Professorin werden wollte.

Auf dem Weg zum Haus kam ihnen der Notarzt entgegen. Er fuchtelte mit den Armen und wirkte aufgebracht.

Ina und Uli stellten sich vor. Der Notarzt nicht; er blieb nicht einmal stehen.

„An *der* Leiche werden Sie Spaß haben“, sagte er, tippte sich an die Stirn und eilte davon.

„Was meinen Sie damit?“, rief Uli ihm hinterher, aber er winkte nur ab und stürmte davon.

Ina zuckte die Schultern und schritt über den tadellos gepflegten Plattenweg an Blumenbeeten vorbei, deren Pflanzen in geraden Reihen aufrecht standen wie Soldaten beim Appell. Kein Stängel wagte es, die Nachbarpflanze zu berühren. Ina warf einen misstrauischen Blick auf den Rasen zu ihrer Rechten. Auch hier standen alle Halme stramm, kein Löwenzahn, kein Kleeblatt und kein Gänseblümchen störten die heilige Ordnung des satten Grüns. Zum Plattenweg hin war der Rasen mit dem Spaten exakt abgestochen, so dass das Gras nicht auf den Weg wachsen konnte.

„Fehlen nur noch die Gartenzwerge." Ina schauderte.

„Sollen wir nicht erst klingeln?", fragte Uli, als Ina ums Haus herumging.

„Erst gucken."

Der Rasen hinter dem Haus war von einer perfekt geschnittenen Buchsbaumhecke gesäumt, und der Plattenweg führte zu einer Öffnung, durch die die beiden den Rasen betraten. Und auf das Corpus Delicti starrten.

„Das glaube ich jetzt nicht", sagte Ina.

Uli hatte Mühe, nicht laut loszuplatzen.

Vor ihnen auf dem Rasen lag ein kleiner Gartenzwerg mit blauer Hose, weißem Hemd und roter Zipfelmütze. Und einem Messer im Rücken.

„Sieh mich nicht so finster an", sagte Uli. „Die Zentrale hat mir gesagt, hier läge eine Leiche auf dem Rasen. Mehr weiß ich auch nicht."

„Dann lass uns mal klingeln."

Die Tür wurde von einer Frau geöffnet, die aussah wie ein Fotomodell aus einem Katalog für die reifere Dame. Knielanger grauer Rock, rosa Rüschenbluse, Perlenkette. Die Haare dunkelblond mit feinen grauen Strähnen und wetterfestem Sitz. Gepflegte Hände, lackierte Nägel, Lippenstift dezent und passend zum Nagellack. Ob sie mit diesen Händen den Garten selbst pflegte?

Ina und Uli stellten sich vor; ein eingespieltes Ritual. Frau Dietrich bat sie herein. Uli schnupperte. Aus der Küche drang ein süßer Duft. „Ich habe gerade einen Kuchen gebacken", sagte Frau Dietrich entschuldigend, als gehörte es sich nicht, Essensgerüche im Haus zu haben. Sie führte die beiden ins Wohnzimmer und bat sie, Platz zu nehmen. Nur mit Mühe konnten sie sich der Angebote an Tee, Kaffee und sonstigen Erfrischungen erwehren. Ina setzte sich vorsichtig auf die Kante eines wuchtigen Sessels, dessen Sitzfläche und Ärmellehnen mit gehäkelten Schonern bedeckt waren. Die Fransen des Teppichs waren zur Symmetrie gebürstet, die Falten der Vorhänge makellos gesteckt, und ein Hauch von Spiritus und Möbelpolitur lag in der Luft. Ina kämpfte gegen einen Anflug von Atemnot.

„Sie haben einen Toten auf Ihrem Rasen gemeldet. Wie kam es denn dazu, dass Sie die – äh – Leiche gefunden haben?", fragte sie.

Die Frau zuckte zusammen. „Leiche? ... Sie meinen meinen Mann? Ich wollte ihn zum Essen rufen, und da lag er da, auf dem Bauch, mit einem Messer im Rücken." Ihre Stimme zitterte ganz leicht. Sie zückte ein mit Spitzen umhäkeltes Taschentuch und tupfte sich die Augen.

„Sie rufen einen Zwerg zum Essen???", platzte Ina heraus.

Die Frau starrte sie mit offenem Mund an. „Junge Frau, was erlauben Sie sich? Wie reden Sie denn von meinem Mann?"

„Ihr Mann ist ein Gartenzwerg?" Die Situation war einfach zu skurril. Und die Umgebung auch.

Die Frau lief rot an. „Das ist ja unerhört!"

Uli schüttelte den Kopf und warf Ina einen verständnislosen Blick zu. „Frau Dietrich, hier scheint es ein Missverständnis zu geben. Wir wollen Ihre Gefühle wirklich nicht verletzen", sagte er. „Aber wir haben keine Leiche gefunden. Kommen Sie doch bitte mit uns hinaus. Vielleicht klärt sich dann alles auf."

„Was heißt das, keine gefunden? Mein Georg –" Sie sah Uli mit großen Augen an. „Aber ich habe ihn doch dort liegen sehen. Ganz bestimmt."

Ina dachte an den Notarzt und tippte sich im Geist ebenfalls an die Stirn. „Wir klären das gleich. Kommen Sie bitte?"

Seufzend erhob sich Frau Dietrich und verstaute das Taschentuch. Mit gesenktem Blick schritt sie den ganzen Weg entlang bis zum Rasen. Und starrte ungläubig auf den Zwerg.

„Wo ist Georg? Was hat das zu bedeuten? Wo ist mein Mann? Was haben Sie mit ihm gemacht?“

„Bitte, Frau Dietrich, versuchen Sie, sich zu beruhigen. Wir haben gar nichts gemacht. Als wir hier ankamen, lag hier ein Gartenzwerg mit einem Messer im Rücken.“

„Aber da lag doch mein Mann, wo ist denn mein Mann hin? Der kann doch nicht weggelaufen sein mit dem Messer im Rücken? O Gott ...“ Sie wurde kreidebleich; die Unterlippe begann zu zittern, und eine Haarsträhne löste sich. Sie bemerkte es nicht.

Ina blickte Uli hilflos an, und er legte den Arm um die Schultern der aufgelösten Frau und führte sie ins Haus zurück.

Ina rief die Spurensicherung an. „Hallo Horst, schönen Sonntag auch! Hol mal deine Truppe zusammen und komm nach Groß-Zimmern. Hier liegt ein toter Gartenzwerg.“

„Verarschen kann ich mich selbst.“

„Weiß ich doch. Die Frau hier behauptet, dass ihr Mann genau da lag, wo jetzt der Zwerg liegt. Mit einem Messer im Rücken.“

„Mann oder Zwerg?“

„Beide. Ich wüsste gern, ob sie sich das einbildet oder ob hier wirklich ein Tötungsdelikt vorliegt.“ Ina klemmte das Handy mühsam zwischen Ohr und Schulter und wünschte sich, die verdammten Dinger würden nicht immer kleiner werden. Sie nestelte das Tabakpäckchen aus der Jacke. „Schau dir das bitte an und sag mir, ob da wirklich vorher eine Leiche lag.“

Horst grunzte. „Na gut. Ich bin unterwegs.“

Ina drehte sich in aller Ruhe eine Zigarette und überlegte, wie lange sie ihre Rauchpause wohl ausdehnen konnte, ohne dass es auffiel.

Zwei Stunden später hatte Horsts Team den Gartenzwerg mitgenommen, den Rasen untersucht und alle möglichen Proben in Tüten verpackt. Frau Dietrichs Kinder waren benachrichtigt, und der Sohn war bereits an ihre Seite geeilt. Er hatte verblüffende Ähnlichkeit mit seiner Mutter und sah deutlich älter aus, als er sein konnte. Fast hätte er als ihr Mann durchgehen können. Statt rosa/grau trug er hellblau/grau, Hose und Jackett und Krawatte. Ich wüsste gern, wie der mit Lippenstift und Nagellack aussieht, dachte Ina. Bestimmt wäre der sogar als Transvestit noch spießig.

Sie saß mit Uli und den Dietrichs in der Küche und versuchte, Frau Dietrich zu einer detaillierten Schilderung des Leichenfundes zu bewegen.

„Erzählen Sie uns doch bitte noch mal ganz genau, wie Sie Ihren Mann gefunden haben."

Frau Dietrich sah sich unbehaglich in der Küche um, die blitzte und blinkte, als sei sie bisher kaum benutzt worden. „Wollen wir nicht doch lieber ins Wohnzimmer gehen? Das ist doch nicht der angemessene Rahmen für Besuch."

„Wir sind ja auch kein Besuch im eigentlichen Sinn. Machen Sie sich bitte keine Gedanken, das ist schon in Ordnung."

„Darf ich Ihnen nicht doch einen Kaffee anbieten?", fragte sie zum zehnten Mal. „Der Kuchen ist für den Kirchenbazar heute Mittag, aber ich habe bestimmt noch ein paar Kekse."

Frau Dietrich klammerte sich so krampfhaft an ihre Gastgeberinnenrolle, als hinge ihr Leben davon ab. Wie meine Mutter, dachte Ina. Sie ist wie meine Mutter. Egal was du fühlst, Hauptsache, die Form wird gewahrt.

„Also, bitte." Ulis Stimme klang sanft und beruhigend. Bildete Ina sich das ein, oder hatte er das Zöpfchen absichtlich im Hemdkragen verschwinden lassen?

Ihr Mann habe am Vormittag im Garten gearbeitet, erklärte Frau Dietrich. Schließlich wollten sie in drei Wochen ihren vierzigsten Hochzeitstag feiern. Ein großes Fest sei geplant, immerhin sei ihr Mann ein angesehenes Gemeindemitglied, das sich in vielen Vereinen und Verbänden engagierte. Jedenfalls müsse der Garten dazu tipptopp in Schuss sein, was sollten denn sonst die vielen Gratulanten von ihnen denken?

„Ist das nicht etwas ungewöhnlich, den vierzigsten Hochzeitstag so groß zu feiern?", fragte Ina.

Dietrich junior mischte sich ein. „Meine Mutter hatte diese großartige Idee. Wer weiß denn, ob sie in zehn Jahren noch fit und gesund ist und ein solches Fest genießen kann? Man weiß ja nie."

„Und Ihr Vater? Wie findet der das?"

Er schnaubte verächtlich. „Mein Vater hält sich immer aus allem raus. Alles überlässt er meiner Mutter. Wenn sie hier nicht alles am Laufen halten würde ... Manchmal könnte man meinen, ohne sie würde er nicht mal atmen."

Eine peinliche Stille folgte, in der Frau Dietrich ihrem Sohn einen tadelnden Blick zuwarf und er rot anlief. Uli brachte das Thema vorsichtig wieder auf den Leichenfund.

Ihre Fingerspitzen tupften nervös an ihrem Haar herum. „Ich rufe ihn immer um zwölf zum Essen. Samstags und sonntags haben wir schon immer um zwölf gegessen, wissen Sie. Ich meine, unter der Woche tun wir das natürlich auch, wo er doch jetzt pensioniert ist und nicht mehr in der Kantine essen muss. Mein Mann ist Beamter, müssen Sie wissen. Im Ruhestand. Bis fünfundsechzig hat er gearbeitet, so pflichtbewusst ist er, sie hatten ja keinen im Amt, der so großen Wert auf Regelmäßigkeit und Korrektheit legt wie er. Deshalb essen wir ja auch immer um zwölf ... Ich habe ihn gerufen, aber er kam nicht. Sonst kommt er immer sofort, aber diesmal kam er nicht. Er kam einfach nicht." Ihre Stimme bekam einen schrillen Unterton. „Vielleicht hat er mich nicht gehört, dachte ich, weil er im Gartenhaus ist und die Werkzeuge schärft. Das muss er ja drinnen machen, wegen der Sonntagsruhe. Auf gutes Werkzeug legt er nämlich großen Wert, müssen Sie wissen. Und das Werkzeug ist immer sauber und tipptopp in Schuss. So ist mein Georg. Tja." Sie hatte den Faden verloren und stand auf, holte Kaffeetassen aus dem Küchenschrank, stellte sie vor Uli und Ina hin, blickte verwirrt auf ihre Hand mit der dritten Tasse. Sie sammelte alle Tassen wieder ein und stellte sie zurück in den Schrank. Verstört blickte sie Uli an.

„Und was haben Sie getan, als er nicht kam?", fragte er.

„Ich ... ich bin in den Garten gegangen, zum Gartenhäuschen, und auf dem Weg dahin –“ Ihre Stimme wurde höher. „Auf dem Weg dahin, da lag er dann einfach so da, auf dem Bauch, mitten auf dem Rasen, mit einem Messer im Rücken.“

„Wie sah denn das Messer aus?“, fragte Ina.

„Groß“, sagte sie. „Ein großes Messer. Mit Blut überall. Ganz viel Blut ...“ Die Unterlippe begann wieder zu beben. Ina beobachtete befremdet, wie Uli Frau Dietrich beruhigend die zitternde Hand tätschelte. Es schien zu wirken, denn sie sah ihn dankbar an. Ina stieg der leichte Geruch von Parfüm und Seife in die Nase. Überlagert von Linzer Torte. Die hatte sie schon früher nicht gemocht.

Während Ina noch überlegte, wie sie Frau Dietrichs Aussagen einschätzen sollte, wurde die Haustür geöffnet. Eine blonde, schlanke Frau Mitte dreißig kam in die Küche, die Wangen gerötet, die Haare hingen wild um den Kopf, als sei sie gerannt.

„Dass du auch schon da bist“, sagte Dietrich junior.

Bevor sie noch etwas sagen konnte, hatte Frau Dietrich der jüngeren Frau mit geübtem Griff den Kragen der Bluse gerichtet und ihr ein Stäubchen von der Jacke gewedelt.

„Mama, bitte!“ Die Stirn legte sich in Zornesfalten, die sich gleich wieder glätteten, wie von jahrelanger Übung.

„Pullmann“, stellte sich die Frau vor. „Beatrice Pullmann. Ich bin die Tochter.“ Sie warf einen raschen Blick auf ihre Armbanduhr.

Frau Pullmanns Versuche, ihrer Mutter beizustehen, wurden von deren unermüdlichen Gastgeberinnenritualen zunichte gemacht. Schließlich schickte sie ihre Tochter mit der Linzer Torte zum Kirchenbasar. „Ich habe versprochen, dass ich eine Torte backe, und was man verspricht –“

„– muss man auch halten. Ja, Mama, ich weiß.“ Beatrice nahm den Transportbehälter mit der Torte und trat vor die Tür. Ina folgte ihr und atmete tief durch. Sie hatte schon die ganze Zeit das beklemmende Gefühl, ihre Mutter käme gleich vorbei, um ihr den Kragen zu richten, die Haare zu bürsten und sie wegen ihrer unangemessenen Kleidung zu schelten.

„Wie fühlen Sie sich denn in dieser seltsamen Situation?“, fragte sie Frau Pullmann.

Die zuckte die Schultern. „Ich weiß nicht, was ich denken soll. Mein Vater ist ein so freundlicher Mensch, der niemandem etwas zu Leide tut. Ich kann mir nicht vorstellen, dass jemand ihn ermordet.“ Ihre Stimme war ganz sanft und liebevoll geworden.

Vorstellen konnte man sich das nie, dachte Ina. „Sie glauben also, Ihre Mutter hat sich das alles nur eingebildet?“

„Ich – ach, meine Mutter ist irgendwie seltsam. Ich weiß einfach nicht, was ich denken soll. Wenn meinem Vater wirklich etwas passiert wäre, das wäre furchtbar, ich darf gar nicht dran denken. Lieber will ich glauben, dass meine Mutter sich das eingebildet hat. Und jetzt muss ich die Torte wegbringen, sonst gibt es noch eine Tragödie.“

„Was zum Teufel ist eigentlich in dich gefahren?“, fauchte Uli Gerber seine Chefin an. „‚Ihr Mann ist ein Gartenzwerg?‘ Wie kannst du so was sagen? Hast du noch einen Funken Professionalität im Leib? Oder bist du jetzt total übergeschnappt?“

„Lass mich bloß zufrieden!“, zischte Ina. Sie wusste selbst, dass sie sich bei Dietrichs nicht gerade mit Ruhm bekleckert hatte. Als Leiterin der Gruppe war das doppelt peinlich. Was war dort nur mit ihr passiert? Sie rief sich die Situation noch einmal in Erinnerung. Wieder war da die Beklemmung, die sie bereits beim Betreten des Vorgartens gespürt hatte. Fast glaubte sie, das Parfüm ihrer Mutter zu riechen. Und deren Linzer Torte. Nach Seife, dachte sie, rochen bei uns nur die Hausmädchen.

So ein Unsinn!, schalt sie sich. In ihrem Zuhause hatte es keine Sesselschoner gegeben, keine Buchsbaumhecken und keine selbst gestickten Tischdecken. Nur jede Menge unumstößliche Regeln. Aber war es denn so ein Unterschied, ob man immer um zwölf zu Mittag aß oder jeden Sonntagnachmittag abwechselnd Linzer Torte und Frankfurter Kranz servierte? Sie schüttelte sich. „Ich weiß auch nicht, was da passiert ist", sagte sie lahm. Ein Blick auf Uli zeigte ihr, dass er kein Wort glaubte.

Inas Rettung nahte in Gestalt von Horst, der ohne anzuklopfen ins Zimmer polterte. „Also, Leute, euer Zwerg ist aus gebranntem Ton, 32 cm lang, und das Messer in seinem Rücken ist herausnehmbar." Er wedelte mit einer Tüte, in der das Messer steckte. „Ein ganz normales Küchenmesser mit Plastikgriff. An der Klinge war etwas menschliches Blut, Blutgruppe B positiv. Herr Dietrich hatte B positiv. Wir haben seine Zahnbürste und den Rasierer mitgenommen und hoffen, dass wir damit ganz eindeutig sagen können, ob das Blut von ihm stammt. Das wissen wir aber erst morgen."

„Hat Frau Dietrich nicht von jeder Menge Blut gesprochen?", fragte Ina.

„An ihrem Mann, nicht an dem Zwerg."

„Übrigens, das ist die Luxusausführung von Zwerg", fuhr Horst fort. „Der bringt es glatt auf 50 Euro. Die Kunststoffversionen sind wesentlich billiger. Da kannst du bei den meisten das Messer auch nicht rausnehmen, da wird auf dem Rücken bloß ein Griff festgeklebt."

Ina musterte den Kollegen nachdenklich. „Dass du dich so gut mit Gartenzwergen auskennst?"

„Schon mal was von Internet gehört?", sagte Horst. „Da kriegst du alles an Zwergen – auch Zwerge am Galgen, Zwerginnen oben ohne, Vampir- und Exhibitionistenzwerge –, was dein Herz begehrt."

Was immer Inas Herz auch begehren mochte, ein Zwerg war mit Sicherheit nicht darunter. „Du meinst, es gibt also doch eine Leiche?"

„Das müsst ihr herausfinden. Das Einzige, was ich dazu bisher beitragen kann, ist das Blut am Messer und dass wir aufgrund der Spurenlage davon ausgehen, dass tatsächlich etwas oder jemand dort lag, wo wir den Zwerg gefunden haben. Ob es ein Sandsack war oder eine Leiche, kann ich jetzt noch nicht sagen."

Ina seufzte. Es sah alles so aus, als habe Frau Dietrich sich die Leiche doch nicht eingebildet. „Dann werden Uli und ich wieder hinfahren, noch mal mit der Frau und ihren Kindern reden und das Gartenhäuschen inspizieren. Und die Nachbarn befragen."

Uli nickte grimmig. „Nimm du die Nachbarn. Nicht, dass du dich wieder daneben benimmst."

Ina warf ihm einen finsteren Blick zu, der ihn daran erinnern sollte, wer hier Chef war. „Ich schaff das schon, keine Sorge."

Am späten Nachmittag kam Horst fröhlich pfeifend zu Ina ins Büro und wollte wissen, was sie herausgefunden hatten.

„Das passt alles vorne und hinten nicht zusammen", sagte Ina. Frau Dietrich hatte ihren Mann als korrekten Beamten geschildert, dem nichts über seine Ordnung und ein geregeltes Leben ging. Sie führten eine vorbildliche Ehe, „nicht wie so viele andere, die sich bei der ersten Schwierigkeit gleich scheiden ließen", hatte sie betont. Mit großer Freude bereiteten sie gerade ein Fest anlässlich ihres vierzigsten Hochzeitstages vor, für das natürlich alles „tipptopp in Schuss" sein musste. Eine Redewendung, an der sie offensichtlich großen Gefallen fand. Nein, ein so korrekter Mann wie ihr Georg könne natürlich keine Feinde haben. Ihr Sohn hatte nicht widersprochen, fühlte sich aber zu der missbilligenden Ergänzung veranlasst, dass die Hauptlast der Familie auf den Schultern seiner Mutter und auf seinen ruhte, weil sein Vater alles ihnen überließ und lieber seinen Verpflichtungen in diversen Vereinen nachkam — Kirchenchor, Turnverein, einmal die Woche Skat und regelmäßig als Zuhörer bei Gemeinderatssitzungen. Früher sei das nicht so extrem gewesen. Aber vor fünfzehn Jahren sei er an Leukämie erkrankt. Durch eine Blutstammzellenspende sei er wieder gesund geworden, habe sich danach aber verändert und sei viel unterwegs gewesen. Dass Dietrich junior auch dieses Verhalten missbilligte, war ihm deutlich anzusehen.

Bei der Durchsuchung des Gartenhauses war nichts gefunden worden außer zwei Seiten aus dem Darmstädter Echo. Eine vom 23.9.2005 mit einem Artikel über Jamaika und eine vom 17.2.2006, deren Hauptartikel ‚Karibik-Kneippkur bei Kerzenschein – Strom und Wasser mögen ausfallen, aber die Musik spielt immer weiter' hieß. Frau Dietrich beteuerte, dass die Zeitungen lediglich als Unterlage zum Umtopfen dienten; ihr Mann habe sich nicht für drogensüchtige schwarze Faulenzer und deren Inseln interessiert; man sei im Urlaub immer in deutschen Landen geblieben. „Da weiß man wenigstens, was man auf dem Teller hat."

Horst amüsierte sich sehr. „Von Gammelfleisch hat die wohl noch nie was gehört, oder?"

„Die hat von vielen Sachen noch nix gehört", knurrte Ina.

Die Nachbarn nannten Herrn Dietrich „Schorsch", lobten ihn in den höchsten Tönen als freundlichen, gutmütigen Nachbarn, der immer Zeit für ein Schwätzchen hatte und ihnen gerne mit Rat und Tat zur Seite stand. Bei der Frage nach Frau Dietrich wurden sie deutlich reservierter. Nur einer sagte voller Mitgefühl: „Dass der Schorsch des schon verzisch Johr mit der aushält ..." Worauf seine Frau ihn in die Rippen stieß und er verstummte.

„Die Reaktion der Tochter ist seltsam", sagte Ina. „Die hat sich gar nicht besonders aufgeregt. Und sie hat ihren Vater eher so wie die Nachbarn beschrieben, nicht wie die Mutter."

Uli grinste. „Es fällt dir sicher schwer, das zu glauben, aber auch ein korrekter Beamter kann ein netter, freundlicher Mensch sein."

Ina schüttelte den Kopf. „Denk doch mal an den Garten. Das wirkte doch alles völlig leb- und lieblos, als würden die Blumen es nicht wagen, aus der Reihe zu tanzen. Kriegen nicht die meisten superpeniblen Gartenbesitzer irgendwann Streit mit den Nachbarn?"

„Gehst du da nicht einem Klischee auf den Leim?", fragte Uli.

„Jedenfalls war es merkwürdig, dass die Tochter am Nachmittag gar nicht mehr da war. Und seltsam ist auch, dass sie zwei Stunden gebraucht hat, bis sie überhaupt gekommen ist. Schließlich wohnt sie bloß in der Angelgartenstraße, da kann man doch fast hinspucken vom Haus der Dietrichs aus."

„An diesem Fall ist vieles sehr seltsam", sagte Horst. „Was sagen denn die Skatbrüder?"

„Frau Dietrich kennt die Namen der Männer nicht und weiß auch nicht, wo sie sich treffen. Ich hatte aber Glück; einer der Nachbarn gehört zu der Runde. Er sagte, die Runde trifft sich immer privat abwechselnd bei jedem zu Hause, nur bei Dietrichs waren sie nie. Das hat wohl Frau Dietrich nicht gewollt. Herr Dietrich kommt auch nicht immer, jedes dritte oder vierte Mal fehlt er. Aber wenn er da ist, bringt er immer was zu essen mit, was selbst Gebackenes. Seine Spezialität ist ‚Ebbelbreikuche' nach dem Rezept seiner Mutter. Aber je nach Jahreszeit gab es auch mal Zwiebelkuchen, und manchmal brachte er Kartoffelgemüse mit zum Aufwärmen, und dazu gab es dann breite Blutwurst. Gute traditionelle Hausmannskost. Der Nachbar hat total geschwärmt."

„Frau Dietrich hat kein Wort davon gesagt, dass ihr Mann gern kocht." Ulis Magen knurrte.

„Vielleicht darf er zu Hause nicht."

„War's das?", fragte Horst und lehnte sich genüsslich zurück. „Dann bin ich dran: Wir haben was sehr Interessantes gefunden. Die Proben, die wir vom Rasen genommen haben, enthalten Spuren von Blutgel. So 'ne Art künstliches Ersatzblut für geschminkte Wunden."

„Ach nee."

„Ach doch. Außerdem gibt es keinerlei Schleifspuren, aber ein paar Abdrücke, die von Füßen beziehungsweise Schuhen stammen. Unsere Leiche ist also vermutlich selbst aufgestanden, hat sich durch einen Gartenzwerg ersetzt und ist verschwunden."

„Das ist die merkwürdigste Leiche, die mir bisher untergekommen ist", sagte Ina. „Und ich glaube, ich weiß, wo ich sie suchen muss. Wenn es nicht schon zu spät ist."

Ina und Uli standen vor dem Haus der Pullmanns und wechselten einen viel sagenden Blick. Ein altes Haus, mit wildem Wein und Kletterrosen bewachsen, die jetzt Anfang Juni in voller Blüte standen. Eine Wiese mit Hockeytor, üppige, dichte Blumenbeete wie in einem Bauerngarten.

Sie klingelten. Ein Junge von neun oder zehn öffnete die Tür und musterte sie neugierig, sagte aber nichts.

„Ist deine Mutter zu Hause?", fragte Uli und zeigte seinen Ausweis.

Der Junge nahm ihn, studierte ihn mit Kennerblick und gab ihn zurück. „Kripo? Cool. Hat Mama was ausgefressen?"

„Wir wollen sie bloß was fragen."

Der Junge winkte sie herein und zeigte auf eine Tür. „Sie ist in Opas Zimmer. Mama! Besuch!"

Beatrice Pullmann kam aus dem Zimmer. Als sie die beiden Polizisten entdeckte, zeigten sich wieder die Zornesfalten auf ihrer Stirn. Doch auch diesmal glätteten sie sich wie durch Zauberhand. Dann schloss sie ganz ruhig die Tür hinter sich. Ihr Blick wanderte kurz zu einer Wanduhr.

„Hier entlang bitte." Sie zeigte auf das Wohnzimmer. „Was kann ich für Sie tun?"

„Sie könnten uns Opas Zimmer zeigen", sagte Ina.

Frau Pullmann sah sie ausdruckslos an. „Ich verstehe nicht, was Sie meinen."

Ina setzte eine finstere Miene auf. „Ihr Sohn hat gerade gesagt, sie seien in Opas Zimmer. Also?"

„Das haben Sie falsch verstanden." Sie verschränkte die Arme vor der Brust. „Kann ich sonst noch was für Sie tun?"

Ina machte es sich im Wohnzimmer in einem abgewetzten, gemütlichen Ohrensessel bequem. Uli nahm das Sofa, legte den Arm auf die Lehne und schlug die Beine übereinander.

Diesmal verschwanden die Zornesfalten nicht mehr von Frau Pullmanns Stirn. „Was wollen Sie hier, verdammt noch mal?"

„Wir wollen wissen, was mit Ihrem Vater passiert ist", sagte Uli.

„Woher soll ich das wissen? Ich hab ihm nichts getan. Ich liebe meinen Vater."

„Das glaube ich Ihnen gern. Aber wieso machen Sie sich keine Sorgen? Immerhin hat Ihre Mutter seine Leiche gesehen."

Frau Pullmann schnaubte. „Wer weiß, was die wieder gesehen hat."

„Vorhin waren Sie aber ganz anderer Meinung", sagte Ina.

„Vorhin hatte ich auch noch keine Zeit gehabt, darüber nachzudenken."

Ina setzte ein verständnisvolles Lächeln auf. „Und jetzt, wo Sie Zeit hatten, was denken Sie jetzt?"

Frau Pullmanns Augen blitzten. „Ich denke, dass Sie Ihre kostbare Zeit nicht mit den Hirngespinsten meiner Mutter vergeuden sollten. Wahrscheinlich will sie sich bloß wieder wichtig machen." Ein verstohlener Blick auf die Armbanduhr.

„Sie wollen aber doch nicht abstreiten, dass Ihr Vater verschwunden ist, oder?" Warum sah diese Frau ständig auf die Uhr?

„Verschwunden, verschwunden, was heißt das schon. Er ist bestimmt nicht der erste Mann, der mal nicht zum Essen nach Hause kommt."

„Sicher. Aber die wenigsten davon liegen tot mit einem Messer im Rücken irgendwo rum. Ihre Mutter und Ihr Bruder sagen, es sei undenkbar, dass er aus freien Stücken verschwunden sei", hakte Uli nach.

Beatrice Pullmann machte eine abfällige Handbewegung. „Ach die – was wissen die denn schon. Sie kennen meinen Vater gar nicht richtig. Die beiden sind doch völlig vernagelt. Die interessieren sich doch bloß für sich und dafür, was die Leute sagen."

„Und Sie?", fragte Ina. „Sie kennen ihn wirklich?"

Wieder warf Frau Pullmann einen versteckten Blick auf die Uhr. Die Falten auf der Stirn glätteten sich ein wenig, und sie nickte. Ihre Stimme wurde wieder ganz sanft. „Kommen Sie mal mit."

Sie führte die beiden zur Tür von Opas Zimmer und trat beiseite, um Uli und Ina in das Zimmer zu lassen. Wände in blau und grün, ein moderner blauer Webteppich auf Landhausdielen, ein kleines Designersofa. Vor dem Fenster Blumenkästen mit wild wuchernden Geranien in allen Farben, die man sich vorstellen konnte. Ein Schreibtisch mit Computer, ein großes Regal voller Koch- und Backbücher, deren Anblick Ulis Magen wieder knurren ließ, Reiseführer in die Karibik, die von Fernweh zeugten, Fotos von Beatrice und ihrer Familie.

„Hier war er wirklich zu Hause", sagte seine Tochter. „Jede Minute, die er sich irgendwie wegstehlen konnte, hat er bei uns verbracht."

„Und Ihre Mutter weiß davon nichts?", fragte Uli.

Frau Pullmann schüttelte den Kopf. „Das hätte sie niemals zugelassen. Mein Vater ist ein wunderbarer Mann, und sie hat ihn sein Leben lang nur ausgenutzt. Für sie musste er immer bloß funktionieren. Er hat immer alles gemacht, was sie wollte." Sie redete sich in Rage.

Ina sah in ihr gerötetes Gesicht und fragte sich, ob sie nur von ihrem Vater sprach oder auch von sich selbst.

„Was glauben Sie, warum er bis fünfundsechzig gearbeitet hat? Er konnte den Gedanken nicht ertragen, seine Frau den ganzen Tag um sich zu haben. Mein Vater liebte es zu kochen und zu backen. Zu Hause durfte er das nicht. Hier bei uns ist er aufgeblüht, hat uns mit seinem Kuchen verwöhnt – haben Sie schon mal einen richtigen ‚Ebbelbreikuche' gegessen?"

„Ich weiß nicht mal, was das ist."

Frau Pullmann verschwand in der Küche und kam mit zwei Tellern wieder. „Das ist ein Hefekuchen mit Apfelmus. Den isst man mit der Hand. Probieren Sie."

Ina und Uli bissen in ihre Kuchenstücke und zogen synchron die Augenbrauen hoch. „Lecker", sagte Ina. „Hätte ich nicht gedacht."

Uli sagte nichts und verputzte das ganze Stück. Frau Pullmann eilte in die Küche, um Nachschub zu holen. Ganz Tochter ihrer Mutter. „Bei meiner Mutter wäre so was nie auf den Tisch gekommen. Da musste es schon Linzer Torte sein oder Käsesahne. Hauptsache vornehm."

„Also, was ist jetzt mit Ihrem Vater passiert? Sie wissen doch Bescheid, also raus mit der Sprache."

Frau Pullmann sah auf die Uhr und lächelte entspannt. „Es gibt da einen sehr schönen Spruch, den mein Vater öfter benutzte: Alles essen und trinken können Sie, alles zu wissen brauchen Sie nicht. Von mir erfahren Sie jetzt nichts mehr. Da können Sie warten, bis sie schwarz werden."

Und ganz plötzlich fiel bei Ina der Groschen.

Ina Dehler warf einen Blick auf die Anzeigetafel am Frankfurter Flughafen. Der Charterflug von Martinair Holland nach Montego Bay stand noch auf der Tafel, der Abflug hatte sich um mehrere Stunden verzögert. Sie merkte sich Terminal und Gate, warf noch einen Blick auf das Foto von Herrn Dietrich und flitzte los. Mit wehenden Haaren rannte sie im Slalom zwischen den Menschen durch, sprang über Koffer, brüllte „Achtung" und „Sorry", drängte sich an der Passkontrolle vor. Weiter bis zum Sicherheitscheck, dann wieder im Laufschritt Richtung Gate. Schon von weitem sah sie, dass die Passagiere noch warteten. Hatte sie richtig gedacht? Würde sie Herrn Dietrich hier finden?

Dort am Gate saß er, ein harmlos wirkender kleiner Mann in einem braunen Mantel mit Hut und Aktentasche und einem erwartungsvollen Lächeln im Gesicht. Am Mittelfinger seiner linken Hand klebte ein Pflaster.

Ina setzte sich neben ihn, zeigte ihren Ausweis und sagte, wie froh sie sei, ihn lebend anzutreffen.

Seine Schultern sanken herab, er seufzte. Ohne Hoffnung.

„Was haben Sie sich dabei denn gedacht?", fragte Ina.

Er wandte sich ihr zu und sah ihr lange forschend ins Gesicht. „Ich konnte sie einfach nicht mehr ertragen."

„Schon mal was von Scheidung gehört?"

„Ach, bei euch jungen Leute klingt das immer so einfach", sagte er schließlich. „Ich erzähle Ihnen mal eine Geschichte: Vor über fünfzig Jahren wachte ein junger, gutmütiger Trottel nach einer durchzechten Kerbnacht mit Brummschädel und Filmriss neben einer Frau auf, die er kaum kannte. Sechs Wochen später erklärte ihm die junge Frau, er habe sie in dieser Nacht geschwängert. Der gutmütige Trottel heiratete sie, erfüllte ihre Wünsche, so gut er konnte. Er war kein mutiger Mann, und Streit machte ihn krank. Also ließ er seiner Frau ihren Willen, passte sich ihren Wünschen an und lebte ein Leben, das nicht seins war. Eines Tages, er war sehr krank und brauchte eine Stammzellenspende, fand er heraus, dass sein Sohn gar nicht sein Sohn war. Können Sie sich vorstellen, wie er sich da fühlte? Sein ganzes Leben war auf einer Lüge aufgebaut." Er sah Ina aufmerksam an. „Können Sie sich das vorstellen?"

Sie nickte. Wäre das auch aus ihr geworden, wenn sie dem Drängen ihrer Familie nachgeben hätte? Eine, die ein fremdes Leben lebte? „Und dann?"

„Einmal Trottel, immer Trottel, werden Sie vermutlich denken. Damals hätte ich reinen Tisch machen sollen. Aber ich war so mit der Krankheit beschäftigt, dass ich dafür keine Kraft hatte, und mutiger war ich in all diesen Jahren auch nicht geworden. Trotzdem, eine solche Krankheit verändert einen, und man sieht vieles mit anderen Augen. Damals habe ich mir vorgenommen, bis zu meiner Pensionierung durchzuhalten und dann zu gehen. Ohne meine Tochter wäre ich dabei vor die Hunde gegangen. Sie hat mir ein Zimmer zur Verfügung gestellt, in dem ich tun und lassen konnte, was ich wollte. Ich habe in ihrer Küche nach Herzenslust gebacken und gekocht – ich koche nämlich leidenschaftlich gern, müssen Sie wissen. Hausmannskost, die Gerichte meiner Kindheit. Ebbelbreikuche, Kartoffelgemüs und breite Blutwurst, Quarkspatzen und Heidelbeeren ..." Er seufzte andächtig. „Ich kenne die besten Heidelbeerplätze im Wald ... Meine Frau ist nie mitgegangen in den Wald. Und sie hat mich nie in die Küche gelassen. Und was ich gerne esse, ist ihr sowieso nie vornehm genug gewesen."

„Und was wird jetzt aus Ihrer Frau?", fragte Ina der Form halber. Wirkliches Interesse hatte sie am Schicksal von Frau Dietrich nicht.

„Die ist gut versorgt", sagte er. „Ich habe ihr schon während meiner Krankheit das Haus überschrieben, und in den nächsten Tagen wird eine private Rentenversicherung fällig, die gut bemessen ist. Sollte das alles nicht reichen, hat sie ja immer noch einen Sohn. Der kann sich dann revanchieren."

Sie nickte. „Sie sind wirklich ein gutmütiger Mann."

„Sagen Sie ruhig Trottel." Er lächelte. „Ich kann eben nicht aus meiner Haut. Und ganz unschuldig bin ich an der Situation ja auch nicht; ich hätte rechtzeitig sagen müssen, was mir nicht passt. Vielleicht hätte ich es auch diesmal nicht geschafft, aber als sie anfing, unseren vierzigsten Hochzeitstag wie eine Fürstenhochzeit zu planen, konnte ich es einfach nicht mehr ertragen."

„Wie haben Sie das mit dem Messer im Rücken gemacht?"

Ein feines Lächeln huschte über sein Gesicht. „Ein Scherzartikel für Halloween, mit reichlich Kunstblut. Kriegen Sie überall."

Ihn wegen Vortäuschung einer Straftat zu belangen, schien Ina fast lächerlich. Hätte seine Frau richtig hingesehen, hätte sie den Scherzartikel in seinem Rücken erkannt. Aber das hatte sie nicht. Ihr ganzes Leben lang nicht. War das etwa Inas Problem? Nein. Und der Ermittlungsaufwand, den sie heute gehabt hatten? Da hatte sie schon ganz andere Fälle von Steuergeldverschwendung gesehen.

Sie reichte dem freundlichen Mann die Hand. „Es hat mich sehr gefreut, Sie kennen zu lernen, mein Herr", sagte sie. „Entschuldigen Sie, dass ich Sie verwechselt habe. Der Mann, den ich suche, hat wohl eine andere Maschine genommen."

Er zog den Hut, neigte den Kopf ein wenig und ging an Bord, und Ina lief in Windeseile zur Aussichtsplattform, um der Maschine nach Jamaika nachzuwinken.

AHLE WORSCHT

„Ahle Worscht" ist eine nordhessische Spezialität, eine harte, nicht streichfähige rote Mettwurst aus Schweinehack, die es als „Runde" (ein Ring) oder als „Stracke" (gerade Wurst) gibt. Der Name „ahle" (alte) Wurst soll daher kommen, daß es eher die alten (männlichen) Schweine waren, die in Nordhessen bei Hausschlachtungen in die Wurst kamen.

Die Rezepte sind unterschiedlich, meistens wird Salz, Pfeffer, Kümmel, Muskat und Knoblauch verwendet sowie Salpeter zur Unterstützung der Reifung. Wichtig ist ein langer Reifeprozeß von 10 Wochen (die Runde), 15 Wochen (die Stracke) oder gar 6 Monate (die dicke Eichsfelder). In dieser Zeit färbt sich die Wurst rot. Danach kann sie noch für ein, zwei Tage geräuchert werden.

Auf Wunsch der Autorin wird die bewährte Rechtschreibung verwendet.

DER GUTE NACHBAR

Von Anne Chaplet

Theo konnte einfach keine Kreatur leiden sehen.

Auch nicht Sigrun, die hatte er schon beschützt, als sie noch gemeinsam in die Grundschule gingen. Aber seine alte Freundin schüttelte den Kopf und wollte gar nicht mehr damit aufhören. Theo sah sie bekümmert an, während er den Ring Fleischwurst in Wachspapier wickelte und auf die Waage legte.

„Er war zwar krank – aber ich dachte ..." Sigrun schniefte.

Theo hätte fast mitgeschnieft. Er gab Artikel- und Verkäufernummer ein, nahm die Fleischwurst von der Waage und legte sie daneben auf die Theke.

„Ein paar Jahre hätte ich uns noch gegeben."

Theo neigte den Kopf und legte die schwere Stirn unter den kurzen dunklen Locken in Falten. „Aber nun leidet er wenigstens nicht mehr", sagte er mit leiser Stimme.

„Woher weißt du das?"

Theo hätte sich auf die Zunge beißen können. Warum bloß konnte er seinen Mund nicht halten.

„Vielleicht liegt er irgendwo, einsam, hilflos, und wartet auf mich!"

Theo wischte sich die Hände an der Schürze ab. „Und wenn er ein neues Zuhause gefunden hat?"

„Niemals", sagte Sigrun unter Tränen, aber mit fester Stimme. „Vom Schinken. Dem mit Rosmarin. Sechs Scheiben, dünn geschnitten." Theo legte den prächtigen Rosmarinschinken auf den Schlitten der alten Graef, schaltete die Schneidemaschine ein und ließ die marzipanfarbenen Scheiben behutsam auf das Cellophanpapier gleiten. Sein Rosmarinschinken war berühmt. Ein Spezialrezept, das er einem längeren Aufenthalt in Südfrankreich verdankte. Das war auch schon wieder Jahre her. Man müßte mal wieder Urlaub machen, dachte er, legte die Lage Schinken auf die Waage und tippte ein.

Dann sah er auf. „Darf ich dir noch etwas Gutes tun, Sigrun?" Essen lenkt ab, glaubte Theo. Essen ist Liebe. Und bei Theo konnte man Liebe kaufen, deshalb kamen sie alle zu ihm, die Nachbarn, seit Jahren. Keiner ging zum Supermarkt zwei Dörfer weiter.

„Ach, Theo."

Wie schön sie aussieht, so verheult. Theo lächelte sie liebevoll an.

„Eigentlich ist mir der Appetit vergangen. Ich mag schon seit Tagen nichts mehr." Sigrun legte sich die Hand auf den Leib.

„Aber du mußt doch was essen." Er hielt den Kopf schräg und musterte sie. Sie war viel zu dünn.

„Er hat jeden Abend auf meinem Schoß gesessen. Jeden Abend. Immer, wenn der Fernseher eingeschaltet war und ich es mir gemütlich gemacht habe in meinem Sessel. Er sprang hoch, drehte sich ein paarmal und ließ sich fallen. Und dann habe ich ihn gestreichelt, bis die Sendung vorbei war."

Jetzt liefen ihr die Tränen die Wangen hinunter. Theo reichte ihr eine Papierserviette über die Theke. „Mein armes Häschen", sagte er und richtete den Blick auf einen imaginären Punkt über ihrem Scheitel. „Ich weiß, was du fühlst."

Sigrun schneuzte sich. „Ich wußte, du würdest mich verstehen. Nicht so wie Bernd."

Theo machte beruhigende Laute.

„Ich soll doch froh sein, hat Bernd gesagt, jetzt hätten wir einen Freßsack weniger und könnten mal wieder in den Urlaub fahren, ohne wen suchen zu müssen, der das fette Vieh füttert."

So etwas Kaltherziges, dachte Theo und schüttelte ungläubig den Kopf.

„Er kommt nicht wieder", flüsterte Sigrun. „Ich fühle das. Er ist tot. Mein kleines Mäxchen."

Klein konnte man Sigruns Kater gewiß nicht nennen. Im Gegenteil: Er war so fett, daß er sich kaum noch bewegen konnte. Das Tier litt, ganz offenkundig – unter soviel Liebe. Unter zuviel Liebe. Theo furchte die Stirn, damit sie ihm nicht ansah, was er dachte.

„Ein Pärchen Landjäger", sagte Sigrun mit belegter Stimme. „Und Bernd möchte von deinem Leberkäs'."

„Aber gerne", sagte Theo, wog ab und tippte ein. „Darf's sonst noch was sein?"

Sigrun schüttelte den Kopf und lächelte ihn aus tränenverhangenen Augen an.

Theo druckte den Bon aus. „Das macht 14 Euro 80", sagte er. „Ich leg' dir noch was bei." Er packte ihr ein Stück von seiner Spezialität ein. Ahle rote Wurst. Die Stracke. „Damit du mir nicht völlig vom Fleisch fällst."

Sigrun verabschiedete sich schneller als höflich war, wohl, weil Annamaria in den Laden gekommen war. Die beiden Frauen mochten sich nicht, er verstand nicht ganz warum, er fand, seine Kunden sollten sich vertragen, schließlich hatten sie alle etwas gemeinsam: ihn.

Aber man hatte ein langes Gedächtnis hier in Wildenhain. Sigrun hatte Annamaria wahrscheinlich nie verziehen, daß deren Dackel das dicke Mäxchen gejagt hatte, damals, als der gute alte Nickel noch jagen konnte. Aber mittlerweile war auch Nickel ein ältlicher Kläffer mit Hüftschaden geworden, den die halbwüchsigen Bengels auf ihren Motorrollern „Kampfwurst" riefen, wenn er nicht schnell genug über die Straße kam.

„Gibt's was Neues von Nickel?" fragte Theo, als Sigrun gegangen war. Annamaria stand vor der Fleischtheke und schien sich nicht zwischen Rippchen und Solber entscheiden zu können. Sie schüttelte gedankenverloren den Kopf. Annamaria hat den Abschied von ihrem Hund verarbeitet, registrierte Theo befriedigt. Es war ja auch schon einige Wochen her, seit das Tier nicht mehr nach Hause gekommen war.

Zum Trost hatten ihr die Kinder einen Spitz geschenkt, ein dünnes kleines Fellbündel, das sie in der Einkaufstasche bei sich zu tragen pflegte, nur nicht zum Metzger, aus Gründen, die man nachvollziehen konnte.

„Was ist denn mit Sigrun los?" fragte Annamaria, nicht wirklich interessiert.

Theo hob und senkte die Schultern, während er zwei Pfund Hackfleisch halb und halb abwog. „Mäxchen ist weggelaufen."

„Der fette Kater? Kann der denn überhaupt noch laufen?" Annamarias Mitleidlosigkeit gefiel Theo nicht.

„Offenbar weit genug." Theo schnitt italienische Salami auf. Annamarias alter Dackel hatte es schließlich auch geschafft, dem häuslichen Paradies zu entkommen. In eine hoffentlich bessere und schönere Hundewelt.

„Ahle Wurst?" Er hielt ihr einen Stengel seiner hausgemachten Spezialität entgegen.

Annamaria zog die Stirn kraus. „Das vorletzte Mal war sie besonders gut. Aber das letzte Mal ..."

Theo lächelte anerkennend. Annamaria hat eine feine Zunge. „Diesmal ist sie ganz ausgezeichnet geworden. Probieren?"

„Ach, pack schon ein." Annamaria suchte in ihrem Portemonnaie, offenbar vergeblich. „Schreibst du's noch mal an?"

„Natürlich", sagte Theo und fügte in seiner Kladde den Betrag von heute dem von vor drei Tagen hinzu. Bei Annamaria herrschte diesmal schon zwei Wochen vor Ultimo Ebbe in der Kasse. Aber solange es Theo gab, den guten Nachbarn ...

Theo lächelte in sich hinein und rundete den Betrag ab, zu ihren Gunsten.

Danach wurde es ruhiger. Mit Pit und Marcus, die sich ihr Mittagessen bei ihm holten – für jeden Leberkäse, zwischen die Hälften eines Brötchens gepackt, dazu eine Dose Bier –, hielt er noch ein nettes Schwätzchen, bevor er den Laden zumachte. Samstags immer schon um 13 Uhr. Verlängerte Ladenöffnungszeiten hatte er schließlich die ganze Woche über, es kam immer irgendwer abends noch angedackelt, weil sich der Appetit bei vielen erst in letzter Sekunde zu melden schien. Oder weil man ein bißchen spät auf die Idee gekommen war, daß das Wetter nach einem gemütlichen Grillabend schrie. Nun, irgendwann war auch bei ihm Schluß. Jetzt. Er hatte schließlich noch was anderes zu tun.

Beim Gedanken daran durchströmte ihn Wärme. Was vor ihm lag, war ein Akt der Liebe. Für sein Dorf. Für die Menschen. Für eine bessere Welt.

An der Spüle unter dem Fenster des hell erleuchteten, weißgekachelten Raums wusch er sich die Hände, ein Ritual, das er nie versäumte. Dann begann er, die Messer zu schärfen, die auf dem Edelstahltisch bereitlagen. Das Fleischermesser. Das Ausbeinmesser. Er legte Wetzstahl und Messer auf Kante ab neben die Knochensäge und das Beil, sah nach den Abfallkisten unter dem Arbeitstisch und überprüfte, ob die Lochscheibe im Fleischwolf richtig saß. Dann vergewisserte er sich, daß der Kutter sauber war und legte die Gewürze und andere Zutaten zurecht. Endlich schaute er ins Kühlhaus, ob der Saitling auch reichte.

Natürlich. Es war alles so wie immer. Wie es sich gehörte. Aber auch das gehörte zum Ritual.

Und endlich schritt er zum ersten Teil der heiligen Handlung. Meine Liebestat, dachte Theo und lächelte. Wieder öffnete er die Tür zum Kühlhaus. Da hingen sie, die kleinen Leichen. Ausgeblutet, abgezogen, abgehangen. Er griff sich den ersten Kadaver und trug ihn hinüber zum Edelstahltisch.

Seine Bewegungen waren routiniert, unzählige Stallhasen hatte er bereits auf ähnliche Weise präpariert. Erst trennte er mit zielgenauen Beilhieben Kopf und Pfoten ab. Dann schnitt er das Rückenfilet heraus und löste Keulen und Vorderläufe aus. Das Fleisch kam in die rechte Kiste unter dem Tisch, die Knorpel und Knochen und anderen Abfälle in die linke.

Der nächste Kadaver war schon etwas größer. Und zum Schluß verarbeitete er noch das Schweineviertel, das ganz hinten im Kühlhaus lag.

Und jetzt, dachte er befriedigt, der magischen Handlung zweiter Teil. Er trug die Kiste mit den Fleischstücken hinüber zum Fleischwolf und fütterte Stück für Stück hinein. Das Fleisch war zart und leistete kaum Widerstand. Sobald die Auffangschale des Fleischwolfs voll war, warf er das Hack in den blitzenden Rundtrog des Kutters. Als alles Fleisch im Kutter lag, fügte er eine Gewürzpaste aus Pfannensalz, Pfeffer, Kümmel, Muskatblüte und frischem Knoblauch hinzu sowie Salpeter zur Unterstützung der Reife.

Und nun – der magischen Handlung dritter Teil ...

Theo gönnte sich eine Pause und sah andächtig in den gefüllten Rundtrog. Die Zubereitung der Ahlen Worscht unterschied sich von allem, was er in seiner Lehrzeit gelernt hatte. Eine Thüringer Bratwurst zum Beispiel benötigt Eis, damit sich das Brät beim Kuttern durch den Reibungswiderstand nicht erhitzt, dadurch wird es krümelig und ungenießbar. Einmal, ganz zu Anfang, in seiner Lehrzeit, hatte er das Eis vergessen. Das gab eine gewaltige Ohrfeige vom Meister. Theo lächelte in sich hinein. Bei einer anständigen Ahlen Worscht aber ist genau das erwünscht: Sie soll bröckelig und mürbe im Biß sein. So wie seine.

Endlich setzte er den Kutter in Betrieb, nur kurz und ganz langsam, so daß die Sichelklingen Fleisch und Gewürz miteinander vermählen konnten. Der Rundtrog kreiste, die Sichelklingen rotierten. Theos Spezialität, das, was Leib und Seele zusammenhielt, war auf dem Weg der Vollendung. Er pfiff die Anfangstakte aus dem Gefangenenchor von Nabucco. Nach einer Minute stellte er den Kutter ab. Er hob den Deckel, tauchte den Finger ins Brät und testete. Perfekt.

Er schickte ein paar fromme Gedanken zum Herrn über alle Kreaturen, hob den Trog aus der Maschine und füllte einen Teil der Masse in den Zylinder der Wurstpresse. Dann ging er in die Kühlkammer, holte die Schüssel mit dem Saitling und stülpte den Anfang des meterlangen Schafsdarms auf die Tülle der Wurstpresse. „Wie ein Kondom", hatte der Meister damals gesagt und so seltsam gegrinst dabei. Heute grinste Theo auch. Er hatte einige Jahre gebraucht, bis er hinter das Geheimnis des Kondoms gekommen war.

Theo stellte sich vor die Wurstpresse in Position und preßte das rechte Knie gegen das Pedal, bis genug Brät in den Darm geschossen war. Er drehte jede zweite Wurst vorn und hinten ab, „wie ein Knallbonbon". Ja, Meister. Gewiß, Meister.

Der alte Erwin war nicht dumm gewesen. Er hatte auch anderes auf Lager gehabt außer dummen Sprüchen. Wesentliches. Weises. Als Theo einmal fast in Tränen ausgebrochen wäre beim Anblick eines zarten, weißwolligen, blutbefleckten Lämmchens, hatte ihn der Meister beiseite genommen und die Worte gesagt, die alles heilten. „Was man liebt, das ißt man“, hatte Meister Erwin gesagt. „Denn was nicht gegessen wird, stirbt aus.“

Seither verstand Theo, was seinen Beruf ausmachte. Er war das Feuer, das den Savannenboden wieder fruchtbar machte. Ohne ihn verarmte, ja versickerte das Leben. Er brachte die Menschen zusammen mit dem, was sie liebten. Damit das Leben weitergehen konnte.

Theo atmete tief durch. Dies waren die Momente, die ihn glücklich machten.

Nach 64 Stück war Schluß. Jetzt kam des Rituals vorläufig letzter Akt. Er hängte die Würste paarweise über die Stangen des fahrbaren Wurstregals und rollte sie durch den Gang zum Hof und von dort in die alte Scheune.

Dank der mit Lehm verputzten Gefache des Fachwerkbaus waren hier Luftfeuchtigkeit und Temperatur optimal für einen langen, wunderbaren Reifeprozeß. Er stellte das Wurstregal neben den Ständer mit der Vormonatsernte. Die Würste aus der vorvorletzten Produktion hatten nach zehn Wochen bereits die charakteristische rote Färbung angenommen und sahen richtig dünn aus im Vergleich zu den frischen Würsten. Mindestens 40 % Gewichtsverlust kalkulierte er ein. Er griff das Regal mit den zu Ende gereiften Würsten und zog es über den Hof zur Räucherkammer.

Das war ein weiteres Ritual, das er liebte: Er füllte Räuchergold in die Schublade der Räucherkammer, fügte einen brennenden Grillanzünder hinzu und wartete, bis die Flamme erloschen war und das Sägemehl aus Buchenholz zu glimmen begann. Dann hängte er die Würste in die Kammer, stellte die Rauchklappe ein und schloß die Tür zum Räucherofen. Er verharrte eine Weile vor der Räucherkammer und schickte seinem Werk gute Gedanken hinterher.

Müde von der Arbeit war er jetzt und glücklich, wie immer danach. Verträumt säuberte er Kutter und Fleischwolf sowie Edelstahltisch und -spüle, wusch sich die Arme bis zu den Ellbogen und machte die Tür zu dem weißgekachelten Raum sorgfältig hinter sich zu. Alles war gut.

Nun nimm schon, dachte Theo und fühlte, wie sein Lächeln langsam einfror, während er dem blonden Bengel ein Stück Fleischwurst hinhielt. Der Knabe runzelte die Stirn, musterte das Stück Wurst, biß sich auf die Unterlippe, schaute dann auf und schüttelte trotzig den Kopf. Sag das doch gleich, dachte Theo, lächelte und lächelte und zog die Hand zurück. Das Stück Wurst wanderte in den Abfallbehälter unter der Theke. Schade drum.

Die Begleiterin des Jungen hatte den Blondschopf mißbilligend angesehen und sah abbittend zu Theo auf. Der lächelte verzeihend. Er mochte keine Kinder, die sich nicht benehmen konnten. Aber er wußte, was er der alten Thieme schuldig war, die jedes Jahr eine Vielzahl hungriger kleiner Feriengäste zu versorgen hatte. Das war gut fürs Geschäft, auch für seines.

„Wenn er meiner wäre ..." Die alte Thieme machte eine bezeichnende Handbewegung.

Den Hals umdrehen? dachte Theo. „Aber aber!" sagte er.

Die Thieme seufzte. „Gegen so einen Dickkopf kommt man nicht an. Der Junge ißt schon seit zwei Monaten kein Fleisch mehr. Seit er ein Haustier hat."

„Was hast du denn für ein Schmusetier, mein Kleiner?" fragte Theo freundlich, während er der Thieme zwölf Schweinekoteletts einwickelte.

„Rosi ist eine Ratte", sagte der Bursche finster. „Kein Schmusetier. Und ich bin nicht Ihr Kleiner."

Eine Ratte. Theo hätte sich fast vertippt, als er der Thieme den Bon ausdrucken wollte.

Am nächsten Tag sah Theo den Jungen mit einer Horde anderer halbwüchsiger Feriengäste am Bach spielen. Er winkte der Gruppe leutselig zu. Der blonde Bengel starrte. Dann drehten sich drei andere Kinder um und starrten ebenfalls. Theo lachte, winkte noch einmal und ging. Nach ein paar Schritten drehte er sich um. Die Kinder starrten noch immer. Aus irgendeinem Grund waren ihm ihre Blicke unheimlich.

Aber vielleicht lag das auch nur daran, daß seine rechte Hand schmerzte. Vorgestern abend hatte ihm ein Cockerspaniel in den Finger gebissen, den er vor dem „Wilddieb" gefunden hatte, das Tier wirkte herrenlos, weshalb Theo sich angeschickt hatte, den Hund mitzunehmen. Er war niemand, der wegguckte, wenn es ein Problem gab. Als Dank dafür hatte ihn das liebe Hundchen gebissen – das Tier war ganz und gar nicht so phlegmatisch gewesen, wie es aussah. Und nun pochte die heiße, rotgeschwollene Wunde.

In dieser Nacht schlief er schlecht. Erst als er 30 Tropfen von dem Schmerzmittel geschluckt hatte, das seiner Frau das Sterben erleichtert hatte, dämmerte er ein.

Fast hätte er am nächsten Tag verschlafen. Wahrscheinlich wäre das besser gewesen.

Als er seinen Laden aufschloß, standen sie schon vor der Tür, Sigrun und Annamaria und die alte Frau Thieme. Ihm wurde warm. Es war ein schönes Gefühl, gebraucht zu werden. Aber als er mit zuvorkommender Geste die Ladentür aufriß, fiel ihm der Blick auf, mit dem Sigrun ihn musterte. Ein Blick, der ihm wie eine eisige Faust in die Magengrube fuhr.

„Ich würde gerne mal in dein Kühlhaus schauen", sagte sie mit fester Stimme. Sie sah ihm in die Augen, während sie das sagte. So hatte sie ihn noch nie angesehen. So – feindselig. Verächtlich. Voller Ekel.

„Aber – warum? Da hängen nur tote Schweinehälften", sagte Theo, verunsichert. Er hatte doch aufgeräumt? In Gedanken spielte er den vergangenen Samstag durch. Er war sich sicher: Alles war an seinem Platz. Die Knochen wollte er zwar erst morgen begraben. Aber da lag keine Gefahr. Keiner hier in Wildenhain konnte das Skelett eines Stallhasen von, sagen wir mal: dem einer Katze unterscheiden.

Doch als er sah, was Annamaria in der Hand hielt, wußte er, daß alles verloren war. Sie würden nicht verstehen. Sie würden die Liebe nicht verstehen, mit der er vorgegangen war. Die Behutsamkeit. Die Zärtlichkeit. Und die guten Gedanken dabei.

Annamaria hielt ein rotes Lederband mit silberner Schnalle hoch. „Das haben sie bei dir gefunden, die Jungen!"

Die Jungen? Theo blickte hinter sich. Die Tür zum gekachelten Arbeitsraum war angelehnt. Das Fenster über dem Edelstahltisch stand offen. Der Topf mit der Petersilie, der auf dem Fenstersims gestanden hatte, lag zerbrochen auf dem frisch geputzten Tisch. Verdammt.

Theo versuchte, seine Gesichtszüge zu einem Lächeln zu entspannen. Er drehte sich um und deutete mit dem Kinn auf das Hundehalsband in Annamarias Hand. „Wie schön", sagte er und strahlte sie an. „Ist Nickel wieder zurück?"

„Nein." Auch Frau Thieme lächelte nicht. „Das haben die Buben mit nach Hause gebracht. Sie haben es gefunden, sagen sie. Bei dir."

„Bei mir?" Theo tat baß erstaunt. Zugleich versuchte er sich vor Augen zu rufen, was er alles aufgehoben hatte von seinen – Extrazutaten für die „Ahle Wurst". Die heiligen Reliquien seines Liebesrituals. Er hatte immer etwas behalten, zur Erinnerung. Nicht nur Nickels Halsband, sondern auch das Fell. Ihm wurde übel. Im Kühlhaus hing das auffällige weißsilberne Fell Mäxchens, Sigrun würde es unter allen Umständen wiedererkennen.

Ich kann es erklären, Sigrun, glaub mir, dachte er. Ich habe nur sein Leiden verkürzt. Es geschah aus Liebe. Denn was man liebt ...

Er spürte eine Bewegung hinter sich.

„Halt!" Theos Stimme klang schrill in seinen Ohren. „Das ist nicht erlaubt!" Aber Sigrun war an ihm vorbeigestapft, riß die Tür zum weißgekachelten Raum auf, ging hindurch und öffnete die Tür zum Kühlraum. Dann hörte er sie aufschreien.

„Er hat ... Das glaube ich nicht!"

Sigrun nickte und tupfte sich die Tränen aus den Augenwinkeln.

„Und niemand hat was gemerkt?"

„Er hat mir letztens ein Stück einfach zugesteckt, ich hab's sogar gegessen, und wenn ich daran denke ..." Sie schüttelte sich theatralisch.

„Aber – warum? Wie kommt ein Mann auf eine solche Idee?"

„Ich habe ihm nie getraut." Sigrun machte ein angeekeltes Gesicht. „Schon als Schuljunge hat er mich verfolgt. Und immer so schmierig gelächelt. Er war mir schon damals unheimlich."

Das Geschehen hatte sich in Windeseile herumgesprochen. Ganz Wildenhain stand Kopf. Die meisten hatten Theo vertraut, er war beliebt, ein begnadeter Metzger, ein guter Nachbar. Wie konnte ein Mann wie er einen solchen Vertrauensbruch begehen? Ein Tabu brechen, eines der stärksten, die es in der heutigen Gesellschaft gab? Alle fragten sich nur eines:

Warum?

Theo wußte die Antwort. Aber niemand wollte sie hören. Und so saß er, das Hundehalsband von Annamarias Nickel um die Handgelenke, im Kühlraum und hoffte, daß die Tür aufginge und ihm verziehen würde. Natürlich hätte er sich befreien können, das steife rote Lederband lockerte sich bereits. Aber wie sollte er sich jemals wieder blicken lassen dort draußen bei all den Menschen, die nicht verstanden?

Die Liebe zur geschundenen Kreatur bewegte ihn plötzlich so stark, daß ihm die Tränen kamen. Die Kälte spürte er schon längst nicht mehr, und die Dunkelheit tröstete. Irgendwann wich sie einem milden Dämmerlicht, in dem sich Gestalten bewegten. Die eine sah aus wie Mäxchen, der ihn aus grünen Augen anfunkelte – Mäxchen, der geschnurrt hatte auf seinem Arm und auf dem Edelstahltisch, bevor Theo ihm die Kehle durchschnitt. „Du kommst auch in die Wurst", sagte das Tier und verzog das Mäulchen zu einem Katzengrinsen. Seltsamerweise tröstete ihn dieser Gedanke.

Und dann schwebte eine andere Gestalt auf ihn zu. Es war Hannah, sie lächelte und winkte, auf ihrem Arm Felix, der Foxterrier. Mit ihm im Arm war sie eingeschlafen, an diesem letzten Abend, nachdem er ihr wie immer ihre Tropfen verabreicht hatte.

Er hat nach dir gewinselt und gejault, tagelang, wollte Theo sagen. Er hat so entsetzlich gelitten. Und du weißt doch – ich ertrag' es nicht, wenn jemand leidet. Wenn etwas leidet. Ebensowenig, wie ich dein Leid ertragen konnte.

Hannah winkte und lächelte. Und dann verschwand sie hinter dem grauen Nebel, der sich über ihn senkte.

WILDSCHWEINRAGOUT FÖRSTERINNEN-ART, À LA MARIE

Zutaten für 4 Personen:

6 EL Butter oder Schweineschmalz
1 kg Wildschweinfleisch, grob gewürfelt
1–2 fein gehackte Zwiebeln
4 cl Weinbrand
2–3 gehackte Knoblauchzehen
Lorbeer, Thymian, Piment
1/2 l herber Rotwein (da haben die armen Hinterländer früher Essigwasser genommen, ein Teil Essig, drei Teile Wasser)
Salz, Pfeffer
Mehl und Fett für eine Mehlschwitze

Fett im Schmortopf erhitzen, die Fleischstücke von allen Seiten kräftig anbraten (bis kurz vor dem Anbrennen), salzen und pfeffern, mit dem Weinbrand ablöschen und flambieren. Knoblauch und Kräuter zufügen, Wein angießen. Aufkochen und dann auf kleiner Flamme 1,5 bis 2 Stunden köcheln lassen. Fett für die Schwitze in einem kleinen Pfännchen zerlassen, Mehl darin bräunen, mit Flüssigkeit vom Ragout aufrühren und unter das Ragout heben.

Dazu passen Semmel- oder Kartoffelklöße und in Butter gedünstete Pastinaken oder Karotten.

ABGEBRANNT IM HINTERLAND

Von Klaus- J. Frahm

„Hier im Hinterland gab es mal einen ganz spektakulären Raubüberfall. Da sind ein paar arme Tagelöhner dahergekommen und haben einen Geldtransport mit Steuern für den Kurfürsten ausgeraubt. Über 10 000 Gulden haben die damals erbeutet."

Der Blank war ganz begeistert von seiner Geschichte, ich fand das zwar eher seltsam, sagte aber nichts.

„10 000, also dafür würde ich keinen Knast riskieren", sagte der Plaum.

Der Plaum ist ein alter Kumpel von mir, der damals bei ‚Helden – Security Services' arbeitete, einer Geldtransportfirma. Der Blank, das war sein Kollege, ein Student, der nur einmal in der Woche arbeitete. Der Plaum hatte den Blank mitgebracht, weil die zwei sich angefreundet hatten. Wir saßen zusammen im Chevys, das ist eigentlich eine Frikadellenbude im amerikanischen Stil. In Gladenbach ist das aber auch gleichzeitig so eine Art Szenetreff.

„Moment", sagte der Blank, „10 000 Gulden im Jahr 1822, das wären heute mindestens eine Million Euro. Dafür kann man doch mal was riskieren."

„Und wie haben die das gemacht?", fragte ich.

„Die haben in der Subach, das ist eine enge Schlucht zwischen Mornshausen ..."

„Kenn ich", unterbrach ich ihn, „erzähl mal genauer."

„Also", sagte der Blank und lehnte sich zurück. „Im Herbst 1821 kam der reisende Strumpfhändler David Briel auf die Idee, das Geldkärrnchen vom Kurfürsten zu überfallen. Vom Wildern, das haben die übrigens alle früher hier gemacht ..."

„Machen die heut noch", warf ich ein.

„Also, willst du es jetzt wissen, oder nicht?", maulte der Blank.

„Doch, doch, erzähl", beeilte ich mich zu versichern.

„Hör mal, Jacob, wir leiden hier Hunger, und das Fürstenpack lebt in Saus und Braus." David Briel war wieder bei seinem Lieblingsthema. „Und Steuern müssen wir zahlen, selbst wenn wir gar kein Geld verdienen."

Beim Wildern hatten sich der Briel und Jacob Geiz aus Kombach kennen gelernt. Die beiden haben sich gut verstanden, und der Briel machte dem Geiz die Sache schmackhaft. Jacobs Vater Hans Jacob und sein Bruder Heinrich waren schnell Feuer und Flamme für den Plan. Das Problem war nur, dass das Geldkärrnchen von einem bewaffneten Landschützen begleitet wurde. Aber manchmal hat man ja auch Glück. Der Heinrich hat den Landschützen Volk gekannt. Die beiden waren zusammen in Offenbach beim Militär gewesen und hatten sich jetzt zufällig in Königsberg in einer Kneipe getroffen. Beide hatten ein gewaltiges Problem. Der Heinrich Geiz hatte in Offenbach ein Dienstmädchen kennen gelernt, das jetzt schwanger war.

„Ich würde sie ja lieber heut als morgen heiraten", klagte der Heinrich dem Volk sein Leid. „Aber das Rezensionsgeld! Damit wir heiraten können, muss ich für 200 Gulden das Bürgerrecht in Mühlheim erwerben, wo die Anna herkommt. Von den 16 Kreuzern Tageslohn müsste ich bald drei Jahre dafür sparen und nichts essen oder trinken."

„Mir geht's grad wie dir, Heinrich", stimmte der Volk ein. „Die Emma ist auch in der Hoffnung und von meinen paar Kreuzern kann ich in Offenbach das Zuzugsgeld auch nicht zusammen bringen."

„Ich wüsste ja was", der Heinrich senkte die Stimme, „aber die Sache ist nicht ganz ungefährlich."

„Lass hören", gab der Volk zurück, „eine Gefahr hat uns beide doch nie geschreckt."

Ich schaute zum Plaum hinüber, der im selben Moment mich ansah. Ohne ein Wort hatten wir beide denselben Plan gefasst. Natürlich durfte der Blank nichts merken. Ich ermunterte ihn, weiter zu erzählen.

„Schon wieder Wildschwein, ich kann's bald nicht mehr sehen", grummelte Speedy.

„Dann überfahr doch mal ein Reh, du Idiot", gab Marie zurück.

„Das hab ich geschossen, nicht überfahren", protestierte Speedy.

„Also, mir schmeckt's", sagte ich und fischte mir noch ein paar Brocken Fleisch aus dem Topf.

Man kann ja über Marie viel Schlechtes sagen, aber eine schlechte Köchin ist sie nicht, und ihr Wildschweinragout ist ein Gedicht. Da muss gar kein Wildschwein drin sein, sie kriegt das mit jeder Sorte Fleisch hin.

Ich lernte die Marie kennen, als ihr Mann gerade abgehauen war. Wir hatten beide einen Cola-Cognac in der Hand, als wir uns das erste Mal im Klärchen über den Weg liefen, so etwas verbindet. Das Klärchen ist die angesagte Kneipe in Gladenbach. Auf dem Wirtshausschild steht „St. Claire", und die Bedienung macht immer so ein bisschen auf französisch, allerdings mit hessischem Akzent. An dem Abend war die Marie supermies drauf gewesen, das hatte mich angetörnt. Ihr Typ hatte im Lotto gewonnen und sich mit der ganzen Kohle aus dem Staub gemacht. Was für ein fieser Charakter.

Bald nachdem uns der Blank von dem Überfall auf das Geldkärrnchen erzählt hatte, hatten der Plaum und ich den Plan gefasst, aus der Geschichte zu lernen. Jeden Freitag fuhr ein Transporter von ‚Helden – Security Services' von Gießen nach Gladenbach. Immer voller Kohle für die Geldautomaten. Und die wollten wir uns holen. Wir, das waren der Speedy, sein Bruder Tommi, die Marie, der Kevin und ich. Außerdem natürlich der Plaum, mit dem ich die ganze Geschichte ausgeheckt hatte.

Der Blank war ja, als er uns die Geschichte erzählte, ganz begeistert gewesen, und eigentlich hätte ich ihn mit ins Boot genommen, aber der Plaum hatte gemeint, als Student hätte der es nicht nötig, Geldtransporter zu überfallen. Also hatten wir die ganze Sache ohne ihn geplant.

Viermal hatten wir schon vergeblich gelauert. Einmal war ein Polizeiwagen kurz vorher durch die Schlucht gefahren, ein anderes Mal waren Waldarbeiter in der Nähe. Beim dritten Mal rief der Plaum kurz vorher an, dass zu wenig Kohle im Karren wäre und beim letzten Mal hatten sie zwei zusätzliche Männer im Wagen. Ich hatte schon daran gedacht, den Plan zu schmeißen, aber der Blank hatte ja damals erzählt, dass die Leute von Kombach sieben Anläufe gebraucht hatten.

Um zwei Uhr in der Früh machten sich die Räuber auf den Weg. Es war Weihnachten 1821. Die Familie Geiz und ihre Freunde würden sich heute ein besonderes Weihnachtsgeschenk machen. Vier Stunden wanderten die sieben Räuber nach Eifa, wo sie einen guten Platz für den Überfall ausgemacht hatten. Groß war die Enttäuschung, als sie die beiden Gendarmen sahen. Sie warteten, bis der Tross vorüber war und kehrten unverrichteter Dinge wieder heim.

Im Januar dann begann es zu schneien, als sie die Hälfte des Wegs zurückgelegt hatten.

„Wir müssen umkehren", sagte David.

„Wieso?", fragte Heinrich, „da bleibt der Karren doch am Berg gleich freiwillig stehen."

„Aber unsere Spuren können sie dann bis in eure Stube verfolgen."

Als David, Heinrich und Hans Jacob im Februar an den Ort kamen, warteten sie zehn Stunden vergebens auf die anderen.

„Wo wart ihr denn?", fragte David am Abend in Kombach.

„Wir hatten plötzlich den Weg verloren und haben ihn nicht wieder gefunden", räumte Jacob kleinlaut ein.

Den nächsten Versuch machten die angehenden Räuber im Krofdorfer Forst, bei Kirchvers. Die Wanderung hierher hatte sechs Stunden gedauert, und so waren die Männer recht ungeduldig, als endlich der Wagen in Sicht kam.

„Der Himmel ist gegen uns, David", rief Heinrich aus, als er die Schar Rekruten sah, die in Reih und Glied hinter dem Wagen hermarschierte.

Im März warteten die Räuber dann einmal bis zum Abend vergeblich auf den Karren. Der Fahrer hatte sich entschlossen, noch eine Nacht in Gladenbach zu bleiben.

Im April schien alles gut zu gehen. Die Männer lagen im Gebüsch und sprachen schon ein wenig dem Branntwein zu, als ein Junge aus Erdhausen die Straße entlangkam.

„Heinrich Geiz“, rief er, und als Heinrich aus dem Gebüsch trat, fuhr er fort, „der Volk schickt mich, ich soll euch sagen, heute gäbe es kein Geld, ihr sollt nächste Woche wiederkommen.“

Das konnte nur bedeuten, dass der Postillion heute keine größere Summe zu transportieren hatte. Wieder kehrten sie unverrichteter Dinge nach Hause zurück.

Dagegen hatten wir es regelrecht bequem. Wir fuhren mit unseren Enduros zum Einsatzort. An diesem Morgen sollte es nun endlich klappen. Der Plaum hatte uns für den Tag mindestens drei Millionen avisiert, und der Wetterbericht versprach einen diesigen Morgen, bewölkt, aber ohne Regen. Im Geldkärrnchen wäre der Plaum hinten, als Wachmann, und am Steuer der Blank. Deshalb mussten wir uns natürlich maskieren. Dem Blank sollte der Tommi eins über die Rübe geben, damit er nichts mitkriegt.

„Also mir schmeckt es ganz ausgezeichnet“, betonte ich noch einmal und fischte wieder in dem Topf.

„Fress net so viel, Carsten, sonst kannste morgen die Motorsäch net halte“, brummelte der Tommi.

„Lass ihn, wenn der Fahrer sich auf einmal doch wehrt, war das vielleicht seine Henkersmahlzeit“, feixte Kevin.

„Witzbold“, blaffte ich.

„Esst meinetwegen, so viel ihr wollt“, sagte die Marie, „aber gesoffen wird heut nicht. Jeder kriegt nur noch ein Glas, und dann ist Schluss.“

An diesem Abend murrte keiner. Ich hatte mir auf dem Klo einen Flachmann deponiert, für alle Fälle, und der Tommi hatte auch irgendwo einen, das wusste ich. Wie die anderen ihre Nerven beruhigen würden, wusste ich nicht, glaubte aber, dass die auch vorgesorgt hatten. Beim fünften Mal ist man von so einem plötzlichen Alkoholverbot nicht mehr zu überraschen.

Um fünf standen wir auf. Saukalt war es, und wir zogen uns dick an, bevor wir uns auf die Enduros schwangen. Alles war klatschnass, und wir mussten all unsere Fahrkünste aufbieten. Macht Spaß, so eine Waldtour. Hier im Hinterland ist das so eine Art Volkssport. Früher, als die Förster noch hoheitliche Rechte hatten, da konnten sie einem sofort ein Bußgeld abknöpfen. Seit der letzten Forstreform dürfen sie einen nur noch anzeigen. Da ist jetzt überhaupt kein Risiko mehr dabei, das verdirbt natürlich auch so ein bisschen den Spaß.

Es gab in den Wäldern bestimmte Routen, die alle immer wieder fuhren. Auf denen konnte niemand unsere Spuren so einfach verfolgen. Und Nummernschilder hat man ja an den Dingern eh nie.

Um sechs waren wir alle an unseren Plätzen. Es regnete wie aus Kübeln, und ich fror schon bald ganz entsetzlich. Meine Hose war durchnässt, und von dem Baum, an dem ich saß, tropfte mir das Wasser auf die Kappe. Von dort lief es mir in den Nacken. Bestimmt würde ich mir eine Erkältung holen. Ach, was sag ich, eine Lungenentzündung, ich würde elendig krepieren, denn ich war nicht krankenversichert. Hier in der Subach wäre es ganz einfach, hatte der Plaum gesagt. Und die Marie hatte ihm zugestimmt. In der Subach, hatte sie gesagt, da hat das doch schon mal geklappt, da geht das ganz einfach.

„Heute muss es gelingen“, rief David ein ums andere Mal.

Es war der Samstag vor Pfingsten, der 18. Mai 1822. Vom Haus von Hans Jacob Geiz waren sie um zehn Uhr abends losgegangen.

Fünf Pistolen waren mit dickem Schrot und Kugeln geladen. Gesichtsmasken, Stricke und Lappen trugen sie in ihren Büchsenranzen. Morgens um zwei am Pfingstsonntag kamen sie an den Ort des Überfalls.

Im Gebüsch hatten sie bis zum Tagesanbruch gewartet. Am Morgen banden sie sich die Masken vor die Gesichter und zogen alte Kleider an.

„Auf ein gutes Gelingen“, rief der David und prostete den anderen mit Branntwein zu.

„Auf ein gutes Gelingen", prosteten die anderen mit Branntwein zurück.

Weinbrand hätte ich jetzt auch gebrauchen können. Die Straße führt zwischen Mornshausen und Rollshausen in zwei lang gezogenen Kurven einen Berg hinunter. Da können Fahrzeuge nicht schneller als vierzig fahren. Speedy lauerte oben, ich unten. Kevin und Tommi warteten in der Mitte. Der Regen wurde schwächer und hörte dann ganz auf. Es wurde richtig hell, und meine Laune wurde besser. Ich träumte davon, was ich mir kaufen würde. Zuerst natürlich eine bessere Maschine. Unsere Vorgänger hatten auch eine ganze Weile warten müssen.

„Heia, zieht an." Postillon Müller ließ die Peitsche knallen.

In der Poststation hatte er noch ein gutes Mittagessen aus Hirsebrei und Spiegelei verzehrt, und nun ging es auf der Landstraße nach Gießen. Geld, Pakete und Briefe waren im Geldkasten wohl verstaut, und der Landschütze Hamann aus Hartenrod hatte den Begleitschutz. In der Subach stieg Müller von seinem Kutschbock und ging vor dem Karren her. Hamann ging hinten, um zur Not schieben zu helfen. Mit vereinten Kräften hatten sie schon fast den Gipfel des Berges erreicht. Plötzlich fielen zwei Schüsse, und aus dem Gebüsch kamen vermummte Kerle gestürzt. „Haben wir euch, Spitzbuben, Halunken", brüllte der David.

„Jetzt muss das Geld heraus", setzte Heinrich nach.

Die beiden lenkten den Karren ins Gebüsch und schmissen den Geldkasten hinunter. Der Jacob und sein Vater nahmen dem Hamann das Gewehr weg und zwangen ihn zu einem Baum, an den sie ihn mit einem groben Strick fesselten. Dem Müller erging es genauso. Der David holte aus mit der mitgebrachten Axt und schlug auf den Deckel. Mit lautem Krachen zerbrach der Stiel. Der Heinrich zog sein Messer und schnitt die Axt vom Postwagen herunter. An dem harten Lederriemen zerbrach die Klinge seines Messers. Mit drei wuchtigen Hieben zertrümmerte er den Deckel.

„Jeder nimmt einen Teil, und dann nichts wie davon", rief der David.

Während mich der Gedanke an das Geld wärmte, hörte ich den Ruf des Käuzchens. Es ging los. Ich warf die Säge an, für den finalen Schnitt. Ein Wunder, dass der Baum noch stand, nach fünf Wochen mit Fällkerbe. Die riesige Lärche stand wie eine Eins. Ich setzte die Säge an. So langsam hatte die sich noch nie durch das Holz gefressen, dabei war sie astrein geschärft. Ich kam ins Schwitzen. Wenn es nicht bald knacken würde, würde ich den Millionen schon hinterherschauen, bevor der blöde Baum fiel.

Ich wollte beten, aber so schnell fiel mir kein passendes Gebet ein. Das typische Aufheulen der Motorbremse des Geldtransporters hatte ich noch nicht gehört, aber gegen die Motorsäge kam das wahrscheinlich eh nicht an. Ich überlegte, ob ich aufgeben sollte, da durchfuhr den Baum das typische leichte Zittern. Ganz langsam begann er sich zu neigen, dann immer schneller und schließlich krachte er mit einem Höllengetöse auf die Straße, dotzte einmal auf und blieb liegen. Keine Sekunde zu früh, im nächsten Augenblick knallte das Geldkärrnchen gegen den Stamm, schob ihn ein Stück die Straße hinunter, bis er sich an einem anderen Baum verkeilte und dann auf die Seite kippte.

Ich wischte mir den Schweiß von der Stirn, zog mir die Sturmhaube über und rannte mit der laufenden Motorsäge auf den gepanzerten Wagen zu. Von der anderen Seite kamen schon Tommi und Kevin angerannt. Ich hatte vor, das Sicherheitsglas mit der Motorsäge zu durchtrennen. Schon beim Ansetzen stoben die Funken, und ich kam kaum einen Zentimeter in die Scheibe rein. Jetzt waren wir angeschmiert. Der Plaum hatte doch gesagt, das Glas wäre schusssicher, aber mit einer Säge käme man durch. Ich schaltete die Motorsäge aus und schaute ratlos den Kevin an.

In diesem Moment wurde die hintere Tür vom Transporter aufgestoßen, und der Plaum kam herausgekrochen. Sein Gesicht war blutüberströmt und wutverzerrt.

„Carsten, du Arschloch“, schrie er mich an, „du wolltest uns wohl umbringen.“

„Psst", sagte ich, „der Scheißbaum wollte einfach nicht fallen."

Kevin und Tommi fingen sofort an, Geldsäcke aus dem Auto zu holen. Ich guckte nach dem Blank, der lag bewusstlos im Führerhaus. Ich hoffte, er würde wieder zu sich kommen, denn Personenschäden wollten wir auf jeden Fall vermeiden. Plaum hatte sich inzwischen beruhigt und ließ sich an einen Baum fesseln. Wir machten es alles fast so wie unsere Vorbilder.

„Halt, die Tiere haben uns nichts getan", rief Hans Jacob, „die werden ausgeschirrt und bekommen eine Handvoll Heu." Außer Sichtweite der beiden Überfallenen zogen sich die Männer wieder um.

„Hier in die hohle Eiche tun wir das, was wir nicht tragen können", sagte David. Sie versteckten die alten Kleider und einen schweren Sack mit Geld in dem Baum und machten sich auf den Heimweg.

Eigentlich war die Sache so ja auch viel glaubwürdiger abgelaufen als geplant. Geld zu verstecken war nicht nötig, die Masken konnten wir unterwegs abnehmen, und Heu für den Transporter hatten wir eh keins dabei. Der Speedy kam die Straße entlanggewandert, als hätten wir alle Zeit der Welt, und dann schwangen wir uns mit unseren Geldsäcken auf die Enduros.

Das wurde eine Jagd, quer durch den Wald und rüber nach Erdhausen fuhren wir. Wir hatten uns eine raffinierte Strecke überlegt, auf der wir mehrmals im Wald auf eine Asphaltstraße wechselten und außerdem die beliebtesten Trails befuhren. Es sollte den Bullen unmöglich sein, unsere Spuren zu verfolgen. Wir fuhren rasant, wie beim Motocross, immer hart am Limit. Nach einer guten halben Stunde kam das Forsthaus in Sicht.

„Mann, das mit dem Baum hätte ganz schön schief gehen können", brüllte Kevin mich an, als wir hielten.

„Ist es aber nicht", brüllte ich zurück, „und wenn du es besser kannst, fäll du doch das nächste Mal den Baum."

„Beruhigt euch", sagte Marie, die sofort aus dem Haus gekommen war, als sie unsere Maschinen hörte. „Ab in den Stollen."

„Ich wäre für Aufteilen und Abhauen", maulte Speedy.

„Blödsinn", widersprach die Marie, „wir machen es genau, wie wir es abgesprochen haben. Die Kohle kommt in den Stollen, der wird zugeschüttet, und dann warten wir ab. Ihr versteckt euch drei Tage, und dann leben wir alle erst mal, als wenn nichts wär."

Wir schoben also die Enduros in den alten Blindstollen neben dem Bergbaustollen, in dem wir die nächsten Tage abwarten wollten. Wir hatten uns im hinteren Teil des alten Stollens häuslich eingerichtet. Marie würde uns mit Essen versorgen und den Stolleneingang tarnen.

„Au, verflucht", sagte Tommi, „ich hab meinen Sack verloren."

Wir alle schauten ihn an, als ob er den Verstand verloren hatte.

„Was hast du?", fragte Speedy leise mit einem bösen Funkeln im Auge.

„Mann, mein Sack ist weg", wiederholte Tommi und blickte ratlos von einem zum anderen.

„Egal jetzt", sagte Marie, „stellt die Räder hier rein und schmeißt die Kohle dazu, wir müssen uns beeilen. Ihr müsst den Eingang zuschütten."

Wir legten die drei Säcke und die Motorsäge in den kurzen Stollen und stellten die Motorräder dazu. Mit einem Haufen Geröll, das wir auf der Seite angehäuft und mit alten Bohlen gestützt hatten, verschlossen wir den Eingang. Es staubte wie die Sau, als wir die Bohlen wegschlugen. Hustend rannten wir in unser Versteck, und da ließen wir dann erst mal ein paar Sektkorken knallen.

„Macht keinen Lärm", sagte Marie, „wer weiß, ob nicht die Bullen irgendwo hier rumgeistern."

„Die haben doch keinen Plan", gab ich zurück, „die sperren erst die Straßen, und dann hören die auf zu suchen."

„Na ja", sagte Speedy, „wenn die Tommis Sack finden, können die doch zwei und zwei zusammenzählen."

„Kommt drauf an, wo sie ihn finden", widersprach die Marie. „Wo hast du ihn denn verloren, Tommi?"

„Häh?", brauste der auf, „wenn ich gemerkt hätte, dass der runtergefallen ist, hätt ich ihn doch aufgehoben."

„Ist ja schon gut", beruhigte ihn die Marie. „Es wird schon nicht in der Nähe sein."

„Außerdem", mischte Kevin sich ein, „wäre der ja blöd, der ihn findet und abgibt."

„So", beendete die Marie das Gespräch, „ich geh jetzt und komm heut Abend noch mal rein."

Ich schreckte hoch. Ein Krachen hatte mich aus dem Schlaf gerissen. Mein Kopf fühlte sich an, als sei ein kleiner Bauarbeiter mit einem Presslufthammer darin am Werk. Nach dem Sekt hatte Speedy noch eine Flasche billigsten Wodka hervorgekramt. Jelzin hieß der Fusel, und wir hatten das Zeug wie im Akkord in uns reingearbeitet. Jetzt sahen wir genauso alt aus wie der russische Präsident, oder wie der nach ein paar Jahren unter der Erde aussehen würde, dachte ich, als mein Blick auf Speedy fiel.

„Was ist denn?", fragte Kevin.

„Ich bin's nur", rief die Marie. „Ich musste die Tür mit dem Fuß schließen."

Wir atmeten alle vier tief durch. Die Marie kam mit einem riesigen Topf in den Händen in den Stollen.

„Wildschweinragout nach Försterinnen-Art", sagte sie stolz. „Und das muss drei Tage reichen, ich kann nämlich nicht dauernd hier reinkommen, das wäre zu gefährlich."

„Wie, wir sollen hier sitzen ohne Kontakt nach draußen?", fragte ich.

„Ihr habt doch den Fernseher. Wenn ich hier bei euch bin und der Teufel schickt die Bullen in dem Moment vorbei, ist alles aus. Deshalb muss der Stollen die nächsten Tage zubleiben", erklärte Marie, drehte sich um und ließ uns allein in der feuchten Höhle zurück.

„Vier Millionen, Mann, da haben wir ja alle ausgesorgt", brüllte Tommi aus der Ecke, in der der Fernseher stand. Wir waren gerade in den Nachrichten gewesen.

„Idiot, ohne deinen Sack sind's bestimmt nur noch drei Millionen", knurrte Speedy. „Haben sie den Sack denn schon gefunden?"

„Nee, gesagt haben sie jedenfalls nichts", rief Tommi.

„Boah, drei Millionen", sagte Kevin, „das sind für jeden von uns fünfhunderttausend. Was macht ihr denn mit der Kohle?"

„Also", setzte ich an, „die anderen, die Familie Geiz und der Briel und so weiter, die haben das Geld in ein Fässchen geschüttet, hat der Blank erzählt. Dann hat jeder 800 Gulden bekommen. Das meiste haben sie vergraben. Aber der Heinrich Geiz und der Volk haben ihr Einzugsgeld in Offenbach gezahlt und konnten ihre schwangeren Freundinnen heiraten. Außerdem haben alle ihre Schulden bezahlt und noch die einer mittellosen Witwe. Alle haben sich Taschenuhren angeschafft und auch einiges an Geld verliehen. Auch auf den Jahrmärkten in der Gegend haben die ganz schön geprasst. In den Nachbarorten wurde geflüstert, in den Gärten um Kombach wäre mehr Geld vergraben, als das ganze Dorf wert sei."

„Und, wurden die erwischt?", fragte Speedy.

„Ich glaube nicht, der Blank konnte nicht fertig erzählen, weil das Chevy dann zumachte und wir alle heimgingen", schloss ich meine Erzählung.

Die nächsten vier Tage hingen wir dann eigentlich immer nur ab und glotzten Fernsehen, soffen und aßen Wildschweinragout. Dann war das Ragout alle, und die Alkoholvorräte waren bedenklich geschrumpft.

„Im Fernsehen kommen wir jetzt schon gar nicht mehr vor. Ich denke, wir können mal die Nase rausstrecken", sagte Speedy. „Und außerdem hängt mir das Wildschwein zum Hals raus, ich will mal wieder 'ne anständige Currywurst essen."

„Ich glaube, wir warten besser noch, bis die Marie wieder reinkommt", widersprach ich, „die hat gesagt, in ein paar Tagen."

„Ja, vor ein paar Tagen", sagte Kevin, „die müsste längst schon wieder aufgetaucht sein."

„Die hat sich bestimmt einen Typ angelacht", brummelte Tommi, „vier Tage ohne einen Kerl im Bett, das hält die doch net aus."

„Es gibt gleich was aufs Maul, Tommi", sagte ich ohne wirklichen Druck dahinter. Ich hatte mir selbst längst solche Gedanken gemacht.

„Mir langt's jetzt" sagte der Speedy, „ich geh raus."

Es war schon unser fünfter Tag im Stollen. Zu essen hatten wir gar nichts mehr und zu trinken nur noch Wasser und Kaffee. Eigentlich hatte ja immer einer an dem stabilen Holztor gesessen und gelauscht, aber nie war draußen was zu hören gewesen, außer dem unvermeidlichen Vogelgezwitscher, also hatten wir das Lauschen inzwischen aufgegeben. Die Marie hatte sich noch nicht einmal wieder blicken lassen.

Wir hatten stundenlang Doppelkopf und Skat gespielt. Jeder hatte seinen Anteil an der Beute schon zehnmal verzockt und wieder gewonnen. Dabei wussten wir gar nicht genau, wie viel wir eigentlich hatten. Die Kohle lag ja in dem Blindstollen hinter dem Geröll. Wir diskutierten über das Für und Wider. Sollten wir weiter warten oder rausgehen? Wie üblich kamen wir zu keinem Ergebnis. Dann allerdings wurde uns die Entscheidung abgenommen.

„Kommen Sie nacheinander mit erhobenen Händen heraus, Ihr Versteck ist umstellt. Widerstand ist zwecklos", tönte dumpf eine mechanisch klingende Stimme durch das Tor. Der Sprecher war sicher völlig humorlos, wie ich an der Satzmelodie erkannte. Wenn der zwecklos sagte, meinte der zwecklos. Ich hob schon mal meine Hände.

„Bist du bekloppt", flüsterte Speedy, „wir gehen doch da nicht raus."

„Ach", sagte ich, „eben wolltest du noch. Hast du jetzt eine bessere Idee?"

„Wir verschanzen uns", schlug Tommi vor.

„Wir graben uns einen Ausgang in die andere Richtung", kam von Kevin.

Was soll ich lange drum herumreden, wir ergaben uns natürlich und wurden nach Gießen in das neue Polizeipräsidium gekarrt, jeder in einem eigenen Wagen und in Handschellen. Mich verhörte ein Hauptkommissar Reiter zusammen mit einem Oberkommissar Anschütz. Die beiden machten den Eindruck, als wäre es ihnen scheißegal, ob wir einführen. Sie erwähnten, dass Tommis Sack ganz in der Nähe vom Forsthaus gefunden worden war und gaben mir Recht, als ich sagte, der Finder wäre ganz schön blöd gewesen, die Kohle abzuliefern.

Nach zwei Tagen kamen sie mit ihrem Deal. Wenn ich verraten würde, wo die restliche Kohle wäre, würden sie sich für mich verwenden. Bei guter Führung käme ich mit drei Jahren davon, gegenüber acht oder sogar zehn, wenn die Kohle nicht wieder auftauchen würde. Ich blieb standhaft.

„Tja, Webler, die Säcke waren da, aber es war kein Geld drin. Alles nur Altpapier. Da seh ich nur zwei Möglichkeiten, Webler, entweder du verarschst mich, oder du bist ganz gewaltig verarscht worden. Ich rate dir zu Letzterem. Trotzdem ist natürlich Essig mit mildernden Umständen, das wirst du verstehen."

Reiter saß mir im Verhörraum gegenüber und fächerte einen Stapel Papierschnipsel von Geldscheinformat durch die Hände. Ich war viel zu verdutzt, um zu antworten. Nachdem ich ausgesagt hatte, freute ich mich schon auf die Entlassung in drei Jahren.

„Erst haben wir uns durch deinen Scheiß-Geröllhaufen gegraben", sagte Reiter. „Die Enduros waren da, wie du gesagt hast, und die Säcke auch. Von der Kohle allerdings keine Spur, dafür haben wir einen Hinterausgang entdeckt, ein bisschen versteckt im Wald, aber durch den kann man ganz bequem herausspazieren."

Ich war wie vom Donner gerührt. Marie hatte uns also gelinkt, sogar mich. Da gab es nichts dran zu rütteln. Die hatte wohl doch besser zu ihrem Ehemann gepasst, als ich dachte. Die Frage war, mit wem zusammen sie uns gelinkt hatte. Dass sie das Ding allein durchgezogen hatte, konnte ich mir nicht vorstellen. Wenn ich recht überlegte, blieb eigentlich nur der Plaum, die Sau. Dem hatte ich noch nie richtig getraut.

Ich hatte den Plaum bisher immer rausgehalten aus meinen Aussagen, damit war jetzt Schluss. Ich packte jetzt endgültig aus. Bis jetzt hatte ich es gemacht wie die Politiker, nur zugeben, was nicht mehr zu verheimlichen ist. Jetzt erfuhren Reiter und Anschütz alles über Planung und Ausführung unserer Nummer. Sie waren richtig beeindruckt. Ich glaube, der Reiter war sogar ein bisschen neidisch und, hätte ich den früher gekannt, dann hätte der bestimmt mitgemacht.

Mein Anwalt erzählte mir ein paar Tage später, Plaum wäre auf der Arbeit bei ‚Helden - Security Services' festgenommen worden und hätte gleich gestanden. Und noch etwas erfuhr ich: Der Blank hatte direkt nach dem Überfall den Job geschmissen, Überfalltrauma hatte er gesagt. Das war irgendwie meine Schuld, dachte ich und beschloss, mich bei dem armen Mann zu entschuldigen, wenn ich wieder draußen wäre. Ich schrieb ihm einen Brief, aber der kam als unzustellbar zurück.

Die Marie war verschwunden. Was mich wunderte war, dass sie ohne den Plaum abgehauen war. Der Richter fand für uns alle fünf keinerlei mildernde Umstände. Ich fing neun Jahre. Das hieß frühestens nach sechs Jahren Aussicht auf Entlassung wegen guter Führung. Und gute Führung ist ja auch so eine Sache, das muss man ja erst mal bringen. Eins aber tröstete mich, in neun Jahren hätte ich keine fünfhundert Riesen zusammenmalochen können, und in sechs Jahren schon gar nicht. Im Prinzip war die Sache es also wert gewesen.

Ich hatte mich in Schwalmstadt mit den Jahren ganz gut eingelebt. Zuerst hatte ich per Fernschule mein Abitur gemacht, dann hatte ich eigentlich vorgehabt, Jura zu studieren. Wegen meinen Depressionen hatte ich mich dann doch für Psychologie entschieden. Schließlich könnte mir so eine Therapie sicher auch den Zwang zum Verlieren abgewöhnen, hatte ich spekuliert. Ich saß oft in der Gefängnisbibliothek und lernte. In den Pausen blätterte ich meistens in Reisezeitschriften, Fernweh bekommt man ja fast zwangsläufig, wenn man im Knast sitzt. Das weiß man schon von dem alten Karl May.

In einem alten Buch fand ich auch einen Bericht über den Überfall in der Subach. Jetzt konnte ich nachlesen, wie es unseren Vorgängern ergangen war. Den armen Leuten von Kombach wurde ihr plötzlicher Reichtum dann doch zum Verhängnis. Nachbarn gaben der Polizei jede Menge anonyme Hinweise.

Bei einer Durchsuchung des Hauses der Wildererfamilie Geiz wurden belastende Waffen und Munition gefunden. Im September 1822 wurden die Verdächtigen inhaftiert. Durch Dauerverhöre und ein wildes Ausspielen der Verdächtigen gegeneinander wurden die Männer in neun Monaten weich gekocht. Der erste legte im Juni 1823 ein Geständnis ab, die anderen folgten dann nach und nach.

Am 25. März 1824 erging das Urteil. Hinrichtung durch das Schwert wegen Straßenraubs. Alle Versuche der Verteidiger, das Urteil zu revidieren, missglückten. Am 7. Oktober wurden die fünf Verurteilten in Gießen hingerichtet. Zwei hatten vorher Selbstmord begangen, und nur einer war entkommen.

Der David Briel hatte sich sofort nach dem Überfall einen Hausierschein ausstellen lassen, also einen Pass, um ins Ausland zu gehen. Zwanzig Jahre später schrieb er seinem Bruder aus Amerika, wo er sich eine neue Existenz aufgebaut hatte. Er war sogar Pfarrer in einer kleinen Gemeinde im mittleren Westen geworden. Das war's, der cleverste von den damaligen Räubern hatte nicht irgendwo gewartet, bis sie ihn holten. Der war sofort abgehauen.

Als ich eines Nachmittags mal wieder ein Geoheft las, hatte ich plötzlich das Gefühl, mich tritt ein Pferd. Auf einem Bild vom Strand von Acapulco war die Marie. Super knackig braun gebrannt im Bikini, und neben ihr ein genauso braun gebrannter Typ mit ultraweißen Zähnen. Den Typ kannte ich. Jetzt wusste ich auch, warum mein Brief mit der Entschuldigung nicht zugestellt werden konnte. Der Blank schlenderte mit der Marie im Arm und unseren Millionen im Rücken über den weißen Strand von Acapulco.

Ich beschloss, meine Studienpläne doch noch einmal zu ändern. Ich würde es genau so machen, wie der Briel, der war ein Siegertyp. Ich ließ mir sofort die Unterlagen für das Fernstudium Theologie zuschicken.

GRÜNE SOSSE – GRIE SOSS

Zutaten:

Petersilie, Schnittlauch, Kerbel, Borretsch, Dill, Spinatblätter, Kresse, Estragon, Basilikum, Pimpernelle
1/4 l saure Sahne oder Joghurt
1 kl. Zwiebel
2 EL süße Sahne
2 EL Mayonnaise
200 g Magerquark
Salz und weißer Pfeffer aus der Mühle
1 kl. Prise Zucker
1 bis 2 hartgekochte Eier

Alle Kräuter oder eine Auswahl daraus; Estragon sparsamer als andere Kräuter verwenden. Kräuter waschen, mit Küchenkrepp trocknen, dann grob schneiden; sie sollten locker geschichtet dann etwa 3/4 l ausmachen. Davon 2/3 zusammen mit der sauren Sahne und der grob geschnittenen Zwiebel im Mixbecher der Küchenmaschine pürieren. Sollte die Flüssigkeit nicht ausreichen, kann man noch die beiden EL süße Sahne zugeben. Den Rest der Kräuter klein schneiden und in einer Rührschüssel mit dem Inhalt des Mixbechers verrühren; sie geben der Soße den „Biss“. Mayonnaise und so viel Quark unterrühren, bis eine cremige Soße entsteht. Abschmecken mit Salz, Pfeffer und Zucker. Die hartgekochten Eier schälen und grob zerhacken. Beim Anrichten auf die Grüne Soße streuen oder auch damit vermischen.

SALOME UND IHRE HÄUPTER

Von Andrea Isari

Mein ermordeter Mann hat mir viel Geld hinterlassen. So lebe ich gut, finanziell gesehen. Vor vier Jahren habe ich mir eine Wohnung gekauft, ein Penthouse mit großer Terrasse und einem wunderbaren Blick über die Dächer Sachsenhausens hin zur Skyline Frankfurts. Am meisten liebe ich es, wenn sich die untergehende Sonne im Glas der Hochhäuser spiegelt. Ein solches Rot kenne ich nur vom Kap Sunion, wenn dort der Feuerball ins Meer fällt.

Mein Anwalt hat mir die Wohnung ausgesucht. Ein Neubau. Hier sind sich von Anfang an alle fremd gewesen. Man begegnet sich ohne Vorbehalte aus früheren Leben. Genau so etwas brauchte ich.

Unser altes Haus auf dem Lerchesberg habe ich schon zu Beginn meiner Haftzeit verkauft. Die neue Wohnung vor ihrem Ende erworben. Ich habe meinen Mädchennamen wieder angenommen, auch schon während der Haft. Und so war ich ein unbeschriebenes Blatt, als ich hier vor zwei Jahren einzog. Außer dem höflichen Gruß – der zufälligen Begegnung im Fahrstuhl oder in der Tiefgarage, auf dem Hin- oder Rückweg zum oder vom Einkauf, Kino oder Theater geschuldet – hat man nichts miteinander zu tun. Über mich kann niemand im Haus Beschwerde führen, denn ich sehe gepflegt aus, habe selten Besuch und verhalte mich unauffällig. Ich denke, die meisten Menschen im Haus kennen mich nicht, so wenig wie ich sie. Auch im so genannten öffentlichen Raum erkennt mich kaum jemand wieder. Mein einst dunkles, langes Haar trage ich heute natürlich weiß und sehr kurz.

Ich bin menschenscheu geworden nach den Jahren der Haft. Lebe zurückgezogen. Andere würden behaupten, ich sei einsam, was aber nicht stimmt. Ich bin nur allein. Ich bin Witwe.

Selten bekomme ich Post, private meine ich, also etwas anderes als Werbung, Rechnungen, Versicherungsscheine oder Sonstiges von offiziellen Stellen.

Heute ist ein besonderer Tag. Ich habe einen Brief erhalten, keinen von diesen üblichen mit im Fenster eingedruckter Adresse. Meine Anschrift steht mit einer Maschine ordentlich auf den Umschlag getippt, ein Absender fehlt. Stempel: Briefzentrum irgendwas. Unwichtig!

Ich weiß nicht warum, aber ich habe Herzklopfen, als ich den Umschlag öffne und ein Foto herausziehe, ein buntes. Es hat Standardformat, zehn mal fünfzehn.

Dieter, meinen ermordeten Mann, erkenne ich sofort, auch ohne Brille. Nicht wegen des Gesichtes, sondern wegen des Anzugs. Er hatte sich kurz vor seiner Ermordung diesen hellen Sommeranzug zugelegt. Damals für mich insofern eine Überraschung, weil er während der fünfzehn Jahre unserer Ehe nur dunkle Kleidung getragen hatte. Ich sehe, er hält eine Frau im Arm. Sie ist ziemlich jung, das erkenne ich sogar ohne Gläser. Aber wer ist sie?

Ich hole meine Brille vom Schreibtisch. Er ist übrigens die einzige Wohn-Reminiszenz an mein altes Leben und hat nichts mit Dieter zu tun. An ihm habe ich meine Vorlesungen ausgearbeitet, Vorträge, Bücher und Artikel geschrieben. Früher war ich als Kunsthistorikerin an der Universität beschäftigt. Ich galt als Spezialistin für die Malerei des 17. Jahrhunderts, war so etwas wie berühmt in der Kunstszene. Das war vor meiner Haft, dann hat man mich entlassen. Bis heute erhalte ich Tantiemen aus meinen Veröffentlichungen.

Ich betrachte das Foto erneut und erkenne sie: Karla! Karla Unthat, lachend, eng an Dieter geschmiegt, viel hübscher, als ich es je war, blond. Sie stehen auf dem Eisernen Steg, die Silhouette des Doms im Hintergrund. Ihr Haar schimmert in der Sonne, die sich im Main widerspiegelt. Karla trägt dasselbe geblümte Kleid, das sie trug, als wir uns kennen lernten. Sie ist glücklich mit Dieter, das sieht man. Ich war damals sehr unglücklich mit ihm. Aber wieso sind die beiden zusammen auf dem Foto?

Vom Moment meiner Verhaftung an – nach der Ermordung Johanna Webers – hatte ich gesagt, man sollte sie suchen: Karla Unthat aus Berlin.

Ich kann der Polizei keinen Vorwurf machen. Der Justiz auch nicht. Sie haben wohl ordentlich gearbeitet, sagen alle, auch mein Anwalt. Bei dieser Beweislage *mussten* sie mich verhaften und die Richter *mussten* mich später verurteilen. Wegen heimtückischen Mordes an Johanna Weber aus Berlin. In Johannas persönlichem Telefonbuch stand mein Name, meine Anschrift, meine Telefonnummern, privat und an der Uni. Die Telefongesellschaft konnte nachweisen, dass ich wenige Stunden vor der Ermordung Johannas – es geschah übrigens nachts, während sie schlief, mit einem Messer – mit ihr telefonischen Kontakt hatte, was stimmte. Und zwar vom Anschluss des Tagungshotels aus, weil ich nämlich drei Tage lang in Berlin war, um an einer Kunsthistoriker-Konferenz teilzunehmen und Vorträge über Spezialfragen meines Spezialgebietes zu halten. Auf dem Wohnzimmertisch von Johanna hatte die Polizei eine Flasche angebrochenen Apfelwein gefunden, dazu zwei gerippte Gläser mit dem aufgedruckten Logo einer Frankfurter Kelterei. Auf einem waren meine Finger- und Lippenabdrücke, auf dem anderen die von Johanna.

Die Beweislage war also mehr als eindeutig. Nur ein Motiv konnten sie nicht finden. Ich hatte ja auch keines, ich kannte Johanna Weber nicht einmal, doch das glaubte mir niemand. Bei rechter Betrachtung konnten sie es mir auch nicht glauben. Ich flehte und bettelte um ihre Hilfe, die sie mir zu geben willens waren, man kann wirklich nichts anderes behaupten. Doch sie fanden keine Karla Unthat, von der ich behauptete, sie sei die Tochter Johanna Webers und ihre Mörderin.

Meine Geschichte klang für sie wie die einer Verrückten, weshalb ich mich freiwillig einer langen Therapie während der Haftzeit unterzog. Ich war mir damals plötzlich meiner eigenen Normalität nicht mehr sicher. Zumal ich den Tod meines Mannes tatsächlich herbeigesehnt, den Mord aber nicht begangen, den Tod Johanna Webers weder herbeigesehnt noch den Mord begangen hatte.

Nach dem Tod meines Mannes hatten sie mich kurz als Täterin in Verdacht. Die Ehe war ein Desaster, Dieter hatte mich seit Jahren nach Strich und Faden betrogen, mögliches Mordmotiv: Eifersucht. Er war reich, mögliches Mordmotiv: Habgier. Wir hatten einen Ehevertrag und im Falle der Scheidung wäre ich auf mein vergleichsweise kärgliches Einkommen als Wissenschaftlerin angewiesen gewesen.

Nach seinem Tod wurde ich seine Haupterbin. Weil nachgewiesen werden konnte, dass er in seinem Berliner Hotel, in dem er sich seit Jahren regelmäßig mindestens eine Woche pro Monat aufhielt, vom eifersüchtigen, russischen, illegal in Berlin lebenden Freund einer jungen, heißblütigen und ebenfalls russischen, aber legal dort lebenden Geliebten erstochen worden war. Die Beweise zu Lasten des Illegalen mussten falsch sein, denn ich wusste, wer Dieter ermordet hatte: Weder der Russe noch ich, sondern Karla Unthat.

Während der Vernehmungen nach Dieters Ermordung erwog ich kurz, Karlas Identität preiszugeben. Doch ich erwähnte sie mit keiner Silbe, und zwar aus guten Gründen:

Erstens: Ich kannte sie so gut wie gar nicht, konnte also auch keine genauen Angaben über ihre Person und ihren Aufenthaltsort machen.

Zweitens: Sie hätte – gesetzt den Fall, dass man ihrer tatsächlich aufgrund meiner Angaben habhaft geworden wäre – mit Sicherheit ausgesagt, ich sei die Anstifterin zu Dieters Mord gewesen. Ich hätte sie letztlich nur als Tatwerkzeug missbraucht. Das wäre schlüssig gewesen und nicht einmal falsch.

So schwieg ich, was Karla anbelangte, und war zufrieden über Dieters Tod, den ich ihm in jedem Fall gewünscht hatte.

Ich frage mich, wie Karla das mit seinem Mord angestellt hat. Sie ist sehr geschickt vorgegangen, hat Spuren zum Russen gelegt, ihn sogar ins Hotel gelockt. Er wurde zur Tatzeit dort gesehen, wie Zeugen aussagten. In der Berliner Russenszene war bekannt, so die Ermittler, dass er seine Freundin, die Geliebte Dieters, bis zur Raserei liebte und immer wieder angekündigt hatte, er würde jeden umbringen, der sie anfasste. Dieter hatte es getan, oft sogar, teilte das Hotelpersonal mit. Er zahlte sogar fürs Doppelzimmer, in dem er auch andere Damen empfangen hatte, die jedoch nicht identifiziert werden konnten. Karla, du warst eine von ihnen, da bin ich sicher.

Dass der Russe zustach, wunderte eigentlich niemanden, und für mich war es die bequemste Version. Man ließ jeden Verdacht gegen mich fallen und betrauerte mich als Witwe. Wobei sich das Mitleid in meinen Frankfurter Kreisen in Grenzen hielt. Denn man wusste um den Zustand unserer Ehe und vermutete, dass mir Dieter nicht allzu sehr fehlen würde.

Manchmal bekomme ich es selbst durcheinander, für welchen Mord ich eigentlich eingesessen habe. Dann sage ich laut: Frau Professor Doktor Nora Schuldt wurde wegen Mordes an Johanna Weber zu fünfzehn Jahren Gefängnis verurteilt, nicht aber für den Mord an ihrem Ehemann Doktor Dieter Schuldt.

Warum ich bei dieser Frage durcheinander komme? Laut meiner Therapeutin – eine nette Frau, vielleicht ein bisschen unbedarft – empfinde ich angesichts Dieters Tod Schuldgefühle, weil ich ihn tatsächlich hasste und ihm den Tod wünschte. Gleichzeitig hing ich aber wegen Verlustängsten, die von dem frühen Ausscheiden meines Vaters aus seiner Ehe mit meiner Mutter herrührten, wie eine Klette an ihm, was eine für sein Leben schonendere Trennung in Form einer Scheidung verhinderte. Außerdem hätte er sich aufgrund seines schiefen Egos an meinem Leid geweidet, daraus Stärke und Genuss gezogen, und deshalb seine Liebschaften erst richtig auskosten können. Es gäbe solche Perverslinge, erklärte sie mir.

Nachdem ich dann Johanna Weber umgebracht haben sollte, was auch für die Therapeutin als unumstößliche Tatsache feststand, hätte ich, so die Psychologin, meine Schuldgefühle auf den Mord an Dieter projiziert. Und die seien um ein Vielfaches größer als die gegenüber Johanna Weber, weil ich ihr längst nicht so nahe gestanden hätte. Deshalb käme ich pausenlos damit durcheinander. Warum ich sie umgebracht haben soll, konnte sie mir allerdings auch nicht nachvollziehbar erklären. Es hatte wieder etwas mit komplizierten Projektionen zu tun. In meiner inneren Verzweiflung hätte ich jedenfalls, sagt sie, die Figur der Karla Unthat erfunden und ihr, einem reinen Hirngespinst, die Tat angelastet. Schon der Name, den ich für sie gewählt hätte, spräche Bände. Ich habe es dann bei dieser Erklärung belassen, weil die Wahrheit zu unwahrscheinlich war, um sie irgendjemandem verständlich machen zu können. Das sah ich ein, und heute würde ich auch nicht mehr versuchen, sie jemandem zu erklären. Deshalb hält mich die Therapeutin für geheilt, und ich durfte ein paar Jahre früher raus. Dafür bin ich ihr sehr dankbar und habe sie schon mehrfach zum Essen eingeladen. Sie ist eine der wenigen Personen, mit denen ich Umgang habe. Sie interessiert sich heute sehr für die Malerei des 17. Jahrhunderts!

Karla Unthat: Jetzt durch die Brille sehe ich dich genau, erkenne, wie du meinen Mann umarmst. Karla Unthat: Es gibt dich und du bist aus Fleisch und Blut. Es gab zumindest eine junge Frau, die ich unter diesem Namen kannte, die Dieter umarmte, ihn umbrachte und auch Johanna Weber tötete. Davon bin ich überzeugt. Nur bist du wie vom Erdboden verschwunden und giltst für die Therapeutin als Projektion.

Jetzt, wo ich dich anschaue, habe ich Angst vor dir. Angst, dass du mich eines Tages auch meucheln könntest. Aber vielleicht bist du zur Ansicht gelangt, dass ich im Knast genug gebüßt habe, dass es keiner weiteren Vergeltung bedarf.

Ich gestehe ja meine Schuld ein, meine doppelte: Dich den Mord an Dieter begehen zu lassen und den an Johanna Weber, die deine Mutter gewesen sein muss, nicht begangen zu haben.

Tatsächlich, in beiden Fällen trifft mich Schuld, ich sehe es ein, habe es immer eingesehen. Nur die Furcht vor langen Knastjahren hat mich deinen Namen nennen lassen. Ich war feige und wäre es wieder. Und nun habe ich Angst davor, dass du mutig warst und heute noch sein könntest, mich also vielleicht eines Tages umbringen wirst.

Warum eigentlich nicht? Was hätte ich noch zu verlieren? Nur erkläre mir, bevor du mich – wahrscheinlich auch mit einem Messer – tötest, erkläre mir bitte, wie die Beziehung zwischen Dieter und dir war, woher ihr euch kanntet. Hast du ihn nach oder vor unserem Gespräch kennen gelernt? Hast du ihn kurz vor oder kurz nach der Foto-Aufnahme bis zur Besinnungslosigkeit gevögelt und er dich? Ich weiß, wie gut er im Bett war!

Karla Unthat: Ich sehe dich genau vor mir, wie du mit einem Lachen auf deinem jungen, hübschen Gesicht an meinen Tisch trittst und fragst:

„Entschuldigung, kann ich mich zu Ihnen setzen? Ich habe keine Lust, allein zu sein."

Damals saß ich im Sommer fast immer donnerstags gegen Abend in der Gartenwirtschaft am Lerchesberg unter den Bäumen, trank mit Rieslingsekt gespritzten Apfelwein und aß Grüne Soße mit Bratkartoffeln. In unseren glücklichen Jahren hatte ich mich hier mit Dieter getroffen, doch dann gab er unser kleines Ritual auf. Ich war jemand, der Konstanten brauchte: die Ehe, die Vorlesungen, die Bücher, die Gartenwirtschaft. Und ich hielt deshalb an allem fest, auch wenn ich allein damit blieb.

In all den Jahren, in denen ich an diesem immer selben Tisch saß, fragte mich nie jemand, ob er sich zu mir setzen dürfte. Ich hätte es auch nicht geschätzt, mit einem unbekannten Menschen sprechen zu müssen, nur weil er allein war, vielleicht sogar einsam. Ich hatte selbst genug Sorgen, brauchte zusätzlich keine fremden.

Doch bei dir sage ich:

„Ja gern. Warum sind Sie allein? Sie sehen mir nicht wie ein typisches Mauerblümchen aus."

„Bin ich auch nicht. Nur kenne ich in Frankfurt keinen Menschen, bin auch nur für ein paar Tage da. Ich heiße übrigens Karla Unthat."

Charmant reichst du mir die Hand.

„Nora Schuldt, freut mich."

Erst viel später begreife ich, dass ich mich dir gar nicht hätte vorstellen müssen, dass unser Aufeinandertreffen nichts mit Zufälligkeit zu tun hatte, sondern das Ergebnis deiner sorgfältigen Planung war.

Wir beginnen zu plaudern. Du tust mir gut, merke ich. Du erkundigst dich nach den kulinarischen Besonderheiten der Stadt, und ich rate dir zu Grüner Soße mit Bratkartoffeln und vorher zu einem Glas mit Rieslingsekt gespritztem Apfelwein als Aperitif.

„Zwei Drittel Rieslingsekt, ein Drittel Apfelwein. Das tranken früher die reichen Leute. Das platte Volk hatte nur Geld für reinen Apfelwein oder den mit Wasser gemischten", erkläre ich dir.

Du wirkst frisch und neugierig, bist unprätentiös und selbstbewusst, scheinst mit beiden Beinen sicher in der Welt zu stehen. Das Einzige, was mich ein bisschen stört, ist dein Blick. Du schaust mich mit deinen dunkelgrünen Augen zu intensiv an. Übrigens ein Grün, das ich so bis dahin und auch danach nie wieder in einem menschlichen Auge gesehen habe. Seit unserem Treffen achte ich immer bei Menschen darauf. Von deinem Blick habe ich jedenfalls vom ersten Moment an den Eindruck, er wollte in mir lesen und könnte auch mehr aus mir herausholen, als ich mir selbst eingestehen, geschweige denn öffentlich machen möchte. Irgendwann vergesse ich deinen Blick, weil es so interessant ist, mit dir zu trinken, zu essen und zu reden.

Der Aperitif schmeckt dir, und wir bestellen weitere Gläser. Die Grüne Soße schmeckt dir auch, und du erkundigst dich ausführlich nach dem Rezept. Du sagst, du lebst in Berlin und hast dort Literaturwissenschaften und Germanistik studiert, bist sechsundzwanzig Jahre alt, möchtest Bücher schreiben, große Literatur. Aber vorher noch aus der Enge des Herkömmlichen ausbrechen. Eine wissenschaftliche Karriere, wie ich sie gemacht habe, kommt für dich nicht in Betracht, weil du dich den Zwängen des universitären Alltags nicht aussetzen möchtest. Du möchtest dir die Anlässe für dein Leben selbst schaffen, sagst du, und ich halte dich für eine Träumerin.

Wir bestellen schon wieder gespritzten Apfelwein, sind beschwingt, kommen uns näher, beginnen Themen aus unserem Inneren zu streifen. Wir duzen uns.

Du liebst einen Mann, erfahre ich. Du liebst ihn unendlich und wirst nie wieder einen anderen nach ihm so sehr lieben können, das weißt du schon jetzt. Du strahlst und nippst an deinem Glas. Erst jetzt sehe ich, dass das Grün deiner Augen sich im Blumenmuster deines Kleides wiederholt. Du achtest auf Kleinigkeiten beim Kauf deiner Kleidung, das gefällt mir. Oder war es Zufall?

„Wirst du diesen Mann heiraten?", frage ich.

„Bist du verheiratet?", fragst du, statt zu antworten.

„Ja, seit fünfzehn Jahren."

„Würdest du ihn wieder nehmen?"

„Wenn ich gelernt hätte, mich zu befreien, nicht."

In diesem Moment wird mir klar, dass ich Schuld auf mich geladen habe. Die Schuld, bei Dieter geblieben zu sein, bei einem Mann, der mich demütigt, quält und dennoch festhält. Vor zweitausendzweihundertneunundneunzig Tagen haben wir das letzte Mal miteinander geschlafen. Ich zähle jeden Tag. Damals erklärte er mir, keinen Bock mehr auf mich zu haben. Andere, jüngere Frauen fände er begehrenswerter, und er habe seit Langem viele von ihnen.

Von diesem Moment an begann sich meine Liebe zu ihm in Hass zu verwandeln. Ein Hass, der inzwischen so groß geworden ist, wie es einst die Liebe zu ihm war. Zum Hass gesellt sich das Gefühl der Schuld mir selbst gegenüber. Denn ich habe zugelassen, dass mich erst die Liebe und anschließend der Hass an ihn band und ich mich nicht von ihm befreite. Wahrscheinlich liebe ich meinen Hass und habe mich mit ihm eingerichtet.

Das alles sage ich dir aber nicht, Karla, noch nicht. Doch du ahnst es, denn du fragst mich:

„Hasst du ihn?"

„Ja", sage ich lediglich.

„Ich hasse meine Mutter", sagst du unvermittelt, und ich erkenne in deinen Augen die Wahrhaftigkeit deiner Aussage. „Sie liebt mich nicht. Mein Vater ist gestorben, ich denke aus Leid, weil er mich so sehr vermisst hat. Er war ein schwacher Mensch, sagt meine Mutter. Er hätte lieber auf mich verzichtet, als um mich zu kämpfen. Sie hat ihn verlassen, ihn mir damit fortgenommen. Da war ich sechs Jahre alt. Ich habe ihn mit sieben das letzte Mal gesehen. Als ich stark genug gewesen wäre, um mich durch seine Schwäche zur Liebe vorzukämpfen, war er längst tot.

Meine Mutter ist schwer herzkrank, schon immer. Wir haben eigentlich alles gut im Griff. Nur wenn ich mit dem Mann zusammen bin, den ich liebe – und das ist selten genug, weil er nicht in Berlin lebt –, dann bekommt sie Herzattacken. Sie sagt, sie stürbe sofort, wenn ich ganz mit ihm ginge. Beladen mit dieser Angst, würde unsere Liebe wahrscheinlich zerbrechen. Mutter hält mich gefangen, und ich hasse sie dafür."

„Hasst du sie mehr, als du ihn liebst?", frage ich.

„Ja", sagst du mit erschütternder Eindeutigkeit.

„Und bist du sicher, dass du deinen Hass auf sie dauerhaft nicht stärker liebst als den Mann? Das solltest du bedenken. Denn die Liebe zu deinem Hass kannst du dir sichern, auf ewig. Die zum Mann nicht. Stell dir vor, die Liebe zwischen euch verschwindet irgendwann. Dann hast du gar keine mehr. Nicht einmal mehr die Liebe zu deinem Hass auf deine Mutter. Und dann?", frage ich dich.

Du schaust mich erstaunt an, begreifst nicht, was ich rede. Es ist an der Zeit, dir zu erklären, dass mich die Liebe zum Hass auf meinen Mann fesselt und ich mich deshalb an mir selbst schuldig mache, weil ich mich nicht fortentwickele und befreie.

„Du bist zu jung, um das zuzulassen. Kämpfe für dich und dein Leben. In deinem Alter hast du die Pflicht, egoistisch zu sein."

Du schaust schweigend hinauf in die Bäume. Es wird langsam dunkel, ich sehe deine Qual.

„Entschuldigung, Karla. Ich wollte …"

Du unterbrichst mich:

„Nein, ist okay. Du hast ja Recht. Ich würde gern ein bisschen laufen. Begleitest du mich?"

Ich verschwinde noch schnell auf der Toilette und zahle am Tresen für uns beide. Im Laufschritt marschieren wir die Straße hinauf an der Gärtnerei vorbei in die Dunkelheit. Wir schweigen eine ganze Weile.

„Kennst du die Geschichte der Salome?", fragst du mich plötzlich.

„Ja, natürlich. Was soll die Frage?"

„In der Bibel steht: Herodes hatte Johannes ins Gefängnis geworfen wegen der Herodias, der Frau seines Bruders Philippus. Denn Johannes hatte zu ihm gesagt: Es ist nicht recht, dass du sie hast. Und er hätte ihn gern getötet, fürchtete sich aber vor dem Volk; denn sie hielten ihn für einen Propheten. Als aber Herodes seinen Geburtstag beging, da tanzte die Tochter der Herodias vor ihnen. Das gefiel dem Herodes gut. Darum versprach er ihr mit einem Eid, er wolle ihr geben, was sie fordern würde. Und weil sie zuvor von ihrer Mutter angestiftet war, sprach sie: Gib mir auf einer Schale das Haupt Johannes des Täufers! Und der König wurde traurig; doch wegen des Eides befahl er, es dem Mädchen zu geben, und schickte hin und ließ Johannes im Gefängnis enthaupten. Und sein Haupt wurde hereingetragen auf einer Schale und dem Mädchen gegeben; und sie brachte es ihrer Mutter."

„Ich kenne die Geschichte so, dass Salome den Johannes begehrt. Als er sie zurückweist, fordert sie seinen Kopf und bekommt ihn", sage ich zu Karla.

„Das ist die Version von Oscar Wilde. Welche der beiden Geschichten wir nehmen, um sie loszuwerden, spielt keine Rolle: du deinen Mann, ich meine Mutter."

Ja, wahrscheinlich wäre das gut, sehr gut sogar, denke ich. Wie in einem Traum taucht nun der abgeschlagene Kopf Dieters auf einer Schale liegend vor mir auf, die du in den Händen hältst, und ich empfinde eine seltsame Genugtuung. Von der Seite betrachte ich dich: Du ähnelst der von Caravaggio gemalten Salome, nur dass du blond statt brünett bist.

„Du meinst, wir sollten sie umbringen, um uns zu befreien?“, frage ich dich neugierig.

„Was bleibt uns anderes übrig? Denn solange sie leben, werden wir immer wieder zu ihnen hingezogen. Erst wenn sie tot sind, sind wir frei“, sagst du, als handele es sich um eine pure Selbstverständlichkeit.

Das Spiel beginnt mich zu interessieren. Moralische Bedenken brauche ich nicht zu haben, denn es entbehrt jeder Realität. Warum nicht mal im Kopf die eigene Freiheit vorbereiten? Jeder Gedanke an eine Scheidung von Dieter ist daran gescheitert, dass die Vorstellung, er könnte mit einer anderen Frau glücklich sein, für mich unlebbar wäre. Ich müsste ununterbrochen daran denken. Tatsächlich könnte mich nur sein Tod von den Gedanken an sein Leben lösen.

„Wenn er tot wäre, könnte ich endlich ein neues, eigenes Leben beginnen“, höre ich mich zu dir sagen. „Er würde mein Denken und Fühlen nicht mehr besetzen, ich würde Dinge tun, von denen ich durch seine Besetzung nicht einmal weiß, welche es sein könnten, denn er raubt mir meine Kraft zum Denken und zum Träumen von anderem. Ich müsste ihn töten, ja, Karla, wirklich, ich müsste ihn töten. Doch vielleicht würde dann das Gefühl der Schuld an die Stelle der erwarteten Befreiung treten, oder ich würde ganz einfach ins Gefängnis gesteckt. Beides keine guten Alternativen!“

„Die Frage der Schuld musst du mit dir selbst ausmachen. Die trifft mich mit meiner Mutter genauso. Aber ihre Tötung geschieht aus reiner Notwehr. Beide, dein Mann und meine Mutter, versuchen uns psychisch umzubringen, haben unsere Leben längst für unwert erklärt. Wir wehren uns nur, um zu überleben. Wir haben das gleiche Recht auf Leben wie sie“, erwiderst du so entschieden, als hättest du dieses Spiel in deinem Kopf schon hundertmal gespielt und kenntest die Sieger. Du und ich!

„Anklagen wird es nicht geben, wenn ich deinen Mann und du meine Mutter umbringst. Niemand wird eine Verbindung zwischen uns herstellen. Wie in Patricia Highsmiths >Fremde im Zug<, nur besser, denn wir lassen uns nicht erwischen, wenn wir es nicht wollen."

Ich lache dich wegen deiner Verrücktheit aus, und du lachst mit. Wir sind wohl ziemlich betrunken.

„Wenn ich es für dich tue, tust du es für mich. Die Basis für unsere Zukunft ist das wechselseitige Vertrauen, das wir nur ein einziges Mal brauchen. Wir werden uns nie wieder sehen und bleiben uns dennoch auf ewig verbunden", sage ich kichernd.

„Auf ewig in Dankbarkeit", gickelst du. „Versprochen?"

„Versprochen", pruste ich vor Lachen in die Dunkelheit und fühle mich frei.

Einen Monat später, ich habe gerade eine Vorlesung beendet, holen mich zwei Polizisten in Zivil in der Uni ab. Mein Mann ist tot, ermordet im Hotel in Berlin. Offen sage ich ihnen, dass ich mich über seinen Tod freue, dass unsere Ehe die Hölle war. Genauso offen sagen sie mir, dass sie mich von nun an in Verdacht haben.

Aber die Berliner finden bald die Beweise gegen den Russen, nicht gegen mich. Karlas Existenz verschweige ich, wie gesagt, obwohl ich mir von der ersten Sekunde an ihrer Täterschaft sicher bin. Vielleicht hätte ich über sie gesprochen, wenn es wirklich eng für mich geworden wäre. Aber das ist nicht der Fall, wird es erst nach der Ermordung Johanna Webers werden. Mit der Zeit glaube auch ich an die Täterschaft des Russen. Du und das Spiel sind ein Zufall ohne Bezug zur Realität!

Nachdem Dieter unter der Erde liegt, beginne ich, die Liebe zu meinem Hass auf ihn in die Liebe zu meiner eigenen, befreiten Existenz zu verwandeln. Ich habe sogar eine kleine

Romanze mit einem Kollegen, der mich nach eigener Aussage schon seit Jahren begehrt. Zu diesem Zeitpunkt denke ich so gut wie nicht mehr an dich, Karla. Da erhalte ich morgens ein Päckchen mit besagtem Buch der Highsmith.

Absender: Johanna Weber, Berlin, eine Villen-Straße im Grunewald. Im Buch liegt ein Zettelchen: ICH HABE VERTRAUEN ZU DIR. JOHANNA WEBER.

Ich erkenne den wahren Absender und seine Forderung hinter den Buchstaben. Mein Schrecken währt nur kurz. Du hast nichts gegen mich in der Hand. Es war ein Spiel, das zwar ganz in meinem Sinn ausgegangen ist, zu dessen Transformation in die Realität ich aber nicht beigetragen habe. Mir geht es jetzt gut, und ich kümmere mich nicht um deine Aufforderung zum Töten.

Zwei Wochen später erreicht mich eine Postkarte: RUF MICH DRINGEND AN: BERLIN 7772277. Ich zerreiße sie sofort in tausend Stücke.

Kurz darauf reise ich, wie gesagt, nach Berlin zum Kongress. Während ich auf dem Podium sitze, wird mir ein Umschlag gereicht. Ich reiße ihn auf: 7772277. LASS UNS REDEN. BITTE. Das klingt wie ein Friedensangebot.

Noch vor dem offiziellen Abendessen rufe ich an. Es meldet sich Johanna Weber, und ich sage, ich möchte Karla Unthat sprechen. Sie lacht und sagt, die gebe es bei ihr nicht, habe es auch nie gegeben. Da müsse eine Verwechselung der Nummern vorliegen.

„Ihre Tochter meine ich."

„Hören Sie, meine Tochter heißt Maria und ist weg, schon lange."

Verwirrt hänge ich ein und werfe den Zettel fort. Die Nummer kann ich inzwischen sowieso auswendig. Sie ist in mein Gehirn eingebrannt. Noch heute weiß ich sie.

Drei Wochen später wird Johanna Weber erstochen in ihrer Wohnung gefunden. Alle Indizien weisen auf mich als Täterin hin. Als ich Karla Unthat als wirkliche Täterin bezeichne, sucht man sie mit dem offensichtlich ehrlichen Bestreben, sie zu finden. Doch Johanna Webers Tochter heißt Maria Weber.

Ja, als junges Mädchen sei sie blond gewesen. Mit etwa siebzehn habe sie die Mutter verlassen und sei zu ihrem Vater nach Australien gegangen, wohin er ausgewandert sei, sagen die Nachbarn aus.

Maria habe sich nie mit ihrer Mutter verstanden, noch weniger mit deren langjährigem Liebhaber, der der Mutter wichtiger gewesen sei als die Tochter. Er habe die Mutter auch längst verlassen. Ihn habe Maria gehasst, sagt eine frühere Freundin Marias aus.

Das letzte Mal habe man sie vor Jahren bei der Mutter gesehen, kurz nachdem der Liebhaber bei Johanna Weber ausgezogen sei. Da sei die Tochter ein paar Monate in Deutschland gewesen, und man habe sich gewundert, wie perfekt ihr Deutsch geblieben war. Das sei daher gekommen, dass sie Germanistik und deutsche Literatur in Australien studiert habe und Schriftstellerin werden wollte, hätte sie erzählt, sagen die Nachbarn aus.

An Deutschland hätte ihr nichts gefallen, außer der Sprache. Und ihre Mutter hätte sie mehr denn je gehasst, weil diese sie nicht liebte, wie Mütter sonst ihre Kinder liebten. Dafür hätte sie Gott sei Dank ihren Vater in Australien. Und nirgendwo anders wollte sie deshalb leben, erzählte sie ihrer Freundin, die anschließend nie wieder etwas von Maria hörte, was sie bedauerte, denn sie hätte das Gefühl gehabt, dass zwischen ihnen wieder eine gewisse Intimität und Vertrautheit erwachsen war.

Johanna Weber war zum Zeitpunkt ihres Todes eine sehr einsame Frau, was den Umstand erklärt, dass sie erst drei Wochen nach ihrer Ermordung gefunden wurde. Das letzte Foto von Maria, das man bei Johanna findet, ist fünfzehn Jahre alt: ein pummeliger Teenager mit Brille und kurzen, mittelblonden Haaren. Eine entfernte Ähnlichkeit mit Karla, vielleicht. Hinweise auf ihre Existenz fehlen in Johannas Haushalt oder sind so alt, dass sich Rückschlüsse auf Karlas respektive Marias aktuelles Dasein oder kürzliches Dortgewesen-Sein verbieten.

Eine Herzkrankheit Johanna Webers kann bei der Autopsie nicht festgestellt werden. Ebenso wenig wie der Aufenthaltsort ihrer Tochter. In Australien jedenfalls – und ich betone: man gibt sich wirklich viel Mühe bei der Suche – ist weder eine Maria Weber noch eine Karla Unthat, die die Tochter Johannas sein könnte, aufzutreiben. Auf keiner Passagierliste taucht einer der Namen auf, weder in den Tagen vor und nach dem Mord an Dieter noch an denen vor und nach dem Mord an Johanna. Und, wie gesagt, alle Indizien deuten auf mich. Ich werde verurteilt.

Und heute sitze ich in der Sonne auf dem Balkon meiner Penthouse-Wohnung und halte das Foto von dir und Dieter in den Händen und verstehe nicht, was es mir sagen soll. Nach so vielen Jahren. Da klingelt es.

„Hauptkommissar Theo Werner. Ich habe Sie damals verhaftet und nach Berlin gebracht", sagt er, und meine Knie zittern, während ich ihn erwarte.

Werner sieht schlecht aus, beunruhigt, verwirrt, findet zunächst keine Worte für das, was er mir sagen möchte, hält mir nur ein Buch hin: „Cross-Murder" von Leon Turner, dem berühmten Autor mehrerer Bücher. Eines besser als das nächste, finde ich. Weltliteratur.

„Kennen Sie das?"

„Nein. Dieses von Turner noch nicht. Nur drei andere, ein fantastischer Erzähler. Gibt es das schon auf Deutsch?"

„Nein. Es wurde mir von einem australischen Verlag geschickt. Ich habe es seit gestern gelesen, in einem durch, ohne Schlaf. Es ist großartig geschrieben, fesselnd und abgründig. Da steht *Ihre* Geschichte geschrieben. Die Täterin heißt Carla Unthat. Haben Sie das geschrieben?"

„Nein. Turner schreibt zwar unter Pseudonym, aber das bin nicht ich."

„Dann lesen Sie, ich bleibe hier sitzen, bis Sie fertig sind."

Er setzt sich unaufgefordert, und ich beginne zu lesen, hetze durch die Seiten. Karla, du lebst, du bist Turner. Ich lese, wie du vor vierzehn Jahren unter falschem Namen nach Deutschland eingereist bist, beseelt vom Zwang, deine Mutter umzubringen, um dich endlich von ihr zu befreien.

Wie du Dieter zufällig in Berlin kennen und lieben lerntest.

Wie das Foto auf dem Eisernen Steg in Frankfurt entstand.

Wie er dich benutzte, bald aber verachtete und zurückwies. So wie er es mit mir getan hatte.

Wie du begannst, ihn zu hassen und daraufhin auch seine Ermordung plantest.

Wie du zwischen Frankfurt und Berlin pendeltest und in Berlin lebtest, um die Morde begehen zu können.

Wie dich die Idee eines „Über-Kreuz-Mordes" wegen der intellektuellen Herausforderung und der vermuteten Gefahrlosigkeit für die Täter faszinierte.

Wie du mich dafür ausspioniertest und mich instrumentalisieren wolltest.

Wie ich dir dann, nachdem du mich kennen gelernt hattest, eine geeignete Kandidatin zu sein schien, aber eine unsichere.

Wie du die „Über-Kreuz-Morde" verändertest, erst in deinem Kopf und dann in der Realität.

Wie du in beiden Fällen von Anfang an zur eigenen Täterschaft bereit warst.

Wie du in deiner Erwartung an mich erwartungsgemäß enttäuscht wurdest und deshalb deinen Ersatzplan inklusive der trügerischen Beweisketten entwickeltest, um sie später ausführen zu können.

Wie du deshalb bereits bei unserem ersten und einzigen persönlichen Zusammentreffen in der Gartenwirtschaft mein geripptes Glas mitgehen ließest, um es im Zweifel als Beweisstück für meine Täterschaft einsetzen zu können. Was ja auch geschah.

Wie dich der Erfolg zufrieden machte, dich geschickt in das Hotelzimmer Dieters und in die Wohnung deiner Mutter eingeschlichen zu haben, ohne dass dich jemand bemerkte.

Wie es dir Genugtuung bereitete, Messer in die beiden schlafenden Menschenkörper zu rammen und ruhig dem auslaufenden Blut zuzuschauen, dich anschließend in aller Ruhe zu duschen, umzuziehen, die Tatwaffe einzustecken, genauso wie deine blutverschmierte Tat-Kleidung, die du anschließend gut verpackt in Mülltonnen verschwinden ließest, zusammen mit den Gummihandschuhen, die du während der Taten getragen hattest.

Wie du direkt nach dem Mord an deiner Mutter wieder inkognito nach Australien zurückkehrtest und dort per Internet die deutschen Presseveröffentlichungen über meine Verurteilung verfolgtest, die du gerecht fandest, weil ich der mir zugedachten Aufgabe nicht nachgekommen war, sondern in deinen Augen nur von meiner Befreiung profitierte.

Wie sehr du heute an dich glaubst, weil du perfekte Morde begangen hast, und wie frei du dich nun fühlst.

Vier Stunden lang lese ich. Theo Werner steht hin und wieder auf, holt etwas zu trinken, bereitet sogar einen Salat für uns zu.

„So war es wohl“, sage ich und klappe das Buch zu.

„Das heißt, wir haben es mit einer Irren zu tun, und Sie haben unschuldig gesessen.“

„Ich glaube, dass die Morde sie geheilt haben. Und ob ich wirklich unschuldig war ... ich weiß nicht.“

„Im Sinne des Gesetzes, meine ich.“

„Wahrscheinlich. Tun Sie mir einen Gefallen? Sagen Sie ihr, sie soll mich anrufen.“

VOGELSBERGER MILCHZICKLEIN IM GEMÜSEBETT

Zutaten für 4 Personen:
1 Zickleinkeule (ca. 1,5 kg)
2 El mittelscharfer Senf
Salz, frisch gemahlener schwarzer Pfeffer
330 ml Spätburgunder-Rotwein
5 EL Traubenkernöl
65 g Süßrahmbutter
5 Knoblauchzehen
2 Thymianzweige
2 Rosmarinzweige
10 junge Möhren
1 Kohlrabiknolle
10 neue Kartoffeln
300 g Zuckerschoten
80 g Butter
Salz, etwas Zucker
1 EL gehackte Petersilie
1 EL gehackten Dill
2 Estragonblätter
25 g Kümmel
2 gehackte Knoblauchzehen
1 TL abgeriebene Zitronenschale

Die Zickleinkeule mit dem Senf einreiben. Öl und Butter in einem Bräter erhitzen und das Fleisch scharf anbraten, dann mit Rotwein und ggf. etwas Wasser ablöschen. Das Fleisch nun salzen und pfeffern, dann die Thymian- und Rosmarinzweige dazugeben. Im vorgeheizten Backofen bei 200° C unter häufigem Begießen mit Wasser (ca 0,5 l) etwa eine Stunde schmoren lassen.

Inzwischen das Gemüse schälen und putzen. Möhren und Kohlrabi klein schneiden und in Butter kurz anbraten, dann mit Gemüsefond ablöschen und fünf Minuten dünsten. Die Zuckerschoten in Salzwasser bissfest kochen, Kartoffeln klein schneiden und in Salzwasser halb durchgaren.

Das Gemüse (Kohlrabi, Möhren, Kartoffeln) zu dem Fleisch in den Bräter geben und noch 20 Minuten garen. 5 Minuten vor Ende der Garzeit Zuckerschoten dazugeben.

Kräuter, Knoblauch, Kümmel und Zitronenschale fein hacken, die Butter in Flocken unterheben und in einer Sauteuse aufschäumen lassen und über den fertigen Braten gießen.

Dazu passt am besten ein leichter Rotwein, z.B. Spätburgunder.

EWALD IM GLÜCK

Von Vera Kaltwasser

Heute gelang es ihm besonders gut. Er nahm den hässlichen Schandfleck in nächster Nähe nicht wahr. Stattdessen schweifte sein Blick in die Ferne über die weiten Felder bis hin zur felsigen Erhebung der Amöneburg. Die fantastische Aussicht war einer der Gründe gewesen, weshalb er gerade diesen still gelegten Bahnhof in dem kleinen Dorf bei Homberg gekauft hatte.

Inzwischen hatte er ihn mit so viel Hingabe und Liebe zum Detail umgebaut, dass die Dörfler ihn das Professoren-Schloss nannten. Den einfachen Giebel hatte er in einen Stufengiebel umgewandelt und an der einen Seite hatte er den achteckigen Turm anbauen lassen, von dem aus er jetzt ins Land hinausblickte. Er trank genüsslich den Kaffee, den Dasha heute erstaunlicherweise mal nicht zu stark gemacht hatte. Überhaupt ging sie ihm in den letzten Tagen nicht mehr so auf die Nerven. Wie sie sich in die Vorbereitungen für dieses Fest gestürzt hatte, das gefiel ihm. Sie hatte alles generalstabsmäßig geplant:

Von der Einladung, die was hermachte und die richtige Mischung aus Seriosität und Kreativität ausdrückte, bis zur Gestaltung der einzelnen Programmpunkte, das aufwändige Catering nicht zu vergessen. Wie auf ein Stichwort meckerten die jungen Zicklein, die seit gestern auf der Wiese herumtobten. Schon schwappte wieder Unwillen gegen Dasha hoch. Von ihr war die Idee gekommen, „Vogelsberger Milchzicklein im Gemüsebett" als Hauptgericht servieren zu lassen. Nur jetzt keinen Ärger zulassen. Lieber erfreute er sich noch ein wenig an diesem luftigen Morgen. Der Himmel so pastellblau wie auf einem seiner geliebten Caspar-David-Friedrich-Bilder, die Amöneburg winkte ihm zu. Zufrieden stellte er fest, dass es ihm immer besser gelang, seinen inneren Frieden zu wahren und sich unabhängig von äußerer Bestätigung zu machen.

Klar – er war stolz auf das, was er erreicht hatte, auf seine Karriere als Professor und gefragter Ethnologe mit Spezialgebiet Südost-Asien. Er war stolz auf dieses ansehnliche Anwesen: den luxuriös ausgebauten stillgelegten Bahnhof, das riesige Gelände, das er wie einen Park angelegt hatte – mit einem kleinen See, einem Tempel, romantischen Ruinen. Oder machte er sich etwas vor, was seine Gelassenheit betraf? Er spürte, wie sich sein Brustkorb zusammenzog, und voller Abscheu musterte er jetzt den hässlichen riesigen Stall und die neu angelegte Jaucheanlage daneben – direkt vor seiner Nase. Noch in letzter Minute hatte sein Anwalt eine einstweilige Verfügung gegen den Bau dieses Schandmals zu erwirken versucht — vergeblich. Der Bauer — ein hagerer, verhärmter Endfünfziger – hatte obsiegt und in Windeseile dieses architektonische Scheusal hochziehen lassen, flankiert von einer Jauchegrube, deren Ausmaße und Ausgestaltung streng den Paragraphen des Gesetzes entsprachen: Ausdruck modernsten Güllemanagements.

Hinfort – ihr trüben Gedanken! Morgen war sein sechzigster Geburtstag. Ewald wollte sich im kommenden Lebensjahr nicht mehr ärgern. Bislang war doch immer alles nach seinen Wünschen verlaufen. Er hatte nach Jahren freier Dozententätigkeit und Feldforschung eine Professur angestrebt, schon hatte ihn ein Ruf an die Universität Marburg ereilt. Er hatte einen Bahnhof zum Ausbau gesucht – schon hatte er ihn gefunden. Und – daran dachte er nicht ungern – er hatte doch so sehr unter seiner Frau gelitten, und als er vor einem Jahr von einer Forschungsreise nach Samoa zurückkam, war sie einfach nicht mehr da. Ein schrecklicher Unfall, aber irgendwie auch erleichternd.

Natürlich hatte er getrauert, so verroht war er ja nicht, aber er hatte schon lange unter Petras Geltungssucht gelitten, unter ihren maßlosen Ansprüchen und ihrer Unfähigkeit, das Anwesen auch nur annähernd ausreichend zu versorgen. Er hatte sich nach einer Frau gesehnt, die zu ihm aufschaute, ihn nicht ständig kritisierte und die ihm Dinge abnahm, die ihm lästig waren. Und kurz nachdem er diesen Wunsch einmal ausführlich in seinem Tagebuch formuliert hatte, war sie ihm zugelaufen. Die blonde Dasha.

Allerdings war das so eine Sache mit den Wünschen. Sie entpuppten sich bei ihrer Erfüllung oft als giftiges Glück. Dasha managte den Haushalt, das Anwesen, das riesige Parkgelände, dirigierte Putzfrau, Gärtner und Handwerker mit strenger Hand und kannte sich sogar in dem Gestrüpp der universitären Seilschaften inzwischen besser aus als er. Erst hatte er ihre geschäftige Art geschätzt und ihre weiblichen Tugenden genossen, aber inzwischen ging ihm Dasha oft auf die Nerven.

Es hatte sich ein ganz neuer Wunsch entwickelt. Er wollte allein sein – allein in diesem Gemäuer, das er sich erträumt und gestaltet hatte. Und deshalb würde er sich von ihr trennen – nun ja, nicht gleich, aber mittelfristig. Oder doch kurzfristig? Oder vielleicht genügte es ja auch in diesem Fall, nur den Wunsch zu haben, und Dasha würde sich in Luft auflösen, wenn nicht kurzfristig, dann mittelfristig. Er grinste über seinen blöden Witz.

❖

Alles lief bis jetzt wie am Schnürchen. Wie wunderbar, dass auch das Wetter in Festlaune war. Ewald hatte sich nach oben ins Turmzimmer verzogen. Er liebte es, seinen Kaffee mit Blick auf die Amöneburg zu trinken. In letzter Zeit schien es ihr, als ginge er ihr aus dem Weg, aber das würde sich wieder ändern. Bei dem Geburtstagsgeschenk, das sie für ihn bereithielt, würde er dahinschmelzen, ja, ihr vielleicht umgehend den lang ersehnten Heiratsantrag machen. Sie schenkte sich noch mal Kaffee nach, klemmte sich die Check-Liste mit den Festvorbereitungen unter den Arm und öffnete die schwere Haustür.

Wie seidig die Luft sich anfühlte! Hinter dem Haus hatte sie sich ihren Lieblingsplatz eingerichtet, weil hier schon morgens die Sonne hinschien und weil sie hier unbeobachtet rauchen konnte. Wie sie dieses Anwesen liebte! Sie ließ ihren Blick über das weite Gelände schweifen, das linker Hand von der Ohm begrenzt wurde. Am anderen Ende des Grundstücks hatte Ewald den kleinen Fluss umgeleitet und einen See angelegt, der Aushub der Grube war zu einem „Berg“ geworden, auf dem er einen kleinen Altar errichtet hatte – für irgendwelche Götter. So genau blickte sie da bei ihm nicht durch. Sein neuestes Lebensziel war Gelassenheit, aber davon war er noch weit entfernt.

Wie er sich über den Stall aufregte, den ihm der Nachbar direkt vor die Nase gesetzt hatte! Sich immer nur ärgern und nichts tun? Dasha war da völlig anders gestrickt. Bei Schwierigkeiten blühte sie auf. Sie liebte es, dem Schicksal einen Schubs zu geben. Ewalds Frau Petra war letztes Jahr so unglücklich von Ewalds Hausberg gestürzt, dass sie sofort tot war. Das stellten jedenfalls die Gerichtsmediziner fest. Ewald war zu der Zeit auf Samoa gewesen. Fremdverschulden habe man ausschließen können, da waren Polizei und Pathologie sich einig.

Dasha musste grinsen, wenn sie daran dachte, wie leicht es gewesen war, in diesem Fall die Hand des Schicksals zu führen. Wie hatte ihr Ewald immer vorgejammert, dass seine Frau einfach nichts im Haushalt täte, ständig unterwegs sei, das Anwesen verkommen lasse und sein Geld verprasse. So einfach war es, sich Probleme vom Hals zu schaffen. Sie betrachtete zufrieden die morgendliche Idylle. Die Zicklein, die der Bauer aus dem Nachbarort gestern gebracht hatte, wuselten lustig durcheinander auf dem eingezäunten Wiesenstück, das auch Ewalds Ziegen Tricks und Tracks beherbergte. Die Kleinen rollten durch die Gegend und meckerten übermütig. Dasha prüfte nochmals den Zeitplan. Gleich würde das Zelt geliefert, dann die Speisen. In der ehemaligen Güterhalle würde Pierre seine Küche aufbauen. Außerdem war er für das übrige Personal zuständig, auch für die kräftigen Jungs, die das Zelt aufbauen sollten.

Die Gäste wurden gegen 18 Uhr erwartet.

Für das Feuerwerk um Mitternacht hatte Dasha einen Pyrotechniker bestellt und aus den Musikboxen würde die Feuerwerksmusik erklingen. Ewald wusste davon nichts, aber er würde sich sicherlich riesig freuen.

Sie war gerade dabei, noch eine auf Vorrat zu rauchen, als der blaue Kastenwagen des Metzgers Markert um die Ecke bog.

Der Metzger hatte diesen Auftrag nicht ungern angenommen, das hatte sie gleich an seiner Beflissenheit gemerkt. Er hatte ihr einen langen Vortrag darüber gehalten, dass heutzutage keiner mehr junge Ziegen bei ihm bestelle und deshalb die Bauern auch keine mehr hielten, bis auf einen Öko-Bauern in Schweinsberg, und den hatte Dasha ausfindig gemacht. Er hatte gestern die Zicklein hier abgeladen, und jetzt würden sie ihre letzte Reise antreten. Der Metzger hatte mit dem Koch konferiert, wie das Fleisch zu filetieren sei, vor allem, wie es einzulegen sei, bis morgen das leckere Gericht zubereitet werden würde.

Als ahnten die Zicklein, was die Stunde geschlagen hatte, flüchteten sie sich an das entfernteste Ende der Wiese. Tricks und Tracks ließen sich gar nicht stören, sie kauten genüsslich vor sich hin und beobachteten interessiert, wie Markert die erste kleine Ziege unter den einen Arm klemmte und eine zweite unter den anderen. Sie meckerten aufgeregt und zappelten, und Dasha verspürte einen Anflug von Mitleid, das sie aber abschüttelte wie eine lästige Fliege.

Die beiden letzten Ziegen ergaben sich in ihr Schicksal und ließen sich – vor Schrecken starr – zu den anderen tragen. Tricks und Tracks blickten ihnen ungerührt nach.

Dasha drückte dem Typen, der so gar nicht wie ein Metzger, eher wie ein Bankangestellter aussah, zehn Euro Trinkgeld in die Hand.

„Danke, der Koch holt ja dann nachher alles bei mir ab, gell, also nichts für ungut, wenn wieder mal was ist, dann denken Sie an mich. Wünsche ein schönes Fest." Die Ziegen trampelten und tobten. Sie hörte, wie er ihnen zurief: „Jetzt aber Maul halten auf den billigen Plätzen!"

Irgendwie hatte diese Szene dem jungfräulichen Morgen seine Unschuld genommen. Bloß jetzt nicht rührselig werden. Der Tod gehörte zum Leben, manche starben, damit andere überlebten. Nur Schwächlinge zeigten moralische Skrupel, das hatte schon Nietzsche gewusst. Also – Kopf hoch und mit Schwung in den Tag, der nun unaufhaltsam seinem Höhepunkt entgegenstrebte.

Wie auf ein Stichwort fuhr der riesige Transporter von „Le Tartuffe" vor, und Peter, der sich Pierre nennen ließ, öffnete die Autotür. Sofort erfüllten heiße Salsa-Rhythmen die Luft. Er tänzelte auf sie zu, küsste ihr die Hand und strahlte sie derart heißblütig an, dass ihr bewusst wurde, wie alt doch Ewald war. Klar, er wirkte viel jünger, aber verglichen mit Pierre zog er eindeutig den Kürzeren.

Jetzt ging es Schlag auf Schlag, ein Pritschenwagen mit Toni und Luigi und dem Zelt, ein VW-Kombi mit den Küchenhilfen, den Angestellten von Pierre. Im Handumdrehen herrschte eine umtriebige Geschäftigkeit. Wo das Zelt aufzubauen war, hatten sie schon besprochen, auch wo die Stehtische platziert wurden. Jeder wusste, was zu tun war, und Pierre wippte im Rhythmus und dirigierte die Angestellten, als wären sie die Wiener Philharmoniker.

❖

Widerlich, dieser Lärm! Genau das ging ihm bei Dasha zunehmend auf die Nerven. Alles, was sie tat, war irgendwie laut. Sie knallte die Teller auf den Tisch, sie schlug die Türen zu, sie redete laut, ihr Parfüm roch laut, sie liebte laute Farben, und das wurde ihm langsam einfach alles zu bunt.

Er rannte die Treppen runter und brüllte: „Mach diese widerliche Musik aus! Bist du ..."

Er beendete den Satz nicht. Was waren das denn alles für Leute? Dasha lief auf ihn zu und machte eine beschwichtigende Geste, dabei lächelte sie ihn süß an:

„Komm, wir gehen ein bissl spazieren, dann sind wir aus dem Weg, Pierre hat alles im Griff."

Und mit einer ausladenden Bewegung zeigte sie auf einen Jüngling mit Gelfrisur, der zu der Salsa-Musik tänzelte, aber gleichzeitig Befehle bellte wie ein Unteroffizier. Als er Ewald sah, hielt er den Daumen hoch: „Wird ein Bombenfest, Prof. Davon wird man noch lange reden. Mein Konzept – alles aus einer Hand. Die Frau Professor hat mit mir einen guten Griff getan!“ Wie konnte man nur so von sich eingenommen sein. Ewald lächelte angestrengt. Er wusste nicht, worüber er sich mehr ärgern sollte, über die Anrede „Prof“ oder über dieses lächerliche „Frau Professor“.

Dasha dagegen schien die aufdringliche Art auch noch zu gefallen. Sie grinste spitzbübisch, stellte sich kokett in Pose, wobei sie ihren Busen ein bisschen zu sehr in Szene setzte. In dem Augenblick war ihm klar, dass Dashas Tage an seiner Seite gezählt waren, dass Dasha sich schon viel zu sehr in seinem Leben eingenistet hatte. Plötzlich ging ihm auch die ganze Hektik auf die Nerven. Dasha hatte ihm diese Art, den sechzigsten Geburtstag zu feiern, als die einzig richtige angepriesen. Schon seit Monaten hatte sie im Institut einen Riesenwirbel um die Feier gemacht. Dasha – die süße Polin — die fleißige Doktorandin, die dank seiner warmen Worte bei einem Kollegen in Berlin schließlich noch mit Ach und Krach ihre Promotion mit „rite“ bekommen hatte. Ihre Abhandlung las sich eher wie ein Krimi und nicht wie wissenschaftliche Forschungsliteratur. Ihr Stil entsprach eher einem reißerischen Bestseller als einem seriösen Werk, das der ethnologischen Forschung zur Ehre gereichte. Und tatsächlich hatte sie die Arbeit, geringfügig umformuliert, einem Verlag angeboten. Und jetzt verkaufte sich das Buch glänzend.

Das Thema der Doktorarbeit hatte ihn fasziniert: „Magische Rituale im Kulturvergleich“. Auf dem Markt lief das Buch unter dem Titel „Wenn Rituale töten. Geheimes Wissen fremder Kulturen“.

Irgendwie hatte Dasha etwas von einer Hexe. Und mich verwandelt sie bald in ein Schwein wie Circe die Gefährten des Odysseus! Hinfort – ihr trüben Gedanken! Dasha hatte diesen Anflug von Missmut wohl intuitiv gespürt.

„Ooch Ewald, nun schau doch nicht so streng! Es wird alles wunderschön für meinen süßen Professor!“ Dabei schmiegte sie sich an ihn, und er merkte, dass seine Trennungsgedanken vielleicht doch ein bisschen voreilig waren. Diese Frau hatte Macht über seinen Körper. Er pustete ihr in die Halsbeuge und flüsterte: „Du bist meine kleine Dasha-Hexe. Ich freu mich ja. Du machst das toll!"

❖

Zum Glück hatte sie ihn wieder besänftigen können. Wenn er wütend war, dann wurde er unberechenbar. Allerdings war er gegen ihren Körpereinsatz machtlos. Das musste noch eine Weile so bleiben, mindestens bis zur Hochzeit. „Komm, wir können uns auch die Räder schnappen und zum Schweinsberger Moor fahren, das ist doch deine Lieblingsstrecke." Und tatsächlich nickte er zustimmend.

„Ich hol noch schnell meine Jacke, ist ja noch ziemlich frisch. Kann man die hier wirklich allein lassen?", sagte Ewald mit einem misstrauischen Seitenblick auf Pierre.

Typisch Sternzeichen Jungfrau! Sich immer absichern, alles genau durchdenken!

„Ich rede noch mal mit Pierre. Bring meinen Fahrradschlüssel von oben mit, er hängt am Brett!"

Dasha ging um das Haus zu der großen Freifläche, auf der das Stahlgerüst für das Zelt schon stand. Wie er sich gegen das Zelt gesträubt hatte! Sein Anwesen sei ein Gesamtkunstwerk und das lasse er sich nicht durch so ein monströses Ding verhunzen. Pierre hatte dann ein exquisites Gebilde mit einer Art chinesischem Dach aufgetrieben. Sie würden auch noch Tischchen im Freien aufstellen. Alles würde mit Fackeln und Glitzerlichtern dekoriert werden. Die Aufregung klumpte sich in ihrem Magen. Das Fest war die eine Sache, die klappen musste, aber das andere, das durfte keinesfalls schief gehen. Hoffentlich hatte sie sich da nicht übernommen. War sie leichtsinnig geworden, weil es bei Petra so einfach gewesen war, Schicksal zu spielen? Und diesmal hing der Erfolg nicht allein von ihr ab, sondern eigentlich ausschließlich von ihrem Bruder Marek.

„Frau Professor, ich räume jetzt schon mal meine Küche in der Güterhalle ein. Kannst du mir mal aufmachen! Hallo ..."

Pierre wedelte mit der Hand vor ihren Augen.

„Pierre, bitte lass das mit der Frau Professor!"

Gemeinsam gingen sie zu der geräumigen Halle, die ein Teil des Bahnhofs war. Ewald nutzte sie als Abstellraum, jetzt hatten sie Platz gemacht für Pierres „Küche". Er hatte alles dabei, mehrere Gaskocher, alle Küchenutensilien, den riesigen Holztisch hatten sie stehen lassen. Hier konnte er alles vorbereiten. Zwei große Kühlschränke waren schon mit leckersten Weinen gefüllt, die sie neulich mit Ewald probiert hatte.

Zur Begrüßung der Gäste würde es Champagner oder einen von Pierre gezauberten Aperitif geben. Viele Vorspeisen waren schon vorbereitet und lagerten im Gewölbekeller unter dem Hauptgebäude.

„Na, meine Süße!" Pierre fasste sie spielerisch um die Hüften. „Hast du den letzten Samstag schon vergessen?"

„Pierre, hör auf. Das war einmalig, im Sinne von ein einziges Mal, nicht wie-der-hol-bar!" Sie dehnte das Wort und machte sich aus seiner Umarmung frei. Nein, zu streng durfte sie auch nicht sein, sie musste ihn bei Laune halten, also säuselte sie – wie eben auch bei Ewald – mit ihrer zartesten Weibchenstimme:

„Gib heute dein Bestes, dann sehen wir weiter. Ich bin ein bisschen angespannt, das musst du verstehen, und Ewald kann jeden Augenblick hier auftauchen!" Das schluckte er. Er zwinkerte ihr vielsagend zu und ging beschwingt zum Transporter, um seine Kisten auszuladen. Gleichzeitig rief er den zwei asiatisch aussehenden Mädchen zu. „Steht da nicht rum, helft mir jetzt in der Küche! Dalli!" Die zwei kicherten, banden sich blau karierte Schürzen um und fragten Dasha, wo sie sich die Hände waschen könnten. Dasha sprach sie auf gut Glück mit „Ni hao!" an, und die eine mit den lustigen Zöpfen antwortete: „Sie sprech Mandarin?" „Nur das eine Wort!" Während Dasha den beiden den Weg von der Güterhalle in die riesige Bahnhofshalle zeigte, erfuhr sie, dass beide aus Hangzhou kämen und Schwestern seien. Sie stellten sich gegenseitig vor: „Mei-Mei“ und „Shan-Sa.“ Dann verbeugten sich beide mit gefalteten Händen vor Dasha. Goldig! Die waren ja echt lieb.

Den beiden blieb der Mund offen stehen, als sie die umgestaltete Bahnhofshalle sahen.

„Wie Museum,“ war der lakonische Kommentar der einen, womit diese genau das wiedergab, was auch Dashas Eindruck von diesem Saal gewesen war, als Ewald ihn ihr stolz zum ersten Mal präsentiert hatte: museal und damit aseptisch kühl, nicht einladend. Die marmorierten Wände mit dem umlaufenden Mäander-Fries, die goldenen Barockspiegel, der Flügel in der einen Ecke, das Louis-seize-Mobiliar.

Durch die raumhohen Fenster fielen die morgendlichen Sonnenstrahlen auf die Marmorfliesen. Es herrschte eine geradezu feierliche Atmosphäre – zumindest staunten die Chinesinnen so, als hätte gleich der Kaiser von China seinen Auftritt. „Schade, das!“ Mei-Mei deutete auf den Stall, der vom seitlichen Fenster aus deutlich zu sehen war und die Aussicht versperrte. „Volhang zu, dann weg!“ Shan-Sas Vorschlag belustigte Dasha. Praktisch veranlagt, diese Mädels. Sie zeigte ihnen den Sanitärbereich, den Ewald ebenfalls stilvoll hatte umbauen lassen. Keine Spur mehr von Bahnhofsklo, stattdessen ein piekfeines Ambiente im englischen Kolonialstil – mit in ihren Augen völlig unpraktischen Wasserhähnen, die keine Mischbatterie hatten, dafür aber golden glänzten und einem auf Englisch sagten, wo „cold“ sei und wo „hot“. Die Waschbecken monströs groß, viereckig, die Kloschüsseln ebenso, allerdings durfte ein modernes Urinal mit Deckel nicht fehlen, das hatte wohl Petra, Ewalds leider verschiedene Ehefrau, durchgesetzt. Die Chinesinnen sparten nicht mit Lob, fanden alles „wundelbal“ und fingen gleich an, sich mit Hingabe die Hände zu waschen. Dasha musterte noch mal den Saal.

Pierre musste auch noch daran denken, hier für den morgigen Festakt zu bestuhlen. Ewald hatte sich Kammermusik von Mozart gewünscht. Nun ja, das würde sie auch überstehen. Diese Art von Musik war nicht ihr Ding, ihr erschien das wie ein einziges sinnloses Gefiedel. Sie hasste Streichinstrumente. Aber das war der Preis. Sie musste noch eine Weile Kunstliebe heucheln, bis irgendwann in diesen Hallen ganz andere Klänge ertönen würden. In diesem Raum würde man prima abfeiern können.

❖

Er fühlte sich wie ein Gast auf seinem eigenen Grundstück. Ob er sich nicht lächerlich machte vor seinen Kollegen, und vor allem vor den alten Kumpels, den Alt-68ern, die nicht arriviert waren, sondern sich so durchschlugen als freie Journalisten, als Ehemänner von Lehrerinnen oder als spirituelle Sinnsucher? Wie kam es nur, dass er heute ständig zwischen Euphorie und Niedergeschlagenheit pendelte? Die Räder standen vor dem Haus. Dasha hatte ihn überredet, endlich mal ein richtiges Rad zu kaufen und seinen alten verrosteten Drahtesel zu verschrotten. Zunächst hatte es ihm richtig Spaß gemacht, die vielen Gänge auszuprobieren und durch die Landschaft zu flitzen, aber mit der Zeit hatte auch diese Neuerung, die Dasha so vehement durchgesetzt hatte, ihren Reiz verloren, vor allem, weil sie es auch hier wieder übertrieb. Sie suchte Routen aus, wälzte alle verfügbaren Handbücher über Radwege im Amöneburger Umland und ruhte dann nicht, bis die Strecke genau so wie beschrieben abgefahren war. Das artete in Stress aus, und ja, das musste er sich eingestehen: Sie war eben 20 Jahre jünger und das ließ sich nicht immer überspielen.

Wo war er da nur reingeraten? Hinfort – ihr trüben Gedanken! Bis jetzt hatte seine Wunschmaschine immer funktioniert. Wunschmaschine? Nein, es war eher ein Mitschwingen im energetischen Fluss. Da war Dasha ganz anders. Während ihrer Feldforschung in Sibirien hatte sie ausgiebig das magische Ritual des Steinelegens erforscht, aber das hatte sie keineswegs zu einem vorsichtigen Annähern an diese Zwischenwelten geführt.

Sie interessierte sich lediglich für die Rezeptur.

Deshalb verkaufte sich ihr Buch so gut, weil die Leser hier anscheinend praktische Tipps suchten und auch fanden, Tipps dafür, wie Wohlstand anzulocken oder wie Rache zu üben sei. Nein, da war er ganz anders. „Go with the flow" – Geh mit dem Fluss. „Don't push the river!" – Den Fluss brauchst du nicht anschieben. Diese philosophischen Blitzlichter hoben seine Stimmung wieder, und er freute sich jetzt sogar auf den Weg. Schließlich hatte Dashas zupackende Art auch ihren Reiz.

Als sie angerannt kam, lächelte er ihr zu:

„Los, lass uns flitzen. Ich habe jetzt richtig Lust auf ein kleines Fahrrad-Duett mit dir!"

Sie radelten nebeneinander den gepflasterten Weg entlang, diese eindrucksvolle Auffahrt zum Haus – vorbei an den von Buchseinfassungen gesäumten Beeten, wo jetzt die Rosen vielfarbig blühten. Dasha hatte ein Händchen für Pflanzen. Die Rosenpracht war noch nie so üppig ausgefallen wie in diesem Jahr. Am Rande des Grundstückes passierten sie linker Hand das Gästehaus – geräumig ausgebaut. Dass dies einmal das Klohäuschen gewesen war, konnte man dem Kleinod nun wirklich nicht mehr ansehen. Nur wer sich mit der Bahnhofsarchitektur des beginnenden 20. Jahrhunderts auskannte, der wusste, dass erstaunlicherweise auch diesen Nutzgebäuden gegliederte Fassaden, Sandsteinumrandungen an Fenstern und Türen und ein anmutiger Giebel nicht versagt wurden. Petra hatte geschäumt, als er so viel Geld in den Umbau zum Gästehaus gesteckt hatte. Jetzt zahlte es sich aus: Er hasste es eigentlich, Gäste zu haben. Aber es ließ sich, vor allem in seiner Position, nicht vermeiden. Und da zog er es doch vor, die Gäste nicht unter seinem Dach zu beherbergen und dennoch den großzügigen Gastgeber spielen zu können. Er ließ bei solchen Anlässen den Kühlschrank im Klohäuschen immer mit Leckereien füllen. Die italienische Kaffeemaschine mit dem superguten Espresso tat das ihrige dazu, dass die Gäste meist sogar in diesem Domizil frühstückten. Er hatte einen wunderschönen Sitzplatz vor dem Häuschen anlegen lassen, der leider nun nicht mehr den weiten Blick auf die Felder und leichten Anhöhen bot, sondern auf den Stall dieses hirnverbrannten Idioten.

Sie bogen jetzt links ab und überquerten die stillgelegten Bahngleise.

„Du trittst so wütend in die Pedale! Bist du schon wieder ärgerlich?“

Diese Dasha konnte ihn offensichtlich lesen wie ein Buch.

„Meist gelingt es mir ja gut, diesen Schandfleck hier einfach zu ignorieren, aber gewiss nicht, wenn wir direkt daran vorbeiradeln. Vielleicht beißt dieser sture Bock ja mal ins Gras.“

Ewald ärgerte sich noch mehr, als er das dämliche Schild las, das der Bauer offensichtlich gerade vor kurzem aufgestellt hatte. „Frische Worscht vom Horscht“ und darunter die Telefonnummer dieser Kanaille.

❖

Dasha hätte Ewald jetzt am liebsten erzählt, wie sie neulich einen Abend lang bei der Frau des Jauchebauern gesessen hatte. Sie hatte bei der Nachbarin geläutet unter dem Vorwand, ihr einige Stücke des selbst gebackenen Apfelkuchens bringen zu wollen. Der war zwar nicht wirklich selbst gebacken. Zu solchem Aufwand hatte sie keine Lust gehabt. Stattdessen hatte sie eine gedeckte Apfeltorte in Marburgs bester Konditorei besorgt und den Kuchen schnell ein wenig in der Röhre angewärmt. Die Bauersfrau war zunächst skeptisch gewesen, hatte dann aber dem Duft aus dem mit einem weißen Tuch bedeckten Korb nicht widerstehen können und sie ins Haus gebeten. Außerdem witterte sie anscheinend eine Chance, vielleicht etwas Interessantes über den Professor zu erfahren, mit dem ihr Mann um diesen Stall und die Jauchegrube prozessiert hatte. Dass der Mann bei seinem allwöchentlichen Stammtisch war, hatte Dasha durch detektivisches Beobachten und durch das Ausfragen ihrer Putzfrau erfahren.

Tja, und so kam es, dass Dasha in Horsts guter Stube saß und nach dem dritten Glas Sekt, den Dasha auch noch mitgebracht hatte, Hannelore mit ihr auf „Schwesternschaft" anstieß. Diese kicherte über ihre vermeintlich originelle Verballhornung des Wortes Brüderschaft und wollte sich darauf gleich noch nachschenken, doch die Flasche war leer. Aber Hannelore sorgte für Nachschub in Form eines Kräuterschnapses, den sie aus dem Eichenbuffet hinter den Sammeltassen hervorholte und dem sie fortan kräftig zusprach, Dasha nippte nur noch aus Höflichkeit an dem Sektglas, das Hannelore randvoll mit diesem widerlichen Fusel geschenkt hatte. Bei der Bauersfrau war inzwischen die von Dasha erwünschte Wirkung eingetreten. Sie redete und redete. Hannelore hasste die Landwirtschaft, sie war gegen den Bau des Stalles gewesen. Sie kam mit den zwei Knechten nicht zurecht und außerdem hatte sie Rheuma. Und wie schön wäre es doch, wenn sie zu ihrer Tochter nach Mallorca ziehen könnte, die habe dort in San Telmo eine deutsche Bäckerei aufgemacht mit ihrem Mann. Wenn bloß ihr eigener nicht so stur wäre.

Und so ging es weiter mit Hannelores Wunschträumen. Kurz vor zehn hatte sich Dasha verabschiedet, denn die Putzfrau hatte ihr erzählt, dass der Bauer immer so um zehn, halb elf aus der Kneipe weggehe. Zum Abschied hatte Hannelore Dasha einen Kuss auf die Wange gegeben und sie gebeten, bald wiederzukommen, so schön habe sie sich schon lange nicht mehr unterhalten. Dasha summte vergnügt. Sie fand es einfach genial, wie sie ihre Pläne immer so zielstrebig in die Tat umsetzte. Ihr Bruder hatte sie gewarnt. Sie werde langsam leichtsinnig, aber das sah sie anders. Eher war Marek zu pessimistisch. Schließlich war der Plan auch dieses Mal so ausgefeilt, dass eigentlich nicht viel schief gehen konnte. Marek hatte unter falschem Namen ein Auto gemietet, das er wieder ordnungsgemäß morgen in Frankfurt/Oder zurückgeben würde, auf der Brücke nach Slubice wäre er wieder Marek Swonkow, und damit basta. Und sollte doch was schief gehen, so gab es Plan B. Die Sonne schien nun schon richtig warm. Sie zog den Reißverschluss ihres Sweaters auf und legte einen Zahn zu. Ewald war ja heute nicht zu bremsen. Sie holte ihn ein und klingelte stürmisch und schrie laut: „Juhu – ich komme!“

Linker Hand kam das Schweinsberger Moor in Sicht, ein kleiner See mit morastigen Ufern. Das hätte auch ein würdiger Ruheplatz für Ewalds Frau sein können, aber der Sturz vom Hausberg hatte sich dann so zwanglos ergeben, dass Plan B gar nicht hatte aktiviert werden müssen.

Bis zuletzt hatte Dasha gebibbert, ob nicht doch eine Obduktion angeordnet werden würde, aber Petra erhöhte jetzt sozusagen die Dunkelziffer der nicht aufgeklärten Verbrechen. Außerdem war es fraglich, ob jemand die Spuren der giftigen Rizinussamen in Petras Magen entdeckt hätte. Schließlich konnte man nur Substanzen finden, nach denen man auch suchte. Dank ihrer Geltungssucht war Petra so leicht zu täuschen gewesen. Ein Interview für den „Stern“ über die Frauen erfolgreicher Professoren – das kam ihr kein bisschen verdächtig vor. Dass der von Dasha mitgebrachte Nusskuchen noch eine letale Dosis Rizinussamen enthielt, hatte die selbstverliebte Petra nicht ahnen können.

Genug der Vergangenheitsbewältigung. Jetzt galt es, die zukünftigen Herausforderungen zu bewältigen, und dazu gehörte in erster Linie, Ewald bei Laune zu halten. Darin hatte sie es inzwischen zu einer beachtlichen Meisterschaft gebracht. „Juchuuu! Ich komme!“

❖

„Nur noch fünfzehn Minuten! Meine Herrschaften, bitte versammeln Sie sich alle an unserem Haussee!“

Ewald wandte sich erleichtert mit einem entschuldigenden Lächeln von der Direktorin des Völkerkundemuseums ab, die ihn mit ihrem aufgedrehten Karrieristengeschwätz und dem hektischen Aufzählen ihrer Projekte und ihrer Medienpräsenz langweilte. Gleichzeitig nervte ihn Dashas umtriebiges Animationsgetue. Sie waren hier doch nicht im Robinson-Club. Und dann der Ausdruck „Haussee“. Dort würde dann wohl mit dem „Hauschampagner“ auf den „Hausherrn“ angestoßen.

„Liebling – bitte mach dich auf den Weg! Du bist doch die Hauptperson!“ Dasha wirbelte umher. Ihre Wangen waren gerötet, sie trug die megateuren Jeans, die er ihr neulich in Frankfurt gekauft hatte, und dazu ein weit ausgeschnittenes Etwas, das die Verkäuferin in diesem Modeladen in der Goethestraße als „hinreißend“ charakterisiert hatte. So hatte er auch den Preis von zweihundert Euro gefunden. Sie drückte ihm einen Kuss auf die Wange und flüsterte ihm verführerisch ins Ohr: „Sei kein Spielverderber! Freu dich, dass du so eine tolle Feier hast. Es läuft doch super! Alle sind so begeistert!“ Das stimmte. Es herrschte eine ausgelassene Fröhlichkeit. Das Buffet, das Essen, die Musik, die Mischung der Gäste – alles war perfekt. Dazu das Ambiente. Sogar das Zelt, das er so schrecklich gefunden hatte, wirkte durch die vielen Lichter und Fackeln wie verzaubert. Dasha schob ihre Hand in die seine.

„Lass uns zusammen gehen!“

Der Weg zum See war mit Fackeln erleuchtet. Jetzt ertönte die Feuerwerksmusik. Oh nein! Typisch Dasha. Kein Klischee auslassen.

„Gleich gibt es ein Feuerwerk für dich – mein Geliebter!“ Sie drückte seine Hand und lächelte ihm verschwörerisch zu. Gleichzeitig wirkte sie auch irgendwie angespannt.

Am See waren Stühle aufgestellt, die Chinesinnen hielten Tabletts mit gefüllten Champagnergläsern vor sich, Pierre winkte Dasha zu sich. Er hielt ein Mikrophon.

„Und nun, lieber Ewald! Gleite in dein neues Lebensjahr mit der Musik von Haydn und einem Feuerwerk, das genauso dynamisch sein wird wie dein bisheriges Leben und wie die kommenden Jahrzehnte!“ Die Gäste klatschten, und Dasha zählte wie bei Silvester von zehn rückwärts. „Zero.“ Ewald hatte in seinem Leben ja wahrlich schon oft ein Feuerwerk gesehen, zuletzt am Museumsuferfest in Frankfurt, aber die „Installation“ – so konnte man diese Explosion von Farben und Formen ruhig nennen, beeindruckte ihn schon. Sogar die dämliche Musik Händels passte irgendwie dazu, und am Schluss untermalte das aufgeregte Tuten eines Martinshorns – oder waren es mehrere? – noch den Klangteppich.

Dashas Geburtstagskuss und die unzähligen Umarmungen bei der anschließenden Gratulationscour gefielen ihm erstaunlicherweise sogar. War doch schön, so geschätzt zu werden.

„Nach diesem gelungenen Start ins neue Lebensjahr können wir vorne im Zelt noch weiterfeiern – weder bei Händel noch bei Haydn, sondern bei der Musik, bei der ich mich auskenne. Und außerdem: Unser Pierre hält eine leckere Mitternachtssuppe bereit!" Typisch Dasha! Mit ihren Schwächen ging sie offensiv um.

❖

Juchuuuu! Yiipiieee! Hoffentlich sah man ihr von außen diesen Sturm der tosenden Glücksgefühle nicht an. Hoffentlich klangen ihre Worte des Mitgefühls nicht allzu falsch.

Dasha reichte Hannelore ein Papiertaschentuch, in das diese prustend hineinschnäuzte. Vielleicht war Hannelore ja ebenso besorgt um den Eindruck, den sie auf Dasha machte. Vielleicht malte sie sich gerade aus, was für eine gute Figur sie in der Bäckerei auf Mallorca abgeben würde und wie schön es wäre, dort während der Siesta am Meer im Liegestuhl in der Sonne zu braten und die Enkel zu beaufsichtigen.

„Dasha, das klingt jetzt vielleicht etwas pietätlos für dich, aber mir ham doch neulich drüber gesprochen, dass ihr gern das Stück Land da mit den Viechern, also dem Stall und dem allem, kaufen würdet. Giltet das noch?" Wieder hätte Dasha gern laut aufgejauchzt, aber sie schwieg eine Weile, so dass die Bäuerin schon kummervoll den Kopf neigte, dann sagte sie beiläufig: „Also – das muss der Ewald entscheiden!"

Dasha räkelte sich in der Morgensonne und zündete sich eine Zigarette an. Ewald schlief noch. Es war acht Uhr, höchste

Zeit, ihn zu wecken. Hannelore hatte um halb acht geläutet, gerade als Dasha mit einer dampfenden Kaffeetasse das Haus verlassen hatte, und jetzt saßen sie einträchtig hinter dem Haus. Beide hochzufrieden. Und beide durften sich das nicht anmerken lassen. Die Polizei hatte sich gestern Abend erstaunlich einfühlsam gezeigt. Die beiden jungen Beamten waren sichtlich eingeschüchtert gewesen von dem hochkarätigen Fest und entschuldigten sich für die „Unannehmlichkeiten". Sie wünschten eine Gästeliste, was Ewald jovial zugesichert hatte. Dann bat der ältere der beiden darum, mit dem Mikrophon die Gäste fragen zu dürfen, ob einer etwas bemerkt habe. Alle schüttelten den Kopf, zuckten mit den Schultern, redeten aufgeregt durcheinander, aber alle waren auch bestrebt, weiterzufeiern und nicht länger mit Fragen über den unsinnigen Tod eines unbekannten Bauern belästigt zu werden.

Einer der Polizisten hatte dann noch in einem hessisch gefärbten Hochdeutsch „schönen weiteren Festverlauf" gewünscht.

Hannelore schnäuzte sich wieder: „Wenn ich den Horst bloß nicht hätte gehen lassen gestern Abend. Er hat sich wahnsinnig über den Lärm geärgert, den ihr gemacht habt, hat über das Akademikergesocks geflucht, und dann ist er so um elf noch mal zum Stall raus, um nach dem Rechten zu sehen. Ja – und als er dann so lang weg war, dann hab ich die Polizei gerufen. Und dann das! Weil da die Leiter an der Gülle-Anlage stand, ist ein Polizist hochgeklettert, und dann hat er ihn dadrin gesehen. Der Krankenwagen kam ja dann schnell, aber da war der Horst schon tot."

Hannelore brach in hemmungsloses Schluchzen aus. Mei-Mei, die gerade einen großen Korb Rosen ins Zelt trug, um dort die Tische für das Mittagessen zu schmücken, schaute besorgt herüber. Dasha machte beschwichtigende Handzeichen. Irgendwas war da faul. Warum erzählte Hannelore nichts von dem Anruf? Hatte Marek gar nicht angerufen? War es tatsächlich nur ein Unfall? Oder log Hannelore? Aber warum? Vielleicht war Hannelore so schlau, nicht von dem Anruf zu erzählen, damit die Polizisten keine weiteren Fragen mehr stellten. So musste es sein. Hannelore arbeitete ihr sozusagen in die Hände. Das Schicksal war wirklich auf ihrer Seite.

Was jetzt zählte, war, dass Horst den Weg für den Abriss des Schandmals frei gemacht hatte.

Irgendwie musste sie die Hannelore jetzt loswerden. Die Gäste waren für den Festakt um elf Uhr geladen. Sie musste jetzt nach Ewald sehen. Als der gestern Abend vom Tod des Bauern erfahren hatte, war er ganz aus dem Häuschen gewesen.

Ganz gegen seine Gewohnheit hatte er mit Dasha wild getanzt – wild für seine Verhältnisse.

Tja, und dann – endlich allein mit Ewald im frisch bezogenen Bett – hatte sie den Lohn ihrer Mühen geerntet. Ewald hatte sich auch hier – ganz gegen seine Gewohnheit und trotz seines beträchtlichen Alkoholkonsums — übertroffen, und nach einer sehr ansehnlichen Performance hatte sie ihm ins Ohr geflüstert:

„Und wie fandest du mein Geburtstagsgeschenk?" „Das Feuerwerk?" „Nein, das Bauernopfer!", hatte sie geflüstert. Aber da hatte er schon geschnarcht.

❖

Das Klanggewebe sickerte in ihn ein und bewirkte diese unbestimmte Gewissheit – ein paradoxes Ineinander von Schönheit und Hässlichkeit. „Dissonanzen-Quartett" – ein treffender Name für Mozarts Streichquartett in C-Dur, Köchelverzeichnis 465. Dasha, die diese Musik immer als „sinnloses Gefiedel" denunzierte, hatte ihm zuliebe die berühmten Musiker des Diana-Quartetts engagiert. Dass ihr das gelungen war! Auch mit Dashas Auftreten heute Morgen war er hochzufrieden. Sie trug ein zwar enges, aber hochgeschlossenes schwarzes Etuikleid mit einer kurzen Jacke aus grauer Seide. Gestern Nacht hatte er plötzlich gespürt, dass er Dasha unrecht getan hatte. Sie liebte ihn, und er konnte auf sie nicht mehr verzichten. All die Trennungsgedanken der vergangenen Tage erschienen ihm nun absurd.

Hinter der Stirn bohrte ein dumpfer Schmerz, aber er fühlte sich erstaunlicherweise richtig wohl – matt, etwas zerschlagen, noch müde, aber gleichzeitig zufrieden und leicht. Innen wie außen. Mozarts Musik bündelte seine Befindlichkeit und überhöhte sie. Dasha hatte ihm vorhin von dem Gespräch mit Hannelore erzählt. Es schien so, als würde der Schmerz über den Verlust ihres Mannes überlagert von der Aussicht eines Lebens im sonnigen Süden. Die Frau des Bauern würde den Stall samt Schandmal verkaufen — an ihn selbstredend.

Sein Wunschtraum hatte sich erfüllt. Langsam wurde es ihm unheimlich, mit welcher Präzision seine Wünsche in Erfüllung gingen. Konnte es sein, dass Dasha da ihre Hand im Spiel gehabt hatte? Aber wie? Sie war doch den ganzen Abend nicht von seiner Seite gewichen. Nein, mit dem Geburtstagsgeschenk konnte sie nur das Feuerwerk gemeint haben.

Der vierte Satz, das Allegro, begann beschwingt im heiteren Mozart-Ton – alles Schwere und Dissonante des Anfangs löste sich auf in einem leichten optimistischen Miteinander der vier Instrumente. Dasha hielt den Kopf geneigt, die Augen geschlossen und lauschte scheinbar versunken. Er drückte ihre Hand. Sie sah ihn an und erwiderte den Druck. Ihr Lächeln bestärkte ihn in seinem Entschluss. Er drehte seinen Kopf ein wenig und warf einen Blick auf die illustre Festgesellschaft. Ja – das hatte Stil und wäre der richtige Rahmen für die Bekanntgabe seiner Verlobung.

❖

„Wir dürfen Ihnen nun die Hauptspeise servieren – Vogelsberger Milchzicklein im Gemüsebett!“

Pierre kündigte den Hauptgang mit der feierlichen Grandezza eines Sternekochs an. Schon schwebten die beiden Chinesinnen ins Festzelt und begannen mit dem Servieren. Dasha schmunzelte. Die Choreographie des gestrigen und heutigen Tages hatte sich mit einer Präzision entfaltet, die sie fast ein wenig beunruhigte. Alles lief wie am Schnürchen. Marek hatte ihr vorhin eine SMS geschrieben, die sie sofort gelöscht hatte. Er war längst wieder in Polen. Wie die letzten Minuten von Horst genau verlaufen waren, das wollte sie nicht wissen. Dass Hannelore Mareks Anruf verschwiegen hatte, konnte Dasha nur recht sein. Laut Plan hatte Marek gegen elf den Bauern angerufen und sich als harmlosen Nachtschwärmer ausgegeben, der auf dem Nachhauseweg gesehen habe, dass sich Leute an der Gülle-Anlage zu schaffen machten. Wie Marek dann Horst ins Jenseits beförderte, war seine Sache. Was Dasha immer als Schwachstelle des Plans gesehen hatte, nämlich die mögliche Fahndung der Polizei nach diesem ominösen Anrufer, das hatte sich nun auf wundersame Weise dank Hannelores Vorsicht von selbst erledigt.

Unter Hannelores Trauer, das war deutlich spürbar gewesen, flackerte schon die Lust auf ein Leben in wärmeren Gefilden. Über Nacht hatte sich ihr Wunschtraum erfüllt. Auch in diesem Fall hatte Dasha dem Schicksal einen segensreichen Stups gegeben. Und dann Ewalds Heiratsantrag in Form einer Verlobung! Die Schnelligkeit, mit der sich auch dieser Teil der Planung erfüllte, hatte Dasha nun wirklich überrascht. Nach all den Reden der Professorenkollegen und nach der Überreichung der Festschrift hatte Ewalds Dankesrede in eine stilvolle Ansprache an Dasha ganz persönlich gegipfelt. Als sie auf seine Frage ein zartes „Ja" hauchte und sie sich vor den Festgästen küssten, da tupften so manche der Damen sich die Tränen von der Wange. Dass zum Schluss der Feier der letzte Satz aus Mozarts „Jagd-Quartett" ertönte, hatte Ewald dann noch launig kommentiert, in diesem Falle sei nicht klar, wer wen gejagt habe, auf jeden Fall sei ja kein Blut geflossen.

Das Stimmengewirr im Festzelt war merklich leiser geworden, das Zicklein-Gericht fand offenbar großen Anklang. Über dieses Fest würde man sicherlich noch lange reden – ein rundum gelungenes Gesamtkunstwerk mit einem unaufdringlichen Mord als Teil der Synästhesie. Ewald fasste sie von hinten um die Taille und flüsterte ihr ins Ohr: „Perfekt gezaubert – meine kleine Hexe." Sie schmiegte sich in seine Halsbeuge. Das Aftershave überdeckte nur mühsam seinen strengen Schweißgeruch. Bis zur Hochzeit würde sie ihn noch aushalten müssen, und dann noch ein Anstandsjahr lang. Schicksal spielen war manchmal anstrengend, aber es lohnte sich auf lange Sicht. Eine SMS an Marek oder der Rest der Rizinussamen in einer Nusstorte, und sie würde die Rolle der trauernden Witwe geben können. „Ich liebe Dich", flüsterte Dasha zurück.

GRÜNE PFANNKUCHEN (Grie Pannekuche)

Rezept aus Nordhessen

Zutaten für zwei Personen:

1 kg Kartoffeln
1 Tasse Kartoffelstärke (Mondamin) oder Mehl
3–4 Eier
1 Becher saure Sahne
1 Prise Muskat
Salz
Pfeffer
gehackte Gartenkräuter nach Geschmack (Petersilie, Kresse, Kerbel, Pimpernelle, Schnittlauch u. a.) oder tiefgefr. Kräutermischung
Öl zum Ausbacken
1 Glas Apfelmus als Beilage

Die Kartoffeln schälen, reiben und auf einem Sieb abtropfen lassen. Sofort mit der sauren Sahne vermischen, damit sich die Kartoffeln nicht verfärben, anschließend die Gartenkräuter hacken. Die Gewürze werden in die Kartoffelmasse gegeben, dann die Eier und die Kartoffelstärke daruntergemischt. Zum Schluss die gehackten Kräuter dazugeben. Die Pfannkuchen werden in reichlich heißem Öl goldbraun ausgebacken. Dazu passt das Apfelmus.

ROTER LAVENDEL

Von Susanne Kronenberg

Der Ruf hallte durch das offene Fenster bis in den Wagen. Maja trat auf die Bremse. Der Mann, der sich ihr in den Weg stellte, trug Jeans und ein helles Hemd, keine grüne Uniform, doch das hatte nichts zu bedeuten. Der junge Forstbeamte schien immer im Dienst. Sie war ihm hin und wieder begegnet, seit sie in der Gersfelder Praxis arbeitete. Wenn er nur nicht so unerbittlich korrekt wäre, sobald es um das Biosphärenreservat Rhön und seinen Wald ging. Der Schutz des Birkwildes lag ihm besonders am Herzen. Maja hatte bisher allerdings noch keinen der scheuen Hühnervögel zu Gesicht bekommen.

Sie lächelte versöhnlich. „Ich muss zu einem Patienten."

Mit strenger Miene beugte sich Erik Brenner zum Wagen hinunter. „Auf einem gesperrten Weg, Frau Dr. Sonntag!"

Sie öffnete die Fahrertür und stieg aus. Ein kühler Wind strich ihr entgegen; eine Wohltat nach der schwülen Hitze der vergangenen Woche. „Ich liebe die Rhön mit allen ihren Tälern und Höhen. Aber ein Umweg von sechs Kilometern ...?"

Mit der Abkürzung durch den Wald wäre sie in wenigen Minuten am Ziel.

Erik Brenner kniff die Augen zusammen und deutete in den Waldweg hinein, der sich nach einem scharfen Knick in einem Birkenwäldchen verlor. „Sie sind auf dem Weg zu den Meders?"

Eine vernachlässigte Verletzung bei der Shetlandstute, erklärte Maja. Der Vormieter hatte die Ponys, einen Wallach und eine Stute, wie ausrangierte Möbelstücke zurückgelassen. Nun kümmerte sich die elfjährige Nikki, ein stilles, bedrücktes Mädchen, um die Ponys. Vor zehn Tagen hatte sie in der Praxis angerufen, und seitdem kam Maja beinahe täglich, um die Wunde zu säubern und den Verband zu wechseln.

Er wandte ihr den Blick zu. „Ich frage mich, was Claudia Meder in diese einsame Gegend geführt hat. Weit und breit kein Nachbar, nur sie und das Kind. Als ob sie sich vor der Welt verstecken wollte."

Nicht vor der Welt, wusste Maja, sondern vor dem Ehemann, nach Claudia Meders Beschreibung ein von Jähzorn und zerstörerischer Eifersucht getriebener Querulant. Maja konnte gut zuhören und war längst nicht mehr überrascht, wenn ihr selbst fremde Menschen ihre Sorgen und Nöte anvertrauten. Claudia hatte sehr dringend jemanden zum Reden gebraucht und an ihrem Mann kein gutes Haar gelassen.

Erik Brenner zögerte. „Sie halten mich für übereifrig, nicht wahr?"

Am Morgen wäre ein Geländewagen über einen verbotenen Weg auf das Rote Moor zugefahren und hätte sich nicht aufhalten lassen, verteidigte er seinen Einsatz. Ein Jeep aus Kassel und im Besitz eines Jägers, wie ein Aufkleber vermuten ließ.

„Als Jäger müsste der Fahrer die Natur besonders achten! Den schnappe ich mir", versprach er düster.

Maja sah auf die Armbanduhr. Ihr Dienst in der Gersfelder Kleintierpraxis endete nach Plan um zwölf, hatte aber wie so oft länger gedauert. Mit ihren Gedanken war sie bereits im Wochenende. Sie wollte anschließend nach Fulda fahren und freute sich auf einen Stadtbummel mit ihrer Freundin Katharina.

Erik Brenner war der verstohlene Blick nicht entgangen. „Nun fahren Sie schon! Ausnahmsweise! Und grüßen Sie Arno Engler von mir. Ich habe ihn unterwegs getroffen. Hier im Tal scheint er jedes Birkhuhn persönlich zu kennen."

Maja lächelte unwillkürlich. Der Biologielehrer aus Gersfeld war vor kurzem mit einem verletzten Bussard in der Praxis erschienen und hatte ihr stolz berichtet, wie viele Greifvögel er bereits gesund gepflegt und anschließend zurück in die Freiheit entlassen hätte. Neuerdings galt sein Interesse nicht mehr in erster Linie der Vogelwelt, und beinahe täglich marschierte er von Gersfeld herüber zu dem einsamen Haus, wie Maja von Nikki erfahren hatte. Sie versprach, sich für die Fahrt nach Fulda an die öffentlichen Straßen zu halten, und lenkte den Polo in den Wald hinein. Die freie Zeit war kostbar, wenn sie nur von Samstagmittag bis Montagmittag dauerte. Alle vierzehn Tage! Das Los einer jungen Landtierärztin. Die Erfahrungen und Bärenkräfte, die ihr für den Umgang mit Pferden und Ponys, bockigen Rhönschafen und halbwilden Rindern fehlten, versuchte sie mit Geschicklichkeit und Einsatzbereitschaft wettzumachen und geriet dabei immer wieder an ihre Grenzen. Nicht selten wollte sie alles hinwerfen. Der Umgang mit den Tieren war oft schwierig und gefährlich, und zwischen ihren Einsätzen lagen kilometerweite Strecken von einem Tal über einen Höhenzug ins nächste Tal, bergauf und bergab, meistens von Eile getrieben und viel zu selten mit der Muße, die bewegenden Ausblicke über die offenen Bergkuppen zu genießen.

Sie hatte die Talsenke erreicht und schaltete in den zweiten Gang zurück, um den Anstieg in Angriff zu nehmen. Der Wagen kämpfte sich das Sträßchen hinauf. Hinter dem Waldrand wurde es flacher, und sie erblickte unterhalb der Bergkuppe das Haus, das wie ein Schwalbennest am Wiesenhang zu kleben schien. An klaren Tagen konnte man vom Hof aus bis zur Wasserkuppe schauen, und in den Aufwinden hoch über dem Tal kreisten die Segelflugzeuge wie träge Urweltadler. Wenn ich nur mit ihnen fliegen könnte, hatte Nikki neulich laut geträumt und wollte durch die weißen Wolken hindurch bis hinauf zu den Sternen segeln und niemals wieder auf der Erde landen. Nach einer Biegung führte die Straße an einer buschigen Hecke entlang, und zwischen den Blättern blinkte ein metallisches Glitzern auf. Ein Wagen stand in einer Einbuchtung, verborgen in einem Blätterversteck. Ein grüner Jeep. Neugierig stieg sie aus und ging näher heran: KS, das Kennzeichen für Kassel, der Rest war von Lehmspritzern verdeckt. Auf der Frontscheibe klebte das Wappen des Jagdschutzverbandes. Der Wagen, nach dem Erik Brenner suchte? Auf dem Rücksitz lag eine Reisetasche, sonst entdeckte sie nichts Auffälliges.

Maja kehrte zum Polo zurück und fuhr weiter bergauf. Im Mittagslicht wirkte das Haus verbraucht und schäbig mit seiner fleckigen grauen Fassade und den abgerissenen Fensterläden. An die hintere Giebelwand lehnte sich ein verwitterter Holzschuppen, in dessen Schatten sie die Ponys erkennen konnte: zwei gedrungene Gestalten, der schwarz-weiß gescheckte Wallach und die rotbraune Stute, die dösend beieinander standen und sich mit den buschigen Schweifen gegenseitig die Fliegen vertrieben.

Ein letztes gequältes Röhren, und der Wagen hatte die steile Kehre unterhalb des Hauses gemeistert und tuckerte schnaufend in den Hof. Maja sah zum Haus hinüber. Sonst lief ihr das Mädchen entgegen, doch an diesem Samstag war Nikki gemeinsam mit Ferienkindern im Roten Moor unterwegs. Auf die Exkursion mit den Rhön-Rangern hatte sie sich seit Tagen gefreut. Vor dem Eingang in der Giebelwand hockte die Tigerkatze und leckte sich die Pfoten. Auch auf der Hofseite gab es eine Tür, die ebenso zur Wohnküche gehörte wie die beiden angrenzenden Fenster. Sie stellte den Wagen im Schatten einer Linde ab. Das Telefon ließ sie im Wagen zurück. Es wäre nicht das erste Mal, dass der alte Doktor sie wegen eines Notrufs zurückpfiff. Das Beruhigungsmittel, fiel ihr ein, und sie schob das in ein Briefchen verpackte Medikament in die Hosentasche. Anfang der kommenden Woche sollte sie dem Chef über die Mittagszeit bei einigen Operationen assistieren und würde kaum Zeit für einen Besuch finden, so dass Claudia und Nikki die Wunde allein versorgen sollten; allerdings nicht, ohne dem Pony zuvor vorsichtshalber das Beruhigungsmittel zu geben. Von den schmerzlichen Erfahrungen eines langen Lebens geprägt, wusste sich die Stute mit Bissen und Tritten zu wehren. Die Lösung zum Spülen und das Verbandsmaterial lagen im Schuppen bereit. Von dort führte eine Tür unmittelbar auf die Weide.

Auf dem Hof war es still bis auf das geschäftige Surren der Hummeln in der wilden Rose, die sich den Hausgiebel hinaufwand, und das Zetern eines Amselpärchens, dessen Nest Maja zu nahe kam. Claudia liebte den Lavendel, der in kniehohen Büschen den Kräutergarten neben dem Schuppen umwucherte, und die Luft war erfüllt von seinem Duft. Das niedrige Gartentor, das wegen der wilden Kaninchen gewöhnlich verschlossen war, stand weit offen, und im Schatten der Bretterwand bemerkte Maja einen blauen Golf, der vermuten ließ, dass Claudia zu Hause war. Maja beschloss, erst das Pferd zu versorgen und danach einen kurzen Besuch bei Claudia zu machen. Sie drückte mit der Schulter gegen das Holztor und schlüpfte in den Schuppen. Drinnen war es stockfinster bis auf den Lichtstreifen, der durch den Türspalt fiel, und einen ovalen Lichtkegel unterhalb einer zerbrochenen Bohle. Der Geruch des Lavendels, der zum Trocknen in dichten Bündeln unter den Deckenbalken hing, nahm ihr den Atem. Sie hielt sich nicht damit auf, die Augen an die Dunkelheit zu gewöhnen. Mit fünf, sechs schnellen Schritten hätte sie die rückwärtige Tür erreicht. Mit ausgestrecktem Arm eilte sie voran, bis sie mit dem Fuß an etwas Schweres, etwas beunruhigend Körperliches stieß. Erschrocken tastete sie nach der Tür, fand endlich den Riegel und schob ihn auf. Gleißend fiel das Sonnenlicht in den Schuppen und beleuchtete schonungslos die Ursache ihres Stolperns.

Eine Gestalt neben der Tür. Ein Mann. Bekleidet mit einer leichten Wanderhose, Wanderstiefeln und einem kurzärmeligen Hemd. Er lag auf dem Rücken und hielt die sonnengebräunten Arme zur Seite gestreckt. Die Hände waren in hilflosem Entsetzen zu Fäusten geballt. Der Kopf lag auf ein Kissen aus Lavendelbündeln gebettet, die er im Sturz mitgerissen hatte. Hellrotes Blut ergoss sich über die Blüten. Maja zwang sich, genauer hinzusehen: eine Stichwunde auf der linken Halsseite. Neben dem Kehlkopf, knapp unterhalb des Unterkiefers. Schmal, tief und vermutlich doppelt tödlich aufgrund der durchtrennten Schlagader und der Verletzung jener Nervenbahnen, die das Herz schlagen ließen. Maja sank auf die Knie, berührte die unverletzte Halsseite. Die Haut fühlte sich noch warm an, doch der Puls war nicht zu finden. Ihre Gedanken drehten sich. Claudia, dachte sie, kaum bahnte sich ein neues Glück an, ließ der Tod alles zerrinnen. Wer brachte es fertig, einem so gutmütigen und harmlosen Menschen wie Arno Engler ein Messer in den Hals zu rammen? Wer mochte ein solches Maß von Hass und Wut aufbringen wie ... wie ein verlassener Ehemann? Die Angst packte sie. War der Mörder in der Nähe? Sie lief zum Tor und spähte in den Hof. Niemand war zu sehen; der Weg zum Polo – und damit zum Telefon – war gut doppelt so weit wie die Entfernung zum Haus, das ihr plötzlich so viel sicherer erschien als der Wagen. War es nicht besser, von dort aus zu telefonieren und zugleich Claudia zu warnen? Als sie eine Bewegung hinter einem Küchenfenster bemerkte und Claudias blonden Haarschopf erkannte, zögerte sie nicht länger und rannte auf das Haus zu. Atemlos erreichte sie die Tür zur Küche und drückte auf die Klinke.

Die Tür war nicht verschlossen. Sie stürmte hinein – und musste ihren verhängnisvollen Fehler erkennen. Beim Blick auf die schimmernde Goldprägung am klobigen Revolverlauf mit der Inschrift *Smith & Wesson .44 Magnum* fiel ihr sofort das Bild des Bullen ein, der während ihres Praktikums am Schlachthof entkommen konnte und von einem herbeigerufenen Jäger mit einer Waffe eben dieses Kalibers an der Flucht gehindert wurde. Sie hatte nicht vergessen, wie das mächtige Tier noch im Schuss umschlug wie ein gefällter Baum. Dem Mann, der die Waffe mit beiden Händen hielt und beharrlich auf Majas Gesicht richtete, tropfte der Schweiß von der Stirn. Er atmete hastig, und sein Blick wanderte zu Claudia hinüber, die rücklings am Küchenschrank lehnte und wie versteinert schien, bevor er sich wieder auf Maja konzentrierte.

„Sind Sie eine Freundin von Claudia? Nein, das kann nicht sein. Meine Frau hat nie eine Freundin gehabt."

„Das stimmt nicht", widersprach Claudia. Ihre matte Stimme bebte. „Du vergisst Sophie. Sie war meine beste Freundin, bis du sie aus dem Haus gejagt hast mit deiner Eifersucht."

„Die war kein Umgang für dich." Er stierte Maja an. „Weshalb sind Sie hier?"

„Ich bin Tierärztin und wollte Nikkis Ponystute behandeln."

Er neigte missbilligend den Kopf. „Was soll meine Tochter mit einem Pony? Von mir bekommt sie ein Reitpferd!"

„Die üblichen leeren Versprechungen", murmelte Claudia. „Scher dich zum Teufel, Markus Meder!"

Maja konnte den Blick nicht von der Waffe abwenden. „Bitte, lassen Sie mich gehen!"

„Damit Sie die Polizei rufen, die hier auftauchen und Fragen stellen wird? Ich werde mich von niemandem aufhalten lassen. Weg vom Eingang!"

Mit der Waffe dirigierte er sie neben Claudia, eilte zur Tür und drehte den Schlüssel herum. Er zog die Gardinen, deren vergilbte Pracht jeden Einblick verwehrte, vor die Fenster und schloss die Tür zum Flur ab. Nachdem er beide Schlüssel sorgfältig in der Hosentasche verstaut hatte, trat er an den Esstisch heran, der mitten im Raum stand. Auf der zerschrammten Holzplatte war eine Schale mit ungeschälten Kartoffeln bereitgestellt, daneben lagen eine Reibe und eine stabile Schere mit spitzen Klingen, auf denen Wassertropfen wie Perlen glitzerten. In einem Korb, an dessen Henkel ein Bündel Lavendelblüten baumelte, befanden sich frisch geschnittene Gartenkräuter, und dicht dabei stand ein Becher mit saurer Sahne.

Markus Meder betrachtete die Lebensmittel mit einem grimmigen Lächeln. „Wie ich sehe, erwartest du Nikki zum Essen."

Claudia schüttelte den Kopf. „Sie ist nicht hier. Niemals bekommst du mein Kind, Markus!"

„Du hast mit deinen Lügen unsere Ehe kaputtgemacht, aber meine Tochter lasse ich mir nicht stehlen. Also, wo ist sie?"

Er stieß Maja zur Seite und prügelte mit dem Revolver auf seine Frau ein, bis sie ihren Widerstand aufgab und ihm von der Exkursion berichtete. Sie könnte Nikki unterwegs nicht erreichen und wollte sie am späten Nachmittag von einem Waldparkplatz abholen, offenbarte sie nach weiteren Drohungen.

„Ich kann warten", sagte er und wandte sich dem Spülbecken zu. Maja verfolgte angespannt, wie er sich die Hände wusch und danach mit nassen Fingern die verschwitzten Haarsträhnen aus der Stirn strich. Für einen Augenblick erschien er ihr erschöpft und verletzlich. An einem anderen Ort, in einer friedlicheren Situation hätte er durchaus anziehend wirken können, überlegte sie mit unbehaglicher Verwunderung, doch jetzt schien er getrieben von Hass und Zorn. Wie sie von Claudia wusste, arbeitete er bei VW in Baunatal und war in seiner Abteilung – in der technischen Entwicklung, sofern sie sich richtig erinnerte – wegen seiner ständigen Übellaunigkeit und Reizbarkeit alles andere als beliebt. Hielte nicht sein Chef, ein Studienfreund und Jagdgenosse, die schützende Hand über ihn, hätte man ihn längst auf die Straße gesetzt, hatte Claudia ihr anvertraut. Trotzdem musste er eine angenehme Seite besitzen, denn Nikki, das hatte Maja deutlich aus deren Bemerkungen herausgehört, liebte ihren Vater. Majas zaghafte Hoffnung, die Lage könnte sich entspannen, verflog, als er die Waffe, mit der Mündung in Majas Richtung, neben das Schneidebrett legte und nach der Schere langte.

Er hackte auf die Kartoffeln ein und hob eine aufgespießte Knolle in die Höhe. „Ich bin hungrig, und der Tag wird lang. Keine Frau macht die grünen Pfannkuchen so gut wie Claudia, da können Sie etwas lernen."

Nikkis Eltern starrten sich mit vernichtenden Blicken an, und Maja verstand den kindlichen Wunsch der Tochter, diesem Hass mit einem Flug in die Wolken zu entfliehen. Er sollte endlich die Waffe einstecken, verlangte Claudia.

Meder lächelte bösartig. „Ich weiß, du magst den Revolver nicht, seit ich damit vor deinen Augen diesen verirrten Keiler erschossen habe. Ein sauberer Blattschuss."

Wahllos riss er die Schubladen auf, bis er fand, wonach er suchte, und zwei kleine Messer auf das Schneidebrett warf. Claudia füllte eine Schale mit Wasser und stellte sie auf den Tisch. Maja setzte sich zu ihr, und Meder rückte einen Stuhl vor das Fenster und verfolgte, mit dem unvermeidlichen Revolver auf den Knien, die kleinsten Bewegungen. Maja nahm eine Kartoffel nach der anderen aus der Schüssel, und während sie die Knollen schälte und in die Wasserschale warf, dachte sie an das Briefchen in der Tasche ihrer Jeans. Ein Medikament, das dazu diente, Tiere zu beruhigen und deren Muskeln zu entspannen, würde vielleicht auch einen Menschen kurzfristig schwächen. Mit den Fingerspitzen fischte sie eine Kartoffel aus dem Wasser und griff nach der Reibe. Inzwischen trug Claudia unter den argwöhnischen Blicken ihres Mannes den Korb mit den Kräutern zur Spüle, hielt Petersilie und Schnittlauch unter den Wasserstrahl, schüttelte die Blätter trocken und brachte sie zum Tisch zurück. Den Korb ließ sie stehen. Mit stoischer Miene machte sie sich daran, die Petersilie zu hacken. Als sie danach den Schnittlauch mit der Schere in millimetergroße Stückchen zerteilte, zitterten ihre Hände.

Maja schob die letzte Knolle über die Raspel und füllte die geriebene Masse zum Abtropfen in ein Sieb, das Claudia mit der gnädigen Erlaubnis ihres Bewachers ebenso wie eine zweite Schüssel und einen Holzlöffel aus dem Küchenschrank genommen hatte, und schaute zu, wie Claudia zwei Esslöffel saure Sahne auf die Kartoffelmasse schüttete und unterrührte. Eigentlich sollte sie jetzt gemütlich in einem Fuldaer Café bei einem Cappuccino sitzen. Wie kann man nur so einen Kerl heiraten, dachte sie in stummer Wut und lauerte weiterhin auf die Gelegenheit, an das Pulver heranzukommen. Markus Meder stierte wachsam wie ein Border Collie zum Tisch herüber. Claudia füllte den Kartoffelteig in eine Schüssel und gab reichlich Salz und Pfeffer dazu. „Die Eier fehlen noch, und dazu kommt das Kartoffelmehl."

„Lass mich das machen", sagte Maja laut über Claudias Schulter hinweg und flüsterte: „Es ist etwas Schlimmes passiert. Arno. Er ist tot. Ermordet im Schuppen."

„Kein Wort über Arno", hauchte Claudia und sah ängstlich zu Meder hinüber, der aufgesprungen war und drohend den Revolver hob.

„Hier gibt's nichts zu tuscheln!"

Die Türglocke schellte. Markus Meder packte seine Frau wie eine kratzbürstige Katze im Genick und drückte ihr den Revolverlauf an die Schläfe. Er befahl Maja, ans Fenster zu gehen. „Aber Vorsicht! Ein Zeichen nach draußen, und ich drücke ab."

Maja lugte an der Gardine vorbei in den Hof hinaus. Der Hauseingang war von der Küche aus nicht zu erkennen.

„Was sehen Sie?", fragte Markus Meder beunruhigt.

Einen Wagen, erklärte Maja zögernd, der eines Försters vom Forstamt Hilders. Die Türglocke schellte wieder, ungeduldig und fordernd, wie es Maja erschien, und Meders Anspannung wuchs.

Maja sollte zur Haustür gehen, verlangte er und schloss die Küchentür auf. „Fragen Sie, was er will, aber denken Sie daran, was meiner Frau geschehen wird, wenn Sie einen Fehler machen. Und danach töte ich Sie. Ich will meine Tochter, und niemand wird das verhindern."

Er folgte ihr in den Flur, schleppte Claudia mit sich in eine Nische neben der Haustür, und sie hielten sich in den Armen wie Liebende. Nur Claudias gehetzter Blick strafte das Bild Lügen.

„Ich will Ihr Gesicht sehen!", zischte er Maja zu. „Geben Sie ihm keine Zeichen!"

Maja drückte die Klinke herunter und zog die Tür eine Handbreit auf. Erik Brenner lächelte erfreut. Bevor er sie ansprechen konnte, sprudelte Maja los. Zum Glück blieb Erik Brenners verblüffte Miene für Meder unsichtbar. Maja ließ den Förster nicht zu Wort kommen. „Erik, leider muss ich unsere Verabredung für heute Abend absagen. Lass uns das Treffen verschieben, ja?"

Sie verzog den Mund zu einem Lächeln und kam sich vor wie ein furchtsam grinsendes Äffchen.

Erik Brenner blinzelte ratlos und trat einen halben Schritt vor. „Der Wagen, über den wir vorhin sprachen ..."

Maja fiel ihm ins Wort: „Danke, ich habe es mir überlegt und will das Auto doch nicht kaufen! Mein Polo muss noch eine Weile durchhalten."

Er neigte den Kopf, um in den Flur zu spähen, in dem aus seiner Sicht nichts anderes zu erkennen sein konnte als das abgetretene Linoleum. Claudia und ihr Peiniger wurden von der Tür verdeckt. „Wo ist Frau Meder?"

Maja schob sich ihm in den Weg. „Claudia hat sich hingelegt. Ihr ist nicht gut."

„Braucht sie einen Arzt?"

Das wäre nicht nötig, erklärte Maja hastig.

„Und das Mädchen?"

„Nikki macht einen Ausflug mit den Rangern."

„So, so", sagte er langsam, runzelte die Stirn, als wollte er etwas fragen, und besann sich anders nach einem nachdenklichen Blick in Majas nach wie vor angespannt lächelndes Gesicht.

Wie gut mochte Meder sich in der näheren Umgebung auskennen? Maja beschloss, das Wagnis einzugehen. „Ich kenne in Hilders eine nette Pizzeria, in der Straße Battentor. Ruf mich nächste Woche in der Praxis an, einverstanden?"

„Also dann!" Er wandte sich ab und nahm mit einem langen Schritt beide Stufen auf einmal.

Meder schlug die Tür zu. „Sie scheinen ihn gut zu kennen. Warum haben Sie das nicht gesagt?"

„Was geht Sie das an!"

Sie hatte genug! Ihr reichte es. Sie wollte fort, all das hinter sich lassen: die verstörte Angst der Frau, Markus Meders beinahe greifbaren Hass, den er im irren Hantieren mit der Waffe zur Schau stellte, und sie musste weg von dem Toten im Schuppen. Sein übel zugerichteter Hals, sie wollte nicht daran denken, aber das Bild hielt sich beharrlich vor ihrem inneren Auge.

Meder fuchtelte mit dem Revolver, trieb beide Frauen in die Küche zurück und vergaß nicht, die Tür wieder zu verschließen. Mit schnellen Schritten war er am Fenster, um sich zu überzeugen, ob der Förster davonfuhr.

Claudia stand am Tisch und knetete rastlos ihre Hände. „Wann gehst du endlich?"

Er zog ein Mobiltelefon aus der Tasche. „Mich hält hier nichts! Ich will nicht länger auf meine Tochter warten. Ruf bei diesen Rangern an und lass Nikki herbringen!"

Claudia schlug einen freundlichen Ton an. Sie könne verstehen, dass er seine Tochter vermisse. „Aber wann willst du dich um Nikki kümmern? Du arbeitest jeden Tag bis in den Abend, machst immer wieder Geschäftsreisen ins Ausland."

„Das lass nur meine Sorge sein", sagte er und fügte mit bitterem Unterton hinzu: „Ich werde genug Zeit für Nikki haben. Nimm das Telefon! Und Sie", wandte er sich an Maja, „kümmern sich weiter um das Essen!"

Maja schlug die Eier auf und mischte sie unter die Kartoffelmasse. Eiweiß klebte an ihren Fingern. Sie hob die Arme. „Ich möchte mir die Hände waschen."

Er nickte, und Maja trat an das Spülbecken heran. Auf der Suche nach Seife rückte sie den Kräuterkorb herum und bemerkte einen feinen dunklen Spritzer, der sich als kaum sichtbare Linie über die Lavendelblüten zog. Sie ließ sich Zeit damit, die Hände an einem Geschirrtuch abzutrocknen.

Töpfe und Pfannen standen in einem Regal neben dem Herd. Maja zog eine Eisenpfanne heraus, deren Gewicht sie überraschte. Sie schaltete die Herdplatte ein, goss einen Schuss Olivenöl, das sie auf dem Wandbord entdeckt hatte, in die Pfanne und trat an den Tisch heran, um die Kartoffelmasse mit den noch fehlenden Zutaten, den gehackten Kräutern, zu versehen.

Claudia führte inzwischen ein zweites Telefongespräch mit Meders Mobiltelefon und fragte nach einem Bernd, der angeblich darüber Bescheid wissen sollte, welchen Weg die Gruppe genommen hatte. Offenbar war das Handy des Rangers ausgefallen, oder die Gruppe hielt sich in einem Funkloch auf.

Sie reichte Meder das Telefon zurück. „Dieser Bernd ist gerade nicht zu sprechen. Ich soll in fünf Minuten wieder anrufen."

Meder trat ans Fenster und schob die Gardine beiseite.

Jetzt!, entschied Maja, die nicht ahnen konnte, dass er Ohren wie ein Luchs hatte. Das leise Rascheln entging ihm nicht. Sofort war er neben ihr und riss ihr das Tütchen aus der Hand. „Vetranquil? Was für ein Gift ist das?“

Panik erfasste Maja, eine lähmende Angst, die sie wehrlos machte, als er ihr mit der Faust gegen die Schläfe schlug. Sie rutschte aus und prallte gegen die Tischkante. Claudia kam ihr zu Hilfe und ging mit den Fäusten auf Meder los, doch er wich nicht einmal zurück. Er streckte den Arm zur Zimmerdecke und drückte ab. Der Schuss dröhnte ohrenbetäubend. Wie ein Filmheld hielt Meder die Waffe noch für einen Augenblick in der erhobenen Faust, bevor er sie auf Maja richtete. Er legte den Daumen auf den Hahn und klappte ihn herunter.

„Haben Sie noch mehr von dem Zeug?“

Sie wich zur Wand zurück und schüttelte den Kopf.

„Claudia, du übernimmst das Ausbacken“, befahl er. „Mach die Pfannkuchen so knusprig, wie du sie immer für mich gebacken hast, mein Herz.“

Claudia ging zum Herd, und Majas Blick hing an dem Revolver in Meders Faust. Bei gespanntem Hahn genügte eine federleichte Berührung des Abzugs, und der nächste Schuss würde nicht die Holzdecke zersplittern lassen, sondern ihr das Gesicht zerfetzen. Meder deutete mit dem Lauf auf den Fußboden, und Maja ließ sich auf die Fliesen nieder und beobachtete in stummer Beklemmung, wie er erneut auf ihr Gesicht zielte, den Revolver nun mit beiden Händen haltend. Schließlich fasste er den Hahn mit dem Daumen, hielt ihn unten und legte den Zeigefinger um den Abzug. Er drückte ab. Ein Klicken, und Maja sank in sich zusammen. Er grinste, als er den Hahn der nun entspannten Waffe langsam nach vorn gleiten ließ. Maja wandte den Blick ab.

Minuten später hatte sich ihr rasender Herzschlag beruhigt. Der Geruch von gerösteten Kartoffeln und Kräutern stieg ihr in die Nase. Maja betrachtete den hageren Rücken und die hölzernen Handgriffe, mit denen Claudia die Pfannkuchen wendete, die braunen Fladen herausnahm und auf einen Teller stapelte. Meder schob die Waffe in den Hosenbund. Er spießte einen Pfannkuchen auf die Gabel, packte ihn auf einen Teller und kleckste daneben einen Löffel Apfelmus aus dem Glas, das er im Kühlschrank gefunden hatte. Noch im Stehen, begann er heißhungrig zu essen.

„Vergiss nicht zu telefonieren!", forderte er barsch zwischen zwei Bissen.

Claudia schüttete einen großzügigen Schwung Öl in die Pfanne, bevor sie das Handy entgegennahm. Sie tippte darauf herum, hielt es ans Ohr und fragte mit flüsternder Stimme nach ihrer Tochter. Wo die Gruppe im Augenblick sei? Die Tochter müsste dringend nach Hause kommen, ein Notfall. Meders mahlende Kiefer hielten inne, und er beobachtete sie misstrauisch, bis sie das Gespräch mit einem leisen Dank beendete. Jemand würde Nikki nach Hause bringen, sagte sie und fragte nach einer Pause zaghaft, wie er das vorhin gemeint hätte, als er sagte, er würde viel Zeit für seine Tochter haben. „Was ist mit deiner Arbeit?"

Er knallte den Teller auf den Tisch. „Mit meiner Arbeit, fragst du? Welche Arbeit? Ich habe seit gestern keine Arbeit mehr!"

„Aber Wolf hat doch immer ..."

„Wolf! Hör mir auf mit Wolf! Wolf ist längst nicht mehr mein Abteilungsleiter, hat sich davon gemacht, der Verräter, und seitdem ist im Büro der Teufel los. Wie die Aasgeier sind sie über mich hergefallen ..."

Sie sah ihn erschrocken an. „Was hast du jetzt vor?"

Er lächelte missmutig. „Meine Freiheit nutzen. Neu anfangen! Dort, wo man mich haben will und nicht drangsaliert wie einen Anfänger!"

Er ließ sich über die Ungerechtigkeiten der Welt aus.

Claudia schnitt ihm das Wort ab. „Hör auf zu jammern! Was hast du mit Nikki vor?"

Er lachte heiser. „Deine Zeit als Mutter ist abgelaufen. Nikki wird in Zukunft bei mir leben. Noch heute Abend bringe ich sie ins Ausland."

Maja machte sich auf einen Wutausbruch gefasst, doch Claudia sagte kein Wort. Mit eisiger Miene wandte sie sich dem Herd zu. Selbst Meder schien verblüfft, und als er sich zu ihr hinüberbeugte, griff sie ungeahnt flink nach dem Pfannenstiel und packte mit beiden Händen zu. Mit einem Schrei schleuderte sie ihm die Pfanne entgegen. Meder brüllte wie ein Löwe, als das brennende Fett sein Gesicht verbrühte. Zu spät hob er die Arme über den Kopf und konnte sich kaum gegen Claudias Schläge wehren, deren sehnige Arme von einer unbändigen Kraft erfüllt schienen, als sie die Pfanne fallen ließ und mit den bloßen Fäusten auf ihn einprügelte.

„Du machst mein Leben nicht mehr kaputt!“, kreischte sie aus voller Kehle und trat und schlug auf ihn ein. „Meine Tochter bekommst du niemals!“

Schließlich gelang es ihm, den Revolver zu packen. Ein Schuss krachte, Töpfe schepperten, und Meder, der hastig mit einer Hand geschossen hatte, konnte dem Rückstoß nicht standhalten. Der Revolver fiel zu Boden. Claudia hatte sich von dem Schuss nicht beirren lassen, doch allmählich verließen sie die Kräfte, und Meder konnte sich von ihr lösen. Seine Stirn und Wangen waren von blutroten Flecken gezeichnet. Er stürzte zum Spülbecken und schaufelte sich mit den Händen kaltes Wasser ins Gesicht. Als er stöhnend wieder auftauchte, hatte sich die Röte vertieft. Über den Wangen bildeten sich Blasen und Pusteln.

„Halt!“, rief Maja. „Keinen Schritt näher!“

Blinzelnd blickte er auf Maja, die den Revolver mit beiden Händen hielt. „Achtung, der Schuss könnte losgehen!“

Maja spannte den Hahn. „Das hängt allein von Ihrem Verhalten ab!“

„Drück ab, sobald er sich rührt!“, rief Claudia. „Er ist ein Mörder. Er hat Arno erstochen!“

„Wovon redest du?“, fragte Meder und wirkte ehrlich verblüfft.

„Von dem Toten im Schuppen, von meinem Freund Arno. Du hast ihn umgebracht.“

Sie wollte sich Schutz suchend hinter Maja stellen, doch Maja hielt sie zurück. „Bleib, wo du bist!"

„Maja, was soll das?"

Maja dirigierte sie mit der Waffe neben den Mann. „Du hast Arno erstochen!"

Claudia widersprach aufgeregt: „Lüge! Markus hat das getan!"

Maja hob die Waffe. „Die Kräuter im Korb hast du sorgfältig gewaschen, dabei aber den Blutspritzer auf dem Lavendel übersehen. Arnos Blut!"

Claudia schlug die Hände vor das Gesicht. Es dauerte eine Weile, bis sie zu sprechen begann. Arno hätte sich die Pfannkuchen gewünscht, und vom Kräutergarten aus wäre ihr unten auf dem Waldweg der Jeep aufgefallen. „Jeden Tag habe ich damit gerechnet, dass Markus uns finden und Nikki holen würde, und mir überlegt, was ich tun könnte. Doch plötzlich waren alle Pläne aus meinem Kopf raus. Mit dem Korb in der Hand bin ich in den Schuppen gerannt."

Sie brach ab und lauschte, als hätte sie draußen auf dem Hof ein Geräusch gehört, bevor sie überstürzt fortfuhr: „Eine Ewigkeit stand ich dort im Dunkeln. Wartete, wusste nicht, wohin mit den Händen, bis ich die Schere zu fassen bekam. Dann hörte ich Schritte, und als die Tür aufging ..."

Maja konzentrierte sich auf die Waffe in ihren Händen. „Zu seinem Pech hatte Arno die Abkürzung über die Weide genommen."

Majas Blick suchte nach der Schere auf dem Tisch – eine winzige Unaufmerksamkeit, die Meder zu einem Angriff nutzte.

„Ich will meine Tochter", brüllte er. „Nichts wird mich aufhalten!"

Bevor er Maja den Revolver aus den Händen winden konnte, warf sich Claudia auf ihn; mit der Schere in der Faust zielte sie auf seine Kehle. Maja konnte sie zurückstoßen. Das Fensterglas klirrte, Befehle ertönten, und uniformierte Gestalten stürmten die Küche. Maja wurde an den Armen gegriffen und in Sicherheit gebracht.

Minuten später lag eine bedrückende Stille über dem Hof. Polizisten schirmten den Schuppen ab. Er warte auf die Spezialisten, erklärte der Einsatzleiter. Claudia und Markus Meder hatte man in zwei nebeneinander geparkten Polizeiwagen untergebracht. Maja ging zu ihrem Polo und wollte einsteigen, als das Telefon einen Anruf anzeigte.

Erik Brenner meldete sich: „Ich bin hier drüben. Am Waldrand."

Sie schaute über die Viehweiden hinweg auf den gegenüberliegenden Hang. Neben einem Hochsitz erkannte sie eine winkende Gestalt. „Sie haben die Polizei gerufen."

Maja sollte beim Du bleiben, schlug er vor und berichtete kurz, wie er sich über die Weide in den Schuppen geschlichen hätte. Er könnte den Tod des Freundes noch gar nicht fassen. „Woher kennst du die Adresse der Polizeistation in Hilders?"

Sie hätte im Battentor einmal einen verletzten Polizeihund behandelt, erklärte Maja, die nicht wusste, welche Restaurants es in der Straße geben mochte. „Jemand muss sich um Nikki kümmern."

„Willst du das übernehmen? Ich spreche mit dem Einsatzleiter."

Die Gestalt neben dem Hochsitz setzte sich in Bewegung. Maja hob den Blick hinauf bis zur baumlosen Anhöhe der Wasserkuppe. Der Wind trieb helle Wolken darüber. Die Erschöpfung verflog, und mit einem Mal erwachte in ihr eine ebenso unverhoffte wie unbezwingbare Lebenslust.

FRANKFURTER KRANZ

Für den Teig:
- 5 Eier
- 250 g Zucker
- 1/4 l Öl
- 1/4 l Eierlikör (gut rühren)
- 250 g Kartoffelmehl
- 125 g Mehl
- 1 P Backpulver

Für die Buttercreme:
- 250 g Butter
- 1/2 l Milch
- 1 P Vanillepudding

Außerdem:
Johannisbeergelee oder Erdbeerkonfitüre
Mandelsplitter zum Verzieren

Öl, Zucker und Eier in einer Rührschüssel mit einem Handrührgerät geschmeidig rühren. Nach und nach Zucker und Eierlikör hinzufügen. Mehl mit dem Kartoffelmehl und dem Backpulver mischen und nach und nach unterrühren. Den Teig in die Kranzform füllen, glatt streichen und die Form auf dem Rost in den Backofen schieben.

Ca. 60 Minuten bei 180 ° C backen.

Den Pudding nach Packungsanleitung zubereiten. Pudding abkühlen lassen und dabei gelegentlich durchrühren. Weiche Butter mit einem Handrührgerät (Rührbesen) geschmeidig rühren und den erkalteten Pudding esslöffelweise unterrühren, dabei darauf achten, dass Butter und Pudding Zimmertemperatur haben, da die Buttercreme sonst gerinnt.

Gelee mit einem Schneebesen glatt rühren oder Konfitüre durch ein Sieb streichen. Den Kranz zweimal waagerecht durchschneiden und den unteren Boden mit der Konfitüre bestreichen. Die zwei unteren Böden mit insgesamt der Hälfte der Buttercreme bestreichen und alle Böden zu einem Kranz zusammensetzen. Mit der übrigen Buttercreme den Kranz vollständig bestreichen. Mandelsplitter mit etwas Butter und einem Esslöffel Zucker hellbraun rösten und den Kranz damit bestreuen.

CHAMPAGNERLUFT

Von Krystyna Kuhn

Schmeißfliegen sind Geschöpfe des Frühlings, und diesen sehnte ganz Deutschland herbei. Sie umkreisten, ein lautes Brummen als Schlachtruf, den Frankfurter Kranz, den Lena verschwenderisch mit Mandelsplitter aus biologischem Anbau verzierte. Was, verdammt noch mal, war nur mit der Buttercreme nicht in Ordnung, dass die Splitter nicht kleben blieben?

Mit einer ungeduldigen Handbewegung bedeutete Lena vergeblich den drei großen, grünen Exemplaren der Spezies Calliphoridae, das Brummen einzustellen, damit sie den Verkehrsbericht von HR3 hören konnte.

Auf der A5 Richtung Kassel zwischen Frankfurt West und Bad Homburger Kreuz fünf Kilometer Stau durch umgestürzten Lastzug.

Nicht ihre Richtung. Gott sei Dank!

Du wirst es bereuen!

Der mütterliche Fluch hatte sich an ihrem Trommelfell festgesaugt.

Du wirst es bereuen!

Lena verstaute den Kuchen unter der Tortenglocke aus dem Aldiangebot der letzten Woche und schrubbte anschließend die Buttercreme von den Fingern. Nicht nur die Hände, alles an ihr musste clean sein. Zu dem neuen Job bei der Spurensicherung des Hessischen Landeskriminalamtes wollte sie vollkommen aseptisch erscheinen.

Ihr Blick fiel auf die Uhr. Es war halb acht. Höchste Zeit. An ihrem ersten Arbeitstag wollte sie nicht zu spät kommen. Lena zog Jeans über, einen schwarzen Blazer und hochhackige Pumps, nahm vorsichtig die Torte hoch und verließ das Haus ihrer Eltern, die drei Calliphoridae im Schlepptau.

Nach dem langen, harten Winter versprach das Wetter heute den fünften warmen Tag in Folge. Im Bad Homburger Kurpark zeigten sich die ersten Tulpen und Hyazinthen. Die goldene Kuppel der russisch-orthodoxen Allerheiligenkirche leuchtete in der Sonne, als Lena in ihrem beigen Beetle Cabrio – ein Geschenk ihrer Eltern aus friedlichen Zeiten – in die Kaiser-Friedrich-Promenade bog. Die Mandel- und Magnolienbäume der Kurstadt waren über Nacht in rosa Blüten ausgebrochen, und die städtischen Gärtner, aufgestockt durch Arbeitstruppen von Arbeitslosen, pflanzten im Akkord gelbe Stiefmütterchen und Osterglocken. Quer über die Promenade hing der Slogan: *Bad Homburg – Champagnerluft und Tradition.*

Solange Lena linientreu auf Kurs geblieben war, hatten ihre Eltern vor der lokalen Prominenz geprahlt, wie entschieden ihre Tochter war, wie zielstrebig, wie intelligent. Sie hatten auch allen Grund, schließlich war sie nicht nur ein Jahr früher eingeschult worden, sondern hatte auch noch eine Klasse übersprungen und mit sechzehn ihr Abitur am Kaiserin-Friedrich-Gymnasium mit der Note 1 abgeschlossen.

Zu einer abrupten Abkühlung der familiären Beziehungen kam es erst, als sie nach Beendigung des Pharmaziestudiums mit der ehemals bewunderten Entschiedenheit verkündete, sie hätte ihre Pläne geändert. Sie hätte keine Lust, die Familientradition aufrechtzuerhalten und in der Apotheke des Vaters zu versauern. Nein, sie würde zur Spurensicherung der Polizei gehen.

Schock!

Während ihr Vater sich so aufregte, dass der Notdienst seiner Apotheke ein Beruhigungsmittel vorbeibringen musste, erstellte ihre Mutter eine Liste von Sünden und leierte diese Tag für Tag herunter wie ein rituelles Gebet: Undankbarkeit, Verstocktheit, terroristische Anschläge auf das elterliche Nervensystem, Unterschlagung des Erbes, Landfriedensbruch, Verbrechen gegen die Menschlichkeit.

Kurz: Ihre Eltern führten sich auf, als sei sie magersüchtig, alkoholabhängig oder Kettenraucherin.

Dann nach einer Woche versuchten sie es mit Güte. „Du könntest einen Apotheker heiraten. Ihr hättet ausgesorgt für alle Ewigkeit! Bad Homburg ist eine Kurstadt. Kranke gibt es hier immer."

Doch auch wenn ihr Nachname Kaufmann war, hieß das nicht, dass Lena die restlichen 65 Jahre als Handlangerin des deutschen Gesundheitswesens an der Kasse der elterlichen Apotheke verbringen musste. Tradition hin oder her. Sie war doch nicht Schuld, dass ihr Vater seine ganzen Hoffnungen auf die einzige Tochter als Nachfolgerin gesetzt hatte!

Auch Eltern waren für ihre Träume selbst verantwortlich.

„Macht euch locker", hatte Lena schließlich gesagt, „ich gehe nur zur Polizei, okay? Das ist schließlich kein Verbrechen."

Diese Ironie hatten die Eltern natürlich nicht verstanden.

Während Lena Richtung Autobahn fuhr, griff ihre Hand immer wieder nach dem Kuchen, den sie zum Einstand gebacken hatte. Er rutschte in jeder Kurve auf dem Beifahrersitz hin und her.

Nicht, dass sie ihre Entscheidung inzwischen bereute, aber die Kollegen der Spurensicherung, die sie bisher kennen gelernt hatte, hatten etwas an sich, was sie an verlassene Westernstädte erinnerte, an trockene Flussbetten, an Wüstenexpeditionen. Sie aber war in Champagnerluft groß geworden. Es prickelte und schäumte unaufhörlich in ihr. Sie war ein hessischer Geysir und keine Fährtenleserin vom Stamme der Beamten. Und sie hatte die feste Absicht, zu einer deutschen, nein, europäischen Koryphäe zu werden. Ach was, zur Globalplayerin! Wie dieser Robert van Basten, forensischer Entomologe am Senckenbergmuseum, mit dem Dr. Reuter, ihr zukünftiger Chef, zusammenarbeitete und der nur *Der Fliegenmann* hieß. Nach den Erfahrungen mit den zukünftigen Kollegen stellte sich Lena den Spezialisten so blass wie seine Maden vor. Mit Sicherheit trug er eine Brille wie die Fliegen und verbohrte sich ebenso kompromisslos in die Erforschung der Leiche wie diese in deren Fleisch.

Natürlich war es nicht gerade rücksichtsvoll, ihren Eltern genau diesen Mann als Vorbild zu nennen. Andererseits, so ihr Credo, *Apotheken haben keine Zukunft, aber Leichen gibt es immer.*

Und das Beste an der Sache, sie blieb ruhig, als ihre Eltern ausrasteten. Während diese also noch in der Pubertät waren, war sie bereits erwachsen geworden.

Der Kuchen auf dem Beifahrersitz verschob sich erneut nach rechts, als sie am Bad Homburger Kreuz auf die Autobahnauffahrt bog. Ihre Hand hielt die Plastikhaube fest und schob sie wieder gerade. Buttercreme blieb am Plastik hängen.

Als das Handy klingelte, war sie gerade dabei, einen dunkelgrauen BMW mit Bad Homburger Kennzeichen zu überholen, in dem einer dieser Typen saß, für die die Sonnenbrille auf der Stirn dasselbe ist wie ein Sheriffstern. Er trat aufs Gas, als ihr Beetle an ihm vorbeischoss, und warf ihr einen triumphierenden Blick zu. HG-RB-1. Zahlen waren für Lena so einprägsam wie für andere die Leuchtreklame von McDonald's. Sie vergaß sie nie wieder. Sie ließ ihn rechts vorbeifahren und nahm das Gespräch auf der Freisprechanlage entgegen.

„Lena Kaufmann."

„Dr. Reuter hier. Wo sind Sie gerade?"

„Auf dem Weg zu Ihnen."

„Drehen Sie um. Eine Leiche in Bad Homburg. Kaiser-Friedrich-Promenade 103. Warten Sie dort auf uns. Wir stehen im Stau. Umgestürzter Lastzug."

Der Leiter des Kriminalwissenschaftlichen Institutes im Hessischen Landeskriminalamt, Abteilung 7, war kein Mann langer Sätze.

„Zu jung für diesen Job", hatte er ihr beim Einstellungsgespräch gesagt. „Machen Sie mir nicht die Pferde scheu. Meine Männer sind alle verheiratet."

„Keine Sorge", hatte Lena geantwortet: „Bei mir werden Ihre Beamten nicht fündig."

Am Nordwestkreuz fuhr Lena von der Autobahn und wechselte die Richtung.

Jetzt konnte sie zeigen, wozu sie fähig war. Man konnte ihrer Mutter vorwerfen, was man wollte, eines hatte sie ihr beigebracht.

Genug ist immer zu wenig.

Am Europakreisel bog Lena in die Kaiser-Friedrich-Promenade. Schon von weitem erkannte sie die neuen blauen Polizeiwagen, die vor dem ehemaligen Bürgermeisterhaus, einer spätklassizistischen Villa, standen und den Verkehr behinderten.

Sie parkte den Beetle direkt hinter einem dunkelgrauen BMW-Kombi: Kennzeichen HG-RB-1. Der Raser von der Autobahn.

Die Sonne brannte durchs Fenster. Bereits am Vormittag sollten die Temperaturen auf zwanzig Grad ansteigen. Was, verdammt noch mal, sollte sie mit dem Kuchen anstellen? Sie hatte sich nicht die Mühe gemacht, damit die Buttercreme ranzig wurde. Eine Stunde im Auto, und der Frankfurter Kranz würde aussehen wie etwas, das man in der Spurensicherung als weiße fettige Masse undefinierbarer chemischer Zusammensetzung bezeichnete. Sie musste ihn mitnehmen.

Den Kuchen in der einen, die Aktentasche in der anderen Hand, stieg sie aus.

Vor der Haustür stand eine Asiatin en miniature in Begleitung von zwei Beamten und schluchzte.

„Kam einmal die Woche. Zum Putzen. Vor fünf Tagen noch gelebt."

„Ist etwas verschwunden?", hörte sie den kleineren der beiden Streifenpolizisten nervös fragen. Er war zur Polizei gegangen, um auf dem Hessenring Drogenhändler zu jagen, nicht um asiatische Gefühlsausbrüche zu therapieren.

„Nein. Nein. Nichts. Aber warum tot?" Aufgeregt wedelten ihre Hände, als dirigiere sie ihre eigene Erregung.

Lena trat auf die Gruppe zu. Ihre dunklen, lockigen Haare wehten mit dem Frühlingswind in der Luft. In der rechten Hand den Kuchen, streckte sie den Beamten mit der linken den nagelneuen Ausweis entgegen: „Lena Kaufmann. Spurensicherung HLKA. Schönen Gruß von Dr. Reuter. Die Kollegen sind unterwegs. Wer ist der Tote?"

„Nikolaus Wolgast. Stadtbekannter Spieler und Stammkunde im Casino. Nicht in der Taunus Zeitung gelesen? Hat vor zwei Wochen den Super-Jackpot geknackt. Genau 403.628 Euro. Eine Woche vorher wurde erst sein Hausverbot aufgehoben."

Lenas Blick ging die weiße Fassade nach oben.

„Er wohnt hier allein?"

„Ja, dritter Stock."

„Wurden seine Angehörigen benachrichtigt?"

„Hat nur eine Tochter. Sie ist auf dem Weg hierher."

„Hat sie die Polizei benachrichtigt?" Sie machte eine Kopfbewegung in Richtung der Asiatin.

„Ja, er hat nicht geöffnet, und der Hausflur war voller Fliegen."

Lena stellte die Torte vor der Haustür auf den Boden und zog den weißen Overall aus dem Aktenkoffer. Sie trug ihn heute zum ersten Mal in Ausübung ihres Dienstes. Er knisterte, als sie sich bückte, um die Plastikschoner über die Stiefel zu ziehen.

Gleichzeitig stellte sie das Gehirn auf *aktiv* und den Blick auf *röntgen*. Sie nahm den Kuchen wieder in die Hand. Sie hätte ihn doch besser im Auto gelassen. Hier war er definitiv im Weg.

Die Wohnung war offensichtlich erst vor kurzem renoviert worden. Man roch noch die Farbe, der Marmorboden glänzte, und die in den Wänden versenkten Lampen verrieten den neuesten Stand europäischer Beleuchtungstechnik. Die Wohnungstür wies keinerlei Kratzer auf, auch nicht der messingfarbene Knauf.

Dazu allerdings passte nicht der Geruch, der über dem Hausflur lag. Lena war mit Gerüchen aufgewachsen. Ihr Kinderwagen hatte im Labor der Apotheke gestanden. Sie hatte den ersten Chemiekasten mit vier Jahren geschenkt bekommen und jeden Wettbewerb in diesem Fach gewonnen.

Sie stieß die Wohnungstür auf, die angelehnt war, und wich nach dem ersten Schritt zurück.

Der Gestank schlug ihr entgegen, als ob sie im Sog eines Abflusses hinuntergespült würde. Den Kranz in der einen Hand balancierend, angelte sie mit der anderen in ihrer Jackentasche nach einem dieser Hygienetücher, die ihre Eltern als Werbegeschenke verteilten, und presste es sich auf Mund und Nase.

Die Quelle des Gestankes kam von rechts und wurde noch heftiger, als sich die Tür öffnete.

Eine Gestalt im Overall, fast identisch mit ihrem, nur grün, kam auf den Flur, in der Hand einen Plastikbeutel mit undefinierbarem Inhalt. Sie standen sich wie Außerirdische gegenüber. Im Gegensatz zu ihr trug er einen Mundschutz, so dass nur die mandelförmigen Augen in einem braun gebrannten Gesicht zu sehen waren. Dennoch erkannte sie ihn sofort: HG-RB-1!

Unwillkürlich versuchte sie einen Blick in den Raum zu werfen, doch er schloss die Tür hinter sich und öffnete die Kühlbox auf dem Flur, um den Beutel zu verstauen, in dem sich etwas bewegte. Den Blick auf sie gerichtet, starrte er auf das Kunstwerk aus Buttercreme und Mandelsplitter in ihrer Hand.

„Passen Sie besser darauf auf. Was hier herumschwirrt, sind im wahrsten Sinn des Wortes Killerfliegen."

„Und wer sind Sie?", fragte Lena leicht schnippisch.

„Und Sie?"

„Ich glaube nicht, dass Sie das etwas angeht."

„Ebenso."

„Na also."

Lena wollte schon weitergehen, als er sagte: „War der Kuchen als Überraschung für den Herrn dort drinnen gedacht? Sind Sie zu früh aus der Torte gestiegen?"

Für einen Moment spielte sie mit dem Gedanken, ihm die Torte ins Gesicht zu klatschen, dann wäre sie diese wenigstens los, doch dann sagte sie nur „Shut up."

Lena würde sich von keinem Mann etwas sagen lassen. Die Zeiten waren vorbei, in denen man aus Widerspruchsgeist scheiterte. Heute verlor man seinen Job allenfalls wegen Inkompetenz. Und das war das Letzte, das man ihr vorwerfen konnte.

„Lassen Sie mich hier einfach meine Arbeit machen.“, sagte sie.

„Ebenso“, antwortete er, bereits wieder Richtung Tür gewandt, aus der der Gestank in dicken Schwaden wie aus einer Nebelmaschine quoll.

Bevor er verschwand, drehte er sich noch einmal kurz um: „Übrigens, in der Küche ist ein Kühlschrank. Vielleicht sollten Sie die Torte dort kalt stellen. Und dann schnell die Türe schließen. Sonst kommen die Fliegen.“

Die Küche lag links am Ende des Flurs. Einige Polizeibeamte standen vor der Tür und warfen irritierte Blicke auf den Kuchen. Sie nickte ihnen zu. Gottseidank, der Kühlschrank war bis auf einige Wasserflaschen leer und sauber wie die Küche selbst. Sie schob erleichtert die Kuchenplatte hinein.

Dann ging Lena ins Bad, nicht nur um sich die Hände zu waschen. Auch hier war alles topclean. Der Spiegel des Oberschrankes glänzte. Sie zog Handschuhe über und öffnete die Tür, um nach dem Medikamentenvorrat zu schauen. Das Erste, was auffiel: Nikolaus Wolgast war eitel gewesen. Zahlreiche Pflegeprodukte für Männer standen aufgereiht im Badschrank. Vorherrschend die Marke Davidoff. Deostift, Shower Gel, Aftershave, Eau de Toilette. Und dieser Duft? Woran erinnerte er sie?

Der Vorrat an Medikamenten war spärlich. Außer Viagra gab es nur Mittel, wie sie sich auch in einer Reiseapotheke fanden. Aspirin, Dulcolax, Iberogast, Immodium akut.

Ein normal gesunder Mann, der allenfalls Probleme mit seiner Potenz hatte, aber das war kein Grund zu sterben.

Lena durfte sich nur nichts unter dem Geruch vorstellen. Gerüche waren unsichtbar. Nur chemische Formeln, die durch die Luft schwebten.

Dennoch schnaufte sie tief durch, bevor sie das Zimmer mit der Leiche betrat, und hielt das nächste Hygienetuch an die Nase, was ihr ein spöttisches Grinsen von HG-RB-1 eintrug, der sich über das breite Bett aus hellem Leder beugte.

In dem abgedunkelten Raum konnte sie die Gestalt nur undeutlich erkennen. Der Mann lag mit dem Rücken auf dem Bett, die Beine von sich gestreckt, die Hände in das Laken gekrallt. Er trug lediglich ein Handtuch um die Hüften, über dem sich der Bauch wölbte, der sich seltsam hob und senkte. Sein ganzer Körper schien leise summend zu vibrieren.

Als sie auf den Kopf schaute, glaubte sie im ersten Moment, es handele sich gar nicht um einen Menschen.

Augen, Nase, Kinn, Beine, Hände, Bauch. Nur noch eine Ahnung davon war vorhanden.

Nun war sie sicher. Der Mann im grünen Overall musste von einem anderen Stern sein, denn welcher unter den Hygienebedingungen Mitteleuropas aufgewachsene Bewohner des Planeten Erde würde einen Körper anfassen, aus dem – sie begriff es erst auf den zweiten Blick – wie aus einer braunen Biotonne weiße Maden quollen. Nicht die Sonne hatte diese Haut gebräunt, sondern der Tod persönlich mit der Unterstützung seiner willigen Henkerinnen, die Lucilia und Calliphora oder auch einfach nur Goldfliegen oder Schmeißfliegen hießen.

Als sie sich gerade übergeben wollte, schoss ihr durch den Kopf:

Du wirst es bereuen.

Sie riss das nächste Tuch vor das Gesicht und dachte, so viele Hygienetücher gibt es nicht, dass du diesen Geruch jemals wieder loswirst.

„Irgendwelche äußeren Verletzungen?“, fragte sie.

„Bis auf den Flurschaden, den die Fliegen angerichtet haben, kann ich keine erkennen.“

Neben dem Bett lag eine halbgerauchte Zigarre in einem Aschenbecher. Wolgast hatte eine Pornozeitschrift angeschaut. Die Brille lag neben einem weißen kugelförmigen Parfümzerstäuber mit einer schwarzen Quaste. Darunter zahlreiche tote Fliegen. Die nackte Titelfrau mit vergrößerten Brüsten, als läge sie unter dem Mikroskop, war zu Boden gerutscht.

„Haben Sie etwas angefasst?“

„Seine Haare, seine Nase, sein Gebiss. Meine Hände waren sogar in seinem Magen." Der Mann kannte keine Tabus.

„Ich meine Gegenstände, Möbel."

Jetzt drehte er sich doch um: „Wer sind Sie eigentlich?"

„HG-K-1000."

Unverständnis in seinem Blick.

„Ich bin der beige Beetle, zugelassen auf Lena Kaufmann, Kriminaltechnischer Dienst HLKA Wiesbaden. Und Sie sind HG-RB-1, der dunkelgraue BMW, der mich auf der Autobahn rechts überholt hat."

„Mit bürgerlichem Namen Robert van Basten." Er streckte ihr den rechten Handschuh entgegen, an dem sich eine Made wand.

Der Fliegenmann!

Wo war die Forscherbrille? Warum sahen seine Ohren nicht aus wie die einer Fledermaus? Wieso war er nicht blass? Nein, seine Figur war athletisch, seine Haut braun gebrannt und seine Augen Marke Zartbitter. Ein Lächeln, das ihr den Atem stocken ließ. Ein Blick, der sie unsicher machte.

„Wie sind die Fliegen hier hereingekommen?", flüchtete sie sich in den Verstand.

„Das Schlafzimmerfenster war gekippt, und mit dem Frühlingsanfang", erklärte er, „werden auch die Fliegen lebendig. Vor allem wenn sie Leichengeruch riechen. Dafür lassen sie die Hundehaufen im Kurpark liegen."

„Und woran sind diese hier gestorben?" Sie deutete auf die Exemplare neben der Lesebrille.

„Keine Ahnung. An der Frühjahrsmüdigkeit?"

Sie starrte auf die Leiche, begann sich erstaunlicherweise bereits an sie zu gewöhnen, wie auch an den Geruch.

Nichts würde sie bereuen. Heute und mit diesem Toten fing ihr Leben an.

„Wie lange liegt er schon hier?"

„Lange genug, dass die erste Schmeißfliege kam, ihre Eier ablegte, und die Maden ausschlüpften."

„Sie wissen es nicht genau?"

„Das ist zu kompliziert. Lassen Sie mich meine Arbeit machen und kümmern Sie sich um Ihre."

„Fünf Tage!", sagte sie, bereits in der Tür. „Länger nicht. Denn vor fünf Tagen hat Nikolaus Wolgast noch gelebt."

Wie die Küche und das Bad war auch im Wohnzimmer alles vom Feinsten und Edelsten. Der Mann hatte sich seinen Körper und sein Leben etwas kosten lassen. Hatte er sich das durch das Roulette leisten können? Die hohen Fenster gingen auf die Kaiser-Friedrich-Promenade hinaus. Durch sie brannte die Sonne. Den einzigen Farbtupfer bildeten die Fliegen, die die Wände entlangkrochen und sich auf der leicht staubigen Glasfläche des Tisches sonnten. Nur der Staub zeigte an, dass hier in der Wohnung etwas zum Stillstand gekommen war, kurz nachdem die Asiatin zum letzten Mal geputzt hatte.

Einzelne Fliegen saßen auch hier und da auf dem hellen Sofa. Als sie näher kam, breiteten sie die grün glänzenden Flügel aus und flogen laut brummend auseinander, um sich auf dem reichhaltigen Sortiment an Flaschen an der Bar niederzulassen: Wodka, Rum, Cointreau, Whiskey, Martini, Sherry. Daneben ein Foto von einem Mann in einem weißen Smoking. Eine Zigarre im Mund, die Flasche Champagner in der Hand, hielt er zwei Blondinen im Arm, die er direkt aus dem Pornoheft bestellt hatte.

Der weiße Vorhang am geöffneten Fenster wehte leicht in der Frühlingsluft, und Lena traute sich zum ersten Mal wieder durchzuatmen. Der süßliche Geruch nach Tod war schwächer geworden. Er könnte auch der Duft von verwelkenden Blumen sein. Von der Kaiser-Friedrich-Promenade drang Verkehrslärm hoch. War alles hier normal? Fiel ihr nichts auf? Nichts, was Lena ihrem Chef berichten konnte, wenn er eintraf? Nichts, das ihren E-Punkt stimulierte? Ihren Erkenntnispunkt? Ihre „Gabe", einen Sachverhalt analytisch nachzuvollziehen und auch anhand unscheinbarster Hinweise verwertbare Spuren zu entdecken?

Nein.

Nichts.

Ihr fehlte die Ausrüstung. Sie war zur Untätigkeit verdammt und daher froh, als plötzlich eine völlig aufgelöste Frau durch die Wohnungstür rannte, als sei sie fahnenflüchtig, zwei junge Polizisten hinterher.

Sie war um die fünfzig und noch immer in die graue Winterkollektion von der Firma Hess Natur gekleidet. Ihre langen Haare hingen weit über die Schultern wie ein Vorhang. Die Arme stachen aus weiten Ärmeln hervor. Dadurch wirkte sie seltsam ungelenk, wie sie in das Zimmer stürzte, in dem der Tote lag. Ihre Bewegungen waren irgendwie falsch. Sie war keine Frau, die normalerweise rannte. Und ihre Erregung war so stark, dass sie kein Taschentuch vor dem Mund brauchte. Das Adrenalin allein wirkte bereits desinfizierend.

Neugierig schloss sich Lena der Gruppe an. Und als sie das Schlafzimmer betrat, sah sie gerade noch, wie die Frau vor dem Bett auf die Knie fiel.

„Vater", schluchzte die Frau, „Papa."

„Die Tochter", erklärte ihr überflüssigerweise einer der beiden Beamten. Blass um die Nase angesichts des Todes. „Ihr Name ist Anastasia Wolgast."

Die Erbin, schoss es Lena durch den Kopf. *403.628 Euro.*

Obwohl Gefühle als chemische Prozesse gelten, kann man sie nicht als Molekülstränge oder in chemischen Formeln darstellen. Lena fehlte der Beweis, dennoch war sie sicher, dass die Frau auf dem Boden, die Hände dramatisch in Richtung ihres toten Vaters gestreckt, emotional kalt war. Nach dem letzten Schluchzer erhob Anastasia Wolgast sich so rasch, dass niemand schnell genug reagieren konnte. Nur der Fliegenmann schien zu erkennen, was sie vorhatte, und versuchte sie zurückzuhalten, doch sein Arm kam zu spät. Sie warf sich auf die Leiche. Fliegen stoben auseinander mit nervösem Brummen. Der Aschenbecher rutschte zur Seite, der Parfümzerstäuber fiel zu Boden, Nikolaus Wolgast sank in die Matratze und gab ein zischendes Geräusch von sich. Seine letzte Äußerung. Während sich die Tochter am Boden vor Schmerz und Trauer krümmte, versuchte Robert van Basten zu retten, was zu retten war.

Nachdem sich Anastasia im Bad die Maden vom Kleid gewischt hatte, führte Lena sie ins Wohnzimmer. Die Frau blieb kurz stehen und zögerte. Ihr Blick starrte auf das Sofa, als wüsste sie nicht, wozu es da sei. Dann ging sie zielsicher darauf zu und setzte sich mitten auf das Polster, als wolle sie von ihm Besitz ergreifen. Sie war jetzt ruhiger. Einzig die Hände krallten sich noch an der Handtasche fest.

Lena konnte sich nicht erklären, warum diese Entspannung erneut in Hysterie umschlug, als ein Polizeibeamter mit der Tortenglocke aus der Küche kam, den Deckel hob und siegessicher sagte:

„Jemand muss erst vor kurzem hier gewesen sein. Hier, der Frankfurter Kranz stand im Kühlschrank. Er ist noch frisch."

Lena wollte bereits antworten, er sei ein Idiot und solle sofort den Deckel schließen, als ihr Blick auf Anastasia fiel, die den Kuchen wie hypnotisiert anstarrte, die Augen weit aufgerissen. Aprupt erhob sie sich, mit hektischen Flecken auf ihren Wangen. Sie sah aus, als hätte sie einen plötzlichen Schub von Neurodermitis.

Und dann begann sie zu schreien, ja, sie kreischte geradezu.

Lenas größter Antrieb war die Neugierde. Während bei den meisten Tieren dieser Instinkt mit der Geschlechtsreife erlischt, bleibt sie beim Menschen bis zum Tod erhalten. Bei ihr hatte die Pubertät die Neugierde zur vollen Blüte gebracht.

Warum schrie diese Frau so angesichts eines Kuchens?

Lena nahm dem irritierten Beamten den Kuchen ab und stellte ihn auf den Wohnzimmertisch direkt vor Anastasias Nase.

Die Frau wich zurück, stolperte, fing sich jedoch am Tisch ab, wobei sie gegen die Plastikhaube der Tortenglocke stieß, die zur Seite rutschte. Der Frankfurter Kranz bewegte sich leicht und die Mandeln, die nicht hatten kleben wollen, rieselten herab.

Die Handtasche fiel zu Boden und öffnete sich. Gegenstände fielen heraus. Lena bückte sich, um Anastasia beim Einsammeln behilflich zu sein, als ihr Blick an etwas hängen blieb, das unter den Wohnzimmertisch gerollt war.

Nein. Das konnte nicht sein.

Sie hob den Parfümzerstäuber hoch. Er war leicht. Sie stand vor Anastasia, die das Fläschchen entsetzt anstarrte. Lenas Hand griff schon nach dem Ballon, als ein schriller Schrei sie innehalten ließ.

„Nein! Nein! Tun Sie das nicht!" In Anastasias aufgerissenen Augen stand die Panik.

Unwillkürlich richtete Lena die Flasche direkt auf das Gesicht der Frau. Worauf diese noch hysterischer wurde. Mit den Händen in der Luft wedelte, als wollte sie etwas vertreiben.

„Was ist in der Flasche?", fragte Lena laut.

„Nichts, nichts", stammelte Anastasia.

„Frühlingsduft?", Lenas Finger umschlossen den Ballon, als ob sie eine Probe nehmen wollte. „Wonach wird es riechen?"

„Halten Sie Ihren Mund", schrie Anastasia. „Halten Sie Ihren Mund!"

„Was soll das?", fragte der Fliegenmann. Lena hatte nicht gehört, dass er ins Wohnzimmer gekommen war. Ein Moment der Unaufmerksamkeit, und Anastasia riss ihr den Parfümzerstäuber aus der Hand.

„Verlassen Sie den Raum", sagte sie. „Oder wir müssen alle sterben."

„Was ist in der Flasche?", fragte Lena ruhig.

Anastasias Blick ging automatisch zum Kranz. Was war mit dem Kuchen? Welche Zutaten hatte sie verwendet? Nichts davon war giftig. Die Hülle war wieder geschlossen, doch eine der Fliegen hatte sich darunter verirrt und balancierte nun auf einer der Mandeln.

Und im Kurpark blühten die Mandelbäume.

Lena hatte nur Zutaten verwendet, die nicht giftig waren, aber man könnte jemanden leicht mit einem Frankfurter Kranz töten.

„Blausäure, HCN", sagte sie schließlich. „Blausäure, wie sie ...", sie zögerte, „in Bittermandeln enthalten ist. Das ist in der Flasche, oder?"

Die Farbe in Anastasias Gesicht wechselte von rot zu weiß. Ihre Augen flackerten nervös.

„Daher die toten Fliegen", sagte Robert van Basten und trat an Lenas Seite. Sah er sie tatsächlich bewundernd an? Lena konnte diesem Gedanken nicht länger nachgehen, denn Anastasia begann zu schreien. „Nein, nein, nein!"

„Warum?", fragte Lena, „Er war Ihr Vater."

„Vater?" Der Aufschrei kam aus der Tiefe der Seele. „Vater? Ich hatte nie einen Vater. In der Zeitung habe ich ihn gesehen. In der Siegerpose. Wie er vor dem Casino stand. Die Zigarre im Mund. Das Champagnerglas in der Luft. Im weißen Frack. Während ich immer wieder seine Schulden zahlen musste. Sollte das so weitergehen? Habe ich kein Recht zu leben? Er hat mein Leben zerstört. Er hat es verkauft. Es immer wieder verspielt."

Sie schwieg nur kurz. Dann ging die Andeutung eines Lächelns über ihr Gesicht. „Aber er war ja so eitel", sagte sie jetzt geradezu heiter. „Je älter, desto eitler. Hat sich eingeölt und parfümiert. Tag für Tag. Und ich habe ihm diese neue Pflegeserie von Davidoff mitgebracht. Er hat sich das Öl auf den Körper geschmiert, es unter die Achseln gerieben, es sich hinter die Ohren gesprüht. Ja, ich habe ihm alle diese schönen Dinge geschenkt, die er immer haben wollte. Und in dieser Flasche habe ich ihm sein eigenes Parfüm aus Blausäure gemixt. Der Duft von Marzipan hat ihn umgebracht."

Über ihr Gesicht ging ein Schatten. „Doch jetzt", schrie sie und riss den Pullover nach oben, „hat er seine Schulden bezahlt."

Ihr Bauch war gepolstert mit Bündeln von Geld.

Sie sah aus wie eine dieser Selbstmordattentäterinnen.

Ein Bild, das Lena so schnell nicht vergessen würde.

Nachdem die Beamten der Bad Homburger Polizei Anastasia Wolgast abgeführt hatten, saßen Lena und Robert van Basten erschöpft in ihren Plastikoveralls im Wohnzimmer, auf dem Tisch vor ihnen der Frankfurter Kranz, den niemand mehr essen wollte. Robert berichtete von seinem letzten Fall in New Orleans, wo er mit dem FBI zusammengearbeitet hatte. Ein halbes Jahr nach dem Hurrican Katrina hatte man eine Leiche unter den Trümmern entdeckt. Nur war der Mann nicht etwa ertrunken, sondern erschossen worden.

„Und zwar nur wenige Tage zuvor." Van Basten richtete die Augen direkt auf Lena. „In dem Körper hatte sich eine ganze Kolonie seltener Fliegenlarven entwickelt. Sie waren kurz vor dem Ausschlüpfen. Exemplare wie diese existieren nur in den Feuchtgebieten des Mississippi."

Lena holte tief Luft. Dieser Mann konnte spannend erzählen.

Und jetzt legte er seine Hand auf ihr Knie: „Ich rate Ihnen, bleiben Sie nicht bei der Spurensicherung. Sie sind zu jung, zu intelligent und ...", er lächelte, „zu schön, um dort zu versauern."

„Habe ich auch nicht vor."

„Forensische Toxikologie, das wäre doch etwas für Sie. Sie können sich selbstständig machen. Ein eigenes Labor gründen."

Er hat Recht, dachte sie, wenn mein Vater gestorben ist, kann ich die Apotheke verkaufen und mir steht die Welt offen.

Sie atmete tief durch und schaute Robert van Basten nicht nur dankbar in die kakaobraunen Mandelaugen, als Dr. Reuter zur Tür hereinstürzte und mit Erleichterung den Kuchen fixierte, den grüne Fliegen, ihr unbekanntes Frühlingslied summend, umkreisten.

„Frankfurter Kranz? Selbst gebacken? Mein Gott, dafür könnte ich sterben."

Er hob die Tortenglocke hoch, nahm das Messer in die Hand und schnitt sich ein Stück ab. Mandelsplitter rieselten auf den Tisch. Die Fliegen ließen sich dankbar auf der Buttercreme nieder.

„Bedienen Sie sich", sagte Lena. „Der Fall ist sowieso gelöst."

Reuter biss in den Kuchen. „Woran ist er gestorben?"

„Blausäure, wie sie in Bittermandeln enthalten ist", antwortete Lena ungerührt.

„Aber lassen Sie es sich ruhig schmecken", fügte der Fliegenmann hinzu.

ARMER RITTER
nach Brunhildes Art

Zutaten für zwei Personen:

2 Brötchen (Schrippen)
2 Eier
6 EL Milch
8 EL Sahne
2 TL Zitronenschale (abgerieben)
2 EL Butter (zum Ausbacken)
2 EL Zucker (zum Bestreuen)
2 EL Zimt (zum Bestäuben)
Vanille-Aroma

Die Kruste der Brötchen mit einer mittelgroben Reibe abreiben. Brötchen halbieren. Ei, Milch, Sahne und abgeriebene Zitronenschale verquirlen, die Schrippenstücke darin durchziehen, gut abtropfen lassen und in den abgeriebenen Bröseln wenden.

Reichlich Butter in einer Pfanne erhitzen, die Brötchenhälften von beiden Seiten goldbraun backen, auf vorgewärmte Teller legen und mit Zucker und Zimt bestreuen. Die flüssige Butter darüber gießen. Am Schluss etwas Vanille-Aroma in die Buttersoße träufeln. Schnell servieren.

ARMER RITTER

Von Richard Lifka

Die Sterne über ihm. Klar und unzählbar. Vereinzelt erhellte Fenster, gelblich schimmernde Straßenlaternen unter ihm. In der Ferne die Brücke über den Rhein, orange leuchtend. Neben ihm das grobe Gemäuer. Etwas weiter links die Luke, hinter der das unglückliche Falkenpärchen wohnt. Er steht auf dem Handlauf des eisernen Treppengeländers, das außen an der Burg entlangführt. Er hält sich mit einer Hand am Mast der schlaff herunterhängenden Deutschlandfahne. Schwankt vor und zurück. Er ist nackt bis auf die Strümpfe, und die sind rutschig. Er kann sich kaum noch halten. Tränen laufen über sein schmerzverzerrtes Gesicht, kullern die Wangen entlang zum Kinn und stürzen in die dunkle Tiefe. „Brunhilde!" schreit er in die Nacht hinaus, schreit es in die Welt und hoch zu den Sternen.

Der orangefarbene Müllwagen bog ein in die schmale Burgstraße des Wiesbadener Vororts. Nur knapp kam er an der niedrigen, aus unbehauenen Steinen errichteten Mauer vorbei. Die Mauer umrandete das von ehrenamtlichen Helfern liebevoll gepflegte Blumenbeet, das wiederum den Sandplatz umfriedete, auf dem die riesige, uralte Linde stand, die in sommerlicher Pracht mit ihren weit ausholenden Ästen und dem dichten Blätterwerk den gesamten Platz überschattete. Dahinter ragte, auf Faulfels stehend, die tausendjährige Burgruine auf, das Wahrzeichen des Wein- und Kirschenorts, dessen Name an ein Raubrittergeschlecht erinnerte, das im späten Mittelalter hier hauste. Der Burgverein hatte dem verarmten Land Hessen die einsturzgefährdete Ruine für einen Euro abgekauft, um sie zu erhalten, zu restaurieren und den Bürgern wieder zugänglich zu machen.

Das Dach des tonnenschweren Müllwagens streifte die Äste der Linde, während er langsam zu den am Straßenrand zusammengestellten grauen Tonnen fuhr.

„Der Anruf kam vor einer halben Stunde. Von einer Nachbarin, die ihre Katze suchte. Die Haustür hätte offen gestanden. Mach mal das Fernlicht an, genau, da vorne musst du rechts abbiegen. Die Kollegen vom 3. Revier sind schon am Tatort. Eigentlich habe ich heute keinen Dienst. Aber bei Bernds Frau haben die Wehen eingesetzt. Vielleicht ist er jetzt schon Vater. Erinnere mich dran, dass ich ihn nachher anrufe. Da vorne steht schon der Einsatzwagen. Stell dich einfach dahinter."

Heute war Restmüll dran. Die beiden Müllfacharbeiter sprangen sofort ab, als der Wagen anhielt. Der kleinere der beiden, ein in Wiesbaden geborener Türke, ging zu den sechs Müllbehältern, der größere blieb stehen und schaute, wie immer, wenn er durch diese Straße kam, hoch zum neu errichteten Dachstuhl der Burgruine. Seit seiner Kindheit faszinierte Siegfried, dass dort oben, Jahr für Jahr, ein Falkenpärchen nistete und, Jahr für Jahr, ein oder zwei Junge großzog. Früher hatten die Raubvögel ihr Nest in einer Mauernische gebaut. Als vor ein paar Jahren endlich wieder ein Dach auf die Ruine gesetzt worden war, hatte man extra eine Öffnung gelassen, worin die Falken ihr Nest bauen sollten, was sie auch prompt taten. Warum er die Falken beobachtete, konnte er nicht sagen. Auf der Holzbank unter der Linde sitzen und nach oben schauen, bis ihm der Hals wehtat, machte er, so lange er sich erinnern konnte. Es war für ihn der Ort der Ruhe, der Ort der Besinnung, der Ort des Rückzugs. Immer wenn er das keifende Gezeter seiner Mutter nicht mehr ertragen konnte, immer wenn seine Klassenkameraden, seine Freunde und Bekannten ihn gehänselt, ihn verspottet hatten, war er hierher gekommen, hatte still in sich hineingeheult und das Falkenpärchen beobachtet. Wie oft hatte er sich danach gesehnt, sich wie die Vögel einfach in die Luft erheben zu können und fortzufliegen. Weit fort, und vielleicht irgendwo ein Weibchen zu finden, das zusammen mit ihm ein Nest bauen, Kinder aufziehen wollte.

„Ein geruhsamer Ort, dieses Frauenstein. Früher sind wir hier regelmäßig sonntags essen gegangen. Mama, Papa, Kinder,

Oma und Opa. Anschließend ein Spaziergang durch die Wingerte oder über die Kirschbaumfelder. Okay. Dann wollen wir mal sehen, was die Kollegen Schönes gefunden haben."

Siegfried seufzte, beschirmte mit einer Hand die Augen und blinzelte nach oben. In diesem Moment kam aus der Öffnung ein grauer Vogel gehüpft, der ins Freie sprang, unsicher und ungeschickt mit den Flügeln schlug, immer tiefer nach unten stürzte, dann aber langsam wieder an Höhe gewann. Ein erleichtertes, jubilierendes Schreien signalisierte den nervösen Eltern, dass wieder einmal ein Falke flügge geworden war.

Befriedigt drehte Siegfried sich ab, ging seinem Kollegen hinterher, ohne jedoch zu vergessen, vorher noch eine von den gelben Rosen abzuschneiden. Mülltonne für Mülltonne arbeiteten sie sich die Straße entlang. Die Tonne von Hausnummer 67 stellte er nicht wie die anderen einfach vors Tor, nein, er schob sie in den Hof und stellte sie an ihren Platz. Bevor er ging, legte er noch die Rose vorsichtig, fast liebevoll auf den Deckel des grauen Müllbehälters. Sie, sein zukünftiges Weibchen, würde sie finden und würde wissen, dass sie von ihm war.

„Gewürgt und den Kopf eingeschlagen. Zerschmettert, würde ich sagen. Hier, hier und hier, das ist Hirnmasse. Ist nur so herausgespritzt. Ziemlich schnell mausetot, aber noch nicht lange. Gib mir doch mal die Handschuhe. Ja, ja, ich pass schon auf. Will mir nur mal das Gesicht anschauen ... Morgen, Doktor. Lang nicht mehr gesehen. Wie geht es der Gattin? Den Kinderchen? Na ja, Sie sehen es ja selbst. Da kommt einiges auf Sie zu."

Und morgen, dachte Siegfried, morgen würde er sie ansprechen, würde ihr seine Liebe gestehen. Morgen, während des Burgfests, am Abend beim Tanz oder später im Mondenschein auf der Bank unter der Linde. Sie wird ihn umarmen, vielleicht einen Kuss auf seine Wange hauchen, an einen Kuss auf den Mund konnte er gar nicht denken, und er würde glücklich sein.

„Außerdem Kehlkopf eingedrückt, vier Rippen gebrochen, Nase zertrümmert. Keine Abwehrspuren. Ihr könnt die Leiche abtransportieren."

Die Frauensteiner waren gekommen, um ihr Burgfest zu feiern, saßen auf den harten Bänken oder standen vorm Bierwagen. Eine vierzigjährige Blondine betätigte sich als DJ und legte einen Hit nach dem anderen auf: Es gibt kein Bier auf Hawaii oder We are the Champions. Gegen zehn Uhr lagen die ersten Alkoholleichen irgendwo im Gebüsch, keiner kümmerte sich um sie, weil es immer dieselben waren und alle wussten, dass sie nach einem kurzen, aber intensiven Schläfchen wieder aufstehen würden, um die nächste Runde einzuläuten.

„Der Doc meint, heute Nacht, so zwischen zwölf und zwei Uhr. Stell dich mal hierhin, so, genau so. Der Täter kommt von hinten, schleicht sich an, umklammert den Hals und drückt zu. Das Opfer ist überrascht oder erschrickt, wehrt sich jedenfalls nicht, stolpert und stürzt nach vorne. Mach mal, als ob du stolperst. Jetzt fällst du nach vorne. Nicht so schnell. Exakt so!“

Siegfried saß am hinteren Tisch, am Ende der Bank, ihm gegenüber Brunhilde. Sie sah aus wie eine Prinzessin. Ihr hochgestecktes Haar hatte sich etwas gelöst, kleine Fransen hingen ihr in die Stirn und in den Nacken. Sie hatte beide Arme ineinander verschränkt auf den Tisch gelegt, stützte ihren großen Busen darauf und gewährte Siegfried Einblicke, die er unter normalen Umständen genossen hätte. Die ihn fasziniert hätten, hätte nicht neben seiner Angebeteten Günther gesessen. Günther, sein langjähriger Kumpel. Günther, der Schönling, der seinen Arm um Brunhildes Taille gelegt hatte, was diese nicht nur zuließ, sondern auch sichtlich genoss. Sie strahlte Günther mit glänzenden Augen an. Siegfried trank sein Glas mit dem trockenen Frauensteiner Herrnberg auf einen Zug leer.

„Der Täter, immer noch damit beschäftigt, mit beiden Händen den Kehlkopf zu zerquetschen, verliert ebenfalls das Gleichgewicht, kommt ins Straucheln, kann sich nicht abstützen und fällt mit vollem Gewicht auf das Opfer, das mit dem Gesicht auf den Boden knallt. So, ich lege mich mal auf dich. Kollegen, bleibt ernst! Die Nase bricht, die Wangenknochen und mehrere Rippen. So könnte es gewesen sein, oder was meint ihr?“

Siegfried wischte sich mit dem Handrücken über den Mund, setzte sich aufrecht, räusperte sich und flüsterte mit seiner hohen, dünnen Stimme: „Brunhilde, ich wollte dir sagen ..." Er brach ab. Sie hatte nicht reagiert. „Brunhilde!" stieß er mit nun sich überschlagender Stimme hervor. „Ich liebe dich ... die Blumen auf deiner Mülltonne sind von mir ... das musst du doch wissen!" Stille. Mit einem Schlag herrschte am Tisch vollkommene Stille. Zufällig hatte in diesem Moment die Musik ausgesetzt, so dass Siegfrieds Liebeserklärung über den ganzen Burghof schallte. Alle Köpfe drehten sich zu ihm hin, mit ungläubig erstaunten Blicken. Und mit einem Mal brach das Gelächter los. Ein höhnisches, durch Mark und Bein dringendes Gelächter. Rufe wurden vernehmbar: „Hört, hört, der Mülli liebt die Bruni ... Müll-Siggi auf Freiersfüßen ... Hey, Siggi, du musst dich vor deiner Prinzessin hinknien, sonst wird das nichts!" Verwirrt zuckte Siegfrieds Kopf hin und her, er wollte sich die Ohren zuhalten, diese Stimmen, diese verächtlichen Stimmen! Schon als Kind hatten sie ihn wegen seiner hohen Fistelstimme geneckt. Obwohl er größer und stärker als alle anderen war, hatten sie leichtes Spiel mit ihm gehabt, hatten sich über seine Tollpatschigkeit lustig gemacht. Immer war er der Außenseiter gewesen, der Dorfdepp. Nur Brunhilde war freundlich zu ihm gewesen. Hatte nicht über ihn gelacht, sondern hatte ihn angelacht, angestrahlt.

„Das Opfer bleibt regungslos liegen, der Täter steht auf, holt sich was auch immer und schlägt zu. Einmal, zweimal, dreimal ... immer auf den Kopf. Die Tatwaffe wird noch gesucht. Der Doc hat Metallsplitter gefunden. Die Löcher im Schädel sind in der Mitte tiefer und am Rand flacher. Könnte also ein runder Schlagkopf gewesen sein. Rund und aus Metall."

„Hinknien, hinknien", grölte die Meute im Chor. „Hinknien, hinknien!" Hört auf, hört auf, wollte er brüllen, lasst mich in Ruhe. Aber kein Wort kam über seine Lippen. Er zitterte am ganzen Körper, sein Kopf war rot wie eine Kirsche, und er blickte nach oben, zum angestrahlten Dach der Burg, zur Falkenluke. Aber die hielten sich zurück, ließen sich nicht sehen.

Schwerfällig stand er auf. „Hinknien, hinknien!" Ging um das Tischende herum, bis er hinter Brunhilde stand. Er hob seine Hände, streckte sie nach vorne. Der liebliche, weiße Nacken, die zarten, blonden Haare, ein kleines Muttermal am Übergang zum Hals. „Hinknien, hinknien!", dröhnte es in seinem Kopf.

„Kommen Sie mal hier rüber ins Schlafzimmer! Vorsicht. Der Boden ist nass, war nass. Frische Flecken. Gehen Sie hier links an der Wand entlang. Achtung, dass Sie da nicht drauftreten. Und dann schauen Sie sich das hier an. Unglaublich!"

Er konnte sein Glück nicht fassen. Trotz des Vorfalls beim Burgfest vor zwei Wochen hatte sie ihn eingeladen. Er hatte sich einen neuen Anzug gekauft, ein weißes Hemd, eine schicke bunte Krawatte und die teuersten Schuhe, die er in seiner Größe finden konnte, hatte früher Schluss gemacht, ausgiebig gebadet, die Hände geschrubbt, dass sie fast blutig waren, die Zehen- und Fingernägel geschnitten und gefeilt. Ganz war der Dreck darunter nicht wegzukriegen gewesen. Vielleicht hätte ich doch zum Frisör gehen sollen, dachte er, als er sich im Spiegel betrachtete und gleichzeitig versuchte, seine widerborstigen Haare zu bändigen. Dann rasierte er sich zweimal und rieb dezent duftendes Aftershave auf die Gesichtshaut, die ganz schön brannte. Noch etwas Deo unter die Achseln gesprüht, das Hemd angezogen und faltenfrei in die Hose gesteckt, so wie es ihm Mutter immer erklärt hatte. Zehn Minuten später war er fertig und bereit.

„Blut, Blut, Blut! Im Bett und darunter, durchgetropft. Die Bettlaken sind sicher weiß gewesen. Als Kind habe ich mal zugesehen, wie sie ein Schwein geschlachtet haben. Mit der stumpfen Beilseite eins auf die Nuss gedonnert, aufgehängt und zack in die Halsschlagader gestochen. Hat noch ein paar Mal gezuckt, das Schwein, und geblutet wie Sau. Aber ich sehe hier kein Schwein. Von unserer Leiche im Flur kann das jedenfalls nicht sein. Hier hat noch einer oder eine geblutet."

Er würde pünktlich sein. Nachdem er das Haus verlassen hatte, ging er, fast schwebte er, die Hauptstraße entlang, vorbei am Winzerhaus, am Bäcker und am Metzger. Als er in die Burgstraße einbog, blieb er am Blumenbeet stehen, schnitt eine Rose ab und blickte hinauf zu „seinen" Falken. In diesem Moment kam ein Falkenjunges aus der Luke, schwang sich in die Luft und gewann heftig mit den Flügeln schlagend an Höhe. Dann schrie es auf und bewegte sich nicht mehr. Mit Entsetzen sah Siegfried, wie der Vogel wie ein Stein zu Boden sauste, gegen einen Felsvorsprung schlug und wenige Meter von ihm entfernt liegen blieb. Wie hypnotisiert starrte er auf den Leichnam des kleinen Falken. Oben setzte das jämmerliche Kreischen der Eltern ein.

„Auf dem Boden liegt Kleidung, Männerkleidung. Das sind aber keine Blutflecke, heller, eher Wasser, scheint dennoch ziemlich frisch zu sein. Hier ist noch mehr Blut. Tropfen. Uff, in meinem Alter sollte man sich nicht mehr so bücken. Was haben wir denn da! Ein hübsches, kleines Hackebeilchen und schöne Flecken darauf. Ich glaube, ich muss kotzen."

Plötzliche Übelkeit übermannte Siegfried, kroch in ihm hoch und ihm wurde hundeelend. Er schaffte es gerade noch bis zur Linde, wo er sich keuchend übergab. Schwer atmend richtete er sich auf, wischte sich mit einem Papiertaschentuch über den Mund, rückte die Krawatte zurecht und ging los.

Brunhilde schaute auf die alte Pendeluhr, die über dem Kamin im Wohnzimmer hing. Noch ein paar Minuten. Die Suppe war fertig. In der Küche brutzelte das Hühnchen im Backofen, und der Reis köchelte vor sich hin. Den Esstisch hatte sie festlich gedeckt. Kristallene Gläser für Wasser und dickbauchige Römer mit goldenem Rand und grünem Fuß für den Wein standen neben den silbernen Platztellern. Die feinen Porzellanteller und das Silberbesteck, das schon ihre Großmutter bei festlichen Anlässen aufgelegt hatte, waren frisch poliert und funkelten. Zwei große, schwere Kerzenständer standen in der Mitte, und im Weinkühler lehnte eine Flasche vom trockenen 98er Frauensteiner Herrnberg Riesling Spätlese. Sie zündete die Kerzen an, blies nachdenklich das Streichholz aus, warf es in den Kamin und ging ins Schlafzimmer. Sie schaute zur Decke, prüfte das Seil und kontrollierte die Schranktür. „Jetzt muss ich nur noch den Nachtisch vorbereiten", sagte sie halblaut vor sich hin und ging in die Küche.

„Okay, kannst die Spusi reinlassen, die haben jede Menge zu tun. Wir schauen uns mal im Haus um. Du gehst raus in den Garten, und ich nehme mir den Keller vor. Hast du den Tisch gesehen?"

Er stand vor ihrer Wohnungstür und fast hätte ihn aller Mut verlassen. Seine Hand ging nach vorne, er zögerte, gab sich einen Ruck, klingelte und trat einen Schritt zurück. Er blickte auf seine Armbanduhr. Punkt acht. Wie verabredet. Er klingelte noch einmal und trat noch zwei Schritte zurück. Er hörte etwas hinter der Tür. Getuschel, Schritte? Ein Schlüssel wurde im Schloss gedreht, die Tür ging auf. Da stand sie. Lächelte. Er hielt ihr die Rose hin.

„Komm rein."

Siegfried ging hinter Brunhilde her, durch den dunklen Flur ins Wohnzimmer. Er bewunderte den prachtvoll gedeckten Tisch, die Flammen der roten Kerzen zuckten leicht hin und her, aus den Lautsprechern an der Wand drang gedämpfte Musik. Die Beatles, das weiße Doppelalbum, meine Lieblingssongs, dachte er, während er sich setzte. Siegfried war glücklich.

„Im Keller nichts Besonderes, mal abgesehen von den wirklich guten Weinen. Vom einfachen QbA über Spätlesen bis hin zum Eiswein. Alles, was des Weinkenners Herz begehrt. Was gibt's im Garten?"

Er beobachtete jede Bewegung Brunhildes, wie sie die Suppe in die tiefen Teller füllte, sich geschmeidig ihm gegenüber hinsetzte, ihre Serviette auseinander schlug und auf ihren Schoß legte. *Dear Prudence, see the sunny skies – The wind is low the birds will sing – that you are part of everything* ... „Lass es dir schmecken."

Wie sie den Löffel in die Suppe tauchte, ihn nach oben führte und vorsichtig blies. Ihre Lippen! So rot, so voll, dann ihr leicht geöffneter Mund, ihre schönen Zähne ...

„Schmeckt es dir nicht?"

„Doch, doch. Gut, sehr gut. Ich ... ich ..." Siegfried errötete, spürte Hitze ins Gesicht steigen, beugte sich nach unten und aß konzentriert seinen Teller leer. *And one day his woman ran off with another guy – Hit young Rocky in the eye – Rocky didn't like that – He said I'm gonna get that boy* ... Er wollte ihr helfen, die Teller in die Küche bringen.

„Lass uns mal überlegen. Eine Leiche im Hausflur, erdrosselt und erschlagen. Fundort gleich Tatort, richtig? Jede Menge Blut im Schlafzimmer. Das aber nicht von unserer Leiche stammt. Vom Täter? Sehr unwahrscheinlich. Oder meinst du, dass sich jemand nach der Menge an Lebenssaftverlust noch bewegen kann?"

„Du bleibst schön hier sitzen. Bist doch mein Gast. Ich bringe jetzt die Hauptspeise."

Wie sie sich bewegte, so anmutig, so grazil und – aufreizend! Der enge, kurze Rock, die Pobacken abzeichnend, das Höschen zu erahnen. Lange, dünne Beine und die zarten Füße in hochhackigen Stiefeletten. Er sehnte sich so danach, diese Beine zu streicheln, ganz zart, ganz langsam, von den Zehen über die Waden, die Schenkel bis hinauf zum Undenkbaren. Brunhilde!

„So, Hühnchen und Reis. Du magst doch Geflügel, oder?" *Blackbird fly Blackbird fly – into the light of a dark black night* ...

Siegfrieds Magen hob sich, die Suppe kam ihm hoch. Im letzten Moment konnte er sie zurückhalten, schluckte mehrmals, atmete tief durch.

„Sicher. Ich ..."

„Darf ich dir auftun?"

Sie trat hinter ihn, legte ihm einen Hähnchenschenkel auf den Teller, etwas Reis und goss Soße darüber. Dabei streifte ihr Busen seinen Rücken, ihre Arme berührten sich. Siegfried wagte nicht sich zu bewegen. *Why don't we do it in the road? – No one will be watching us* ... Würde sie doch immer so stehen bleiben. Ihr süßliches Parfüm umspielte seine Nase, vermischte sich mit Reis- und Soßenduft.

„Wie passt das Beil in diese Geschichte? Wer hat da wem etwas abgehackt? Und wo sind die Teile?"

Während sie schweigend aßen, schaute er mehrmals hoch, suchte ihren Blick, fand ihn und schaute wieder auf seinen Teller. Ihre braunen Augen unter den langen schwarzen Wimpern beobachteten ihn, das merkte er ganz deutlich, spürte es nahezu mit allen seinen Sinnen. *Who knows how long I've loved you – You know I love you still – Will I wait a lonely life time – If you want me to I will ...*

„So, jetzt machen wir eine kleine Pause", sagte sie, nachdem beide ihr Besteck auf die Teller gelegt hatten.

„Während ich den Nachtisch zubereite, kannst du ja eine andere Musik auflegen und eine Zigarette rauchen. Die CDs stehen dahinten."

„Ich rauche doch gar nicht ... andere Musik, okay."

„Scheiße, dass ich daran nicht früher gedacht habe. Mach mal auf! Oh, mein Gott!"

Siegfried stellte sich vor das CD-Regal und suchte nach einer geeigneten Musik. Aber die Titel verschwammen vor seinen Augen, er las und las doch nicht, seine Gedanken gingen hinüber in die Küche, wo er Brunhilde hantieren hörte. Er war immer noch voller Glücksgefühle, sah sich am Ziel seiner Träume. Er und Brunhilde – ein Paar. Er würde sie auf Händen tragen, jeden Wunsch schon ahnen, bevor sie ihn nur gedacht hatte. Und sie würden zusammenziehen, in seine oder ihre Wohnung, das war ihm egal. Sie würden sich ein Nest bauen, genauso wie die Falken, würden Kinder haben, wie die Falken, und würden zuschauen, wie sie größer, flügge würden. Nur kurz blitzte das tote Falkenjunge in seine Gedanken hinein, wurde aber von all den vielen Glücksgefühlen weggewischt. Er hatte immer noch keine passende CD gefunden.

„Zwei Arme, zwei Beine – abgehackt. Eindeutig männlich."

Brunhilde hatte als Nachspeise ‚Armer Ritter' vorbereitet. Jetzt musste sie nur noch die goldbraun gebackenen und mit Zimt bestreuten Schrippen auf den vorgewärmten Tellern arrangieren. Zwei Hälften für jeden. Sie zögerte einen Moment, wiegte leicht den Kopf hin und her und legte dann auf Siegfrieds Teller drei Teilchen. Sie holte aus der Schublade ein kleines, braunes Fläschchen hervor und träufelte ein paar Tropfen in die Buttersoße. Aus dem Wohnzimmer erklangen die ersten Strophen der „Carmina Burana".

„Mmh, ‚Armer Ritter' war schon als Kind mein Lieblingsgericht. Hat meine Großmutter immer gemacht. Es schmeckt ein bisschen anders, aber sehr gut."

Siegfried schnitt ein Stück von der braun gebrannten Köstlichkeit ab, spießte es mit der Gabel auf, tunkte es in die nach Zimt schmeckende Soße und schob es genüsslich in den Mund. Er schloss die Augen, und Kindheitserinnerungen wurden wach. *O Fortuna, velut luna, statu variabilis, semper crescis, aut decrescis; vita detestabilis.* Die kleine Küche unterm Dach, Großmutters altertümliche Einrichtung – eine Welt der Ruhe und des Friedens. Dann schoben sich andere Bilder dazwischen. Günther im Schulhof, der Siegfried so erschreckt hatte, dass er sich in die Hose pinkelte und zum Gespött des ganzen Schulhofs geworden war – Günther, der im Ferienzeltlager in Siegfrieds Schlafsack einen toten Vogel versteckt hatte, und das Mädchen, mit dem Siegfried in dieser Nacht den Schlafsack teilen wollte, war schreiend davongelaufen ... *nunc obdurat, et tunc curat, ludo mentis aciem.*

„Das macht das Vanillearoma. Das habe ich mal bei einem Fernsehkoch gesehen."

„Der Tisch war doch nur für zwei Personen gedeckt. Hast du gesehen, was es als Nachtisch gegeben hat? Der braune Kloß auf einem der Teller. Kenne ich von früher ... Ich lenke nicht ab. Ich muss nur mal Luft holen. Na gut, mach die zweite auf."

„Ach, Vanille. Ja, jetzt schmecke ich es auch ... Du, Bruni, was ich dir noch sagen wollte. Das beim Burgfest tut mir Leid. Aber als Günther das Bier über mich geschüttet hat, gerade als ich vor dir kniete, da, da, da bin ich einfach ausgerastet. Der Faustschlag in sein Gesicht war ... war ... wie automatisch ... das wollte ich gar nicht ... wie automatisch. Tut mir wirklich Leid." *Egestatem, potestatem, dissolvit ut glaciem.* „Schon vergessen. War ja wirklich blöd von ihm, und die zwei Zähne sind auch schon wieder ersetzt. Aber du kennst ja Günther! Vergiss es einfach."

Siegfried musste ein wenig lächeln, als er daran dachte, wie Günther aus Nase und Mund blutend abgezogen war. Leider war Brunhilde ihm nachgegangen.

Sie schaute ihn an. Oh, wie sie ihn anschaute! Ihre Augen versenkten sich in seine, ihr Blick brannte auf seinem Gesicht. Plötzlich spürte er ihre Finger auf der Hand. Kleine elektrische Schläge zuckten durch seinen Arm hinauf bis zum Herzen. Brunhildes Fuß rieb an seinem Bein.

„Bruni ... du weißt, dass ich dich mag, dass ich dich ... liebe ... schon seit dem Zeltlager ... nur dich." *Fortune plango vulnera.*

„Ich weiß."

„Der Kopf!!"

Die Kerzen waren erloschen, die heruntergedimmte Stehlampe in der Ecke verbreitete schwaches, aber warmes Licht. Brunhilde stand auf, bewegte sich lasziv um den Tisch herum, beugte sich Siegfried entgegen, ihr Busen rieb an seiner Schulter, ihre Lippen bewegten sich auf seinen Mund zu. Ave formosissima, gemma pretiosa, ave decus virginum, virgo gloriosa. Siegfried drückte sich ihr entgegen, spitzte seine Lippen, erwartete den Kuss. Den ersten Kuss von Brunhilde, den so lang ersehnten, den so oft erträumten. Der Kuss blieb aus, stattdessen ergriff sie seine Hand.

„Komm, steh auf."

„Ich will gar nicht wissen, was in der dritten Tonne ist. Bestimmt nicht nur Plastikmüll. Sollen sich doch die anderen diese Schweinerei angucken. Hier, schau, unter dem Kopf, ein Kerzenleuchter!"

Siegfried stand auf, noch immer ihre warmen, zarten Finger in seiner groben, rauen Hand. Der Hand eines Müllwerkers eben.

„Komm mit."

Sie zog ihn durch den Raum, durch eine Tür, in einen anderen Raum. Das Schlafzimmer.

„Zieh dich schon mal aus. Ich lege nur eine andere CD auf, geh noch mal ins Bad und dann komme ich zu dir."

Siegfried schwanden die Sinne. Das war zu schnell für ihn. Erst musste man sich doch küssen und schmusen und fummeln und wieder küssen und lieb halten und dann, vielleicht, dann ins Bett gehen. Im Zimmer nebenan erklangen die ersten Töne einer klassischen Musik. Leise anschwellend, sich steigernd und kurz vor dem Höhepunkt mit einem Paukenschlag wieder zusammenfallend, um erneut schwebend eine Melodie heraufzubeschwören.

„Ich muss mal raus auf die Straße. Lass uns ein wenig auf und ab gehen, andere Luft atmen. Unsere Leute machen das schon. Zwei Leichen an einem Tag, so viel wie im ganzen letzten Jahr. Da hat sich ganz schön was abgespielt. Ein hübscher Abend, stilvolle Musik bei Dämmerlicht und Kerzenschein. Ein liebevoll zubereitetes Menü, ein toller Wein und zur Verdauung ab in die Kiste – und dann?"

Ins Bett gehen. Ungeheuerlich. Brunhilde wollte mit ihm – wie sagte man – schlafen. Mit ihm, dem Nichts, dem Gespött des Ortes. Gerade mit ihm. Aber vielleicht hatte sie seine Liebe gespürt, wusste, wie innig und ehrlich er sie liebte. Und dann bekam Siegfried Angst. Wie sollte er sich verhalten, was machen, was nicht. Klar, er hatte sich schon Pornofilme ausgeliehen und angesehen. Aber im Schlafzimmer von Brunhilde war das alles anders. Er war nicht mehr Zuschauer, er musste etwas tun. Ohne Anweisung und Ratschlag. Mittlerweile hatte er sich bis auf Unterhose und Kniestrümpfe ausgezogen. Er schaute nach unten. Keine Löcher. Gut. Er hatte immer so kalte Füße. Aufs Bett legen? Die Unterhose auch ausziehen? Besser hier stehen bleiben. Mit Hose. Und Strümpfen.

Dann kam sie herein.

„Auf alle Fälle muss da noch jemand dabei gewesen sein, eingeladen oder nicht. Jedenfalls hat ihm das Dinner for two überhaupt nicht gepasst."

Seine Königin. Kam auf ihn zu. Blieb stehen. Drehte ihren Kopf majestätisch zur Seite. Dann wieder zu ihm hin.

„Warum hast du noch den Slip an?"

Wieder drehte sie den Kopf zur Seite, nahm die Hand vor den Mund. Atmete durch und blickte ihn lüstern an.

Er zog die Hose runter, sein pralles Glied sprang ihr förmlich entgegen.

„Würdest du dich noch einmal so vor mich hinknien, wie du das beim Burgfest gemacht hast?"

Siegfrieds fragender Blick.

„Ich fand das so süß."

„Hat ihr kurzerhand, wahrscheinlich wollte sie fliehen, den Hals umgedreht und mit dem Kerzenleuchter ein paar Mal heftig zugeschlagen. Da muss einer vor Wut und Hass explodiert sein."

Siegfried ging zwei Schritte auf sie zu, fast berührte seine vorstehende Männlichkeit ihr Kleid. Er ging in die Beuge, kniete sich nieder und blickte nach oben. Brunhilde trat einen Schritt zurück.

„Bleib so."

Noch einen Schritt zurück.

Das eiskalte Wasser aus dem Zehnlitereimer traf ihn so unverhofft, dass er es zunächst gar nicht spürte. Dann fing seine Haut an zu brennen, als habe man heißen Teer über ihn gegossen.

„Vielleicht hast du jetzt kapiert, dass du mich in Ruhe lassen sollst. Keine Blumen, keine Kniefälle, nichts mehr. Lass mich endlich zufrieden", zischte es über seinem Kopf. Das Gekeife einer Hexe, hoch und schrill, das in Lachen überging, ein höhnisches, vernichtendes Lachen. Neben Brunhilde stand Günther und klatschte vor Ausgelassenheit in die Hände.

„Lass uns umdrehen. Hey, halt. Dort oben. Auf der Burg. Dieser Schatten bewegt sich. Steht da nicht jemand? Doch, das ist keine Einbildung. Da steht einer!"

Die Sterne über ihm. Klar und unzählbar. Seine weiße Haut ist mit Blutspritzern übersät. Er friert und schwitzt, er zittert und ist völlig ruhig. Das Wasser ist abgetrocknet, nur seine Haare sind noch etwas feucht. Vereinzelt erhellte Fenster, gelblich schimmernde Straßenlaternen unter ihm. In seinem Kopf dröhnt ihre schneidende Stimme, vermischt sich mit Günthers Hohngelächter.

Er springt auf, holt aus und schlägt mit aller Kraft erneut seine Faust in Günthers Fratze. Günthers Beine knicken weg, er fällt um. Brunhilde schreit auf, läuft weg. Siegfried hinterher. Bleib stehen! Bleib stehen! Brunhilde! Brunhilde! Warum? Er schreit wie ein verwundeter Stier, holt sie ein, die Arme gehen nach vorne, die Hände schließen sich wie ein Schraubstock um ihren lieblichen Hals. Er drückt zu, drückt und drückt und schreit und schreit. Dann liegt er auf ihr, sie bewegt sich nicht mehr. Er erhebt sich, sein Körper bebt, sein Kopf zuckt hin und her. Dort der Tisch. Da hat sie gesessen, der Teller mit dem Nachtisch, fast unberührt. Die Kerzenleuchter. Er greift sich einen, steht plötzlich wieder über Brunhilde. Ich habe dich doch geliebt. Er schlägt zu ... geliebt ... schlägt ... geliebt ... schlägt ... nur dich ... schlägt ...

In der Ferne die Brücke über den Rhein, orange leuchtend. Neben ihm das grobe Gemäuer, etwas weiter links die Luke, hinter der das unglückliche Falkenpärchen wohnt. Er steht auf der Rundstange des eisernen Treppengeländers, das bis in den obersten Raum der Burg führt. Hält sich mit einer Hand am Mast der schlaff herunterhängenden Deutschlandfahne fest.

Blut, überall Blut. Er rennt los. Aus dem Haus, in den Hof. Links die Mülltonnen, grau, gelb und blau. Rechts der Hackklotz, gespaltenes Holz, ein Beil. Müll muss entsorgt werden, menschlicher Abfall gehört zerkleinert.

Er schwankt vor und zurück, die Strümpfe sind rutschig. Siegfried kann sich kaum noch halten. Tränen laufen über seine Wangen, kullern am Kinn entlang und stürzen in die dunkle Tiefe. „Brunhilde!“ schreit er in die Nacht hinaus, schreit es in die Welt und hoch zu den Sternen. Dann lässt er los.

ALSFELDER SALZEKUCHEN

Zutaten:

1000 g Schwarzbrotteig
225 g Speck
650 g Zwiebeln
1/4 l Öl
1,5 Pfd. gekochte Kartoffeln
375 g Siebkäse
2 Eier
1/8 l Milch
1/4 l Rahm
Salz, Petersilie, Kümmel

Speck auslassen, Öl dazugeben, feingeschnittene Zwiebeln darin glasig dünsten. Kartoffeln kochen, stampfen, mit Milch und Rahm zu Brei verrühren, Siebkäse darunter heben. Mit Salz abschmecken. In den Schwarzbrotteig die Eier einkneten, Teig ausrollen, die Kartoffelmasse darauf verteilen und den Teig am Rand umlegen. Kümmel aufstreuen.

Bei 200 °C 30–40 Minuten backen. Heiß servieren. Dazu Kaffee und hinterher einen Kümmelschnaps.

Warte, warte nur ein Weilchen,
dann kommt Haarmann auch zu dir,
mit dem kleinen Hackebeilchen
macht er Hackefleisch aus dir.

HORNISSEN IM BETT, ZUCKER IM BENZIN UND EIN SCHREI IM BÜDINGER WALD

Von Marianne Reuther

Ich werfe einen kurzen Blick zu meinem Ex hinüber. „Schalte bitte den Fernseher aus und deck den Tisch, die Zwiebeln sind gleich gut. Ich darf nicht aufhören umzurühren, sonst brennen sie an!"

Ferdinand nimmt die Füße vom Tisch, erhebt sich ächzend aus dem Sessel. „Zwiebeln", räsoniert er, „und ich hatte mir einen wunderschönen Abend im Ratskeller vorgestellt, bei Rehrücken in frittiertem Petersilienbett und Chateauneuf du Pape ..."

„Dü Papperlapapp, und am Ende patschst du auf sämtlichen Hosen- und Jackentaschen herum mit dem Ausruf ‚Herrje, ich hab meine Brieftasche vergessen!'"

„Hm. Irgendwie muss ich ja zusehen, dass ich einen Teil der Pinke, die dein Anwalt aus mir herausgeleiert hat, wieder hereinhole. Aber ehrlich, Hilde, heute habe ich meine Brieftasche dabei."

Ich kann mir ein Schmunzeln nicht verkneifen und rühre emsig in der Pfanne. Geschirr und Bestecke klappern, Ferdinand deckt den Tisch. Ich fülle gestampfte Kartoffeln in eine Schüssel, verteile die gerösteten Zwiebeln darüber und serviere das „Vogelsberger Stimpsel" mit gebratener Blutwurst und kaltem Apfelbrei. Hinterher räumt Ferdinand ein:

„Hat phantastisch geschmeckt. Hätte ich nicht für möglich gehalten. Und nun heraus mit der Sprache, warum hast du mich herzitiert?"

„Wie sich das anhört: ‚herzitiert'. Ferdi, kannst du mir für eine Woche den Audi oder den VW-Bus leihen? Ich will in den Vogelsberg. Wäsi wird am 2. November achtzig. Ich habe Barbara versprochen, schon zwei Tage vorher zu kommen. Zu ihrem Schlachtfest. Ich habe in der Bank sogar erreicht, dass ich dazu meine Überstunden abfeiern darf. Und, was meinst du, was passiert? Heute Morgen, auf dem Weg zum Büro, bleibt mein Auto stehen. Motorschaden. Mitten auf der Bockenheimer. Natürlich ist mir prompt einer hinten draufgebumst."

„Geht klar. Ich lass dir den Audi gleich hier — das heißt, du fährst mich erst noch nach Sachsenhausen. So, so, dein guter alter Polo hat nun doch seinen Geist aufgegeben!"

„Nein, nein, so ist das nicht. Stell dir vor, im Tank befand sich nicht nur Benzin, sondern auch Zucker. Reichlich sogar, sagt der Mechaniker. Und vorsichtshalber war auch noch der Bremsschlauch perforiert, zwanzig Zentimeter lang, Loch an Loch. „

„Ach du liebe Zeit! Wo stand der Wagen die Nacht über?"

„Na, wo schon? Unter Tage, wo er in Gesellschaft mit allen bescheidenen Fahrzeugen dieses Hauses die Nächte verbringt."

„Was!? Unter diesem alten Kasten ist eine Tiefgarage?"

„Kasten! Beleidige nicht den zum Denkmal nominierten Bau, in dem lauter liebe Leute wohnen."

„Lauter liebe – hast du eine Ahnung, wer das Attentat inszeniert hat?"

„Nicht die leiseste. Habe Anzeige gegen Unbekannt erstattet. Mein schöner Polo!"

„Na, du selbst hast es ja gut überstanden, wie ich sehe. Glückwunsch! Wo sind denn nur die Servietten? Ach, hier, habe sie! In Wolferborn wird also wieder die Wutz geschlacht'. Das ist jetzt so einer der Momente, da es mir Leid tut, dass ich nicht mehr zur Verwandtschaft gehöre."

„Also – wenn du mitkommen möchtest ..."

„Neenee, so plötzlich kann ich mich nicht freimachen. Aber grüße alle von mir, ganz besonders Barbara und Gerhard. Ich denke heute noch gerne an ihre Silberne Hochzeit."

„Ich nicht, blau wie du warst, und wie ein Irrer hinter Herta her."

„Wie ich hinter hübschen Mädchen halt her bin, nach einem Glas Wein oder zwei".

„Nicht nur dann, mein Lieber!"

„Oh, das hatten wir doch schon! Komm, fahren wir los, dann kannst du vor Mitternacht zurück sein."

Mit Ferdinand am Steuer habe ich als Beifahrerin nur zwei Möglichkeiten: ein Herzkasperle nach dem anderen durchstehen oder die Augen schließen. Ich bevorzuge Letzteres und schlafe auf der Stelle ein, weswegen unsere Fahrt nach Sachsenhausen schweigend verläuft. Im Traum bin ich schon in Wolferborn, streichle die Katze und sehe Barbara zu, wie sie Brotteig knetet. Barbara ist meine Lieblingscousine, so wie die alte Frieda die Lieblingscousine meines Großvaters war. Er nannte sie Wäsi, und alle taten es ihm nach, nicht nur die Verwandten, nein, das ganze Dorf, dem sie vierzig Jahre als Gemeindeschwester gedient hat, und sie ist „das Wäsi" geblieben bis auf den heutigen Tag. „Wäsi" ist das mundartliche Diminutiv von Base, und Cousinen waren früher eben Basen.

Ich wache auf, als Ferdinand am Affentorplatz rechts an die Bordsteinkante fährt. „Vielleicht ist es besser, du kommst mit mir rauf und trinkst eine Tasse Kaffee, bevor du heimfährst", meint er.

„Nicht nötig, bin schon wieder voll da."

Und so ist es nach ein paar Schritten auf dem Trottoir auf und ab; Schritte durch den Wind, der die Blätter mannshoch in die Luft wirbelt. Ferdinand gibt mir die Autoschlüssel, wünscht mir gute Fahrt und rät mir, den Wagen vorsichtshalber dem Parkhaus des Bornheimer Bürgerhauses anzuvertrauen.

„*Unter Tage deines möglichen Denkmals* ist das zurzeit sehr riskant. Dein verhinderter Mörder könnte dir auflauern und seinen Streich am Audi ausprobieren." Ich verspreche es, dieweil ein Schauder mich durchrieselt, wegen „mein verhinderter Mörder"! Ferdinand umarmt mich flüchtig und winkt mir bei der Abfahrt von der Haustür aus hinterher.

Wieder daheim, husche ich die Treppen hoch und schließe meine Vorplatztür mit gemischten Gefühlen auf. Wer sagt denn, dass, wenn mir einer auflauert, er es in der Garage tut? Ich durchsuche meine kleine Wohnung in allen Ecken, schau unter das Bett und unter die Couch. Niemand da. Ich verrammele gründlich die Tür zur Wohnung, verzichte auf das Öffnen meines Schlafzimmerfensters und bin froh, dass ich die nächsten Tage anderswo verbringe.

Am nächsten Morgen bin ich früh auf den Beinen. Da ich kein Blumenfenster und auch sonst keinen Platz für Blumentöpfe habe, brauche ich auch niemanden, der mir im Urlaub die Blumen gießt. Ich schließe meine kleine Wohnung im dritten Stock des alten gemütlichen Mietshauses in der Bergerstraße ab, trabe zum Parkhaus in der Arnsburger und fahre los. Die Autobahn an Hanau und Gelnhausen vorbei ist enervierend, wenn auch auf andere Weise als mein alltäglicher Spurt von der Bergerstraße über den City-Ring zur Savignystraße. Erst in Büdingen, der alten Fürstenstadt am Vogelsberg, kommen Urlaubsgefühle auf. Die verstärken sich durch den Herbstwald hindurch mit seinem jetzt nur noch gelben und braunen bereits spärlichen Kleid. Bald nach dem Wald geht es durch Rinderbügen, danach durchschneidet die Chaussee hügelige Wiesen, und schon liegt Wolferborn mir zu Füßen. Mein Herz hüpft wie in Kindertagen, zu Zeiten, da ich die Sommerferien hier verbringen durfte und mit Barbara durch Feld, Wald und Wiesen streunte. So nah ist die Vergangenheit und doch so fern: Barbara ist längst dreifache Oma!

Wäsis Hof ist mitten im Ort, gleich hinter der Brücke, die über die Katzbach führt. Beim Einbiegen in die Hofreite kommen mir vier Kinder und zwei Frauen mit Blechkannen entgegen, aus denen es dampft. An der Metzelsuppe tut sich die Nachbarschaft traditionsgemäß gütlich, wie sich das bei einer

Hausschlachtung gehört. Metzelsuppe ist die Brühe aus dem Kessel, in dem die Würste vor dem Räuchern gegart werden. Blutwurst, Leberwurst und Schwartenmagen, kräftig und deftig, zumal etliche bei der Prozedur platzen.

Ich parke den Audi an der Seitenwand des Pferdestalls, an der der Wein bis zur Giebelspitze rankt. Die Trauben sind klein, knuppig und sauer, so wie ich sie mag. Ich halte mich nur wenige Minuten mit Naschen auf und marschiere an den Ställen vorbei zum Haus. Bello entdeckt mich als Erster. Der Bernhardiner springt an mir hoch, ich habe Mühe, mein Gleichgewicht zu halten. Sein Freudengequietsche lockt Barbara und Tochter Herta aus dem Haus, sie kommen den Hof herunter gerannt, und Hannes aus dem Stall. Sie begrüßen mich stürmisch, und wir gehen zusammen ins Haus. „Die Kinder sind noch in der Schule, die Mannsleut auf dem Feld, die letzten Dickwurz zu ernten", sagt Barbara.

Es Wäsi schält in der Küche Kartoffeln. Die gute alte Tante erkennt mich sofort und streckt mir eine Hand entgegen.

„Ei Hildegard, wej schie, dass de do bist. Gruß biste woan. Biste scho konfirmiert?"

„Ja, Wäsi, schon seit einunddreißig Joar."

„Wey die Zaat vegitt, wej die Zaat vegitt! Aich saas jo alleweil!"

Sie starrt eine Weile auf einen Punkt am Fußboden, nickt versonnen und knöpft sich die nächste Kartoffel vor. Die Schule ist inzwischen aus, die Kinder kommen in die Küche und umringen mich wild: Mariechen, Philip und Karl. Es gibt Metzelsuppe zu Mittag und Zettel dazu. Zettel sind braun gebackene Vierecke aus Hefeteig. Barbara füllt eine große Emailkanne mit heißer Suppe für Heinrich und Gerhard auf dem Feld. Hannes unterbricht seine Arbeit im Kuhstall, wo er die Wände frisch kalkt, und trägt die Kanne zusammen mit dem Korb voll Geschirr zum Dickwurzacker. Er wird dort am Wegesrand auf einer Kolter mit Vater und Schwager zu Mittag essen. Hannes ist Gerhards und Barbaras Sohn, Hertas jüngerer, noch lediger Bruder. Er ist Polizist in Alsfeld und verbringt eine Woche Urlaub bei der Familie.

Barbara, Wäsi, die Kinder und ich sitzen an dem alten geschrubbten Holztisch. Ich bin vollends in alte Zeiten zurückversetzt, pfeife auf die Figur und leiste mir einen Nachschlag Metzelsuppe.

„Mama, wieso sind Onkel Christian und Mechthild noch nicht da?", fragt Mariechen, „die sind sonst doch bei unserm Schlachtfest immer dabei." Onkel Christian ist Wäsis neun Jahre jüngerer Bruder. Er wohnt mit seiner Tochter Mechthild in Alsfeld, in dem alten Fachwerkhaus, in dem er und Wäsi zur Welt kamen. Ein Urahn hat es vor über fünfhundert Jahren gebaut.

„Er wäre eigentlich gestern gekommen, aber er kriegt neue Zähne, und die sind erst morgen früh fertig", antwortet Barbara.

„Au weia!" Philip verdreht die Augen: „Auch noch neue Zähne! Da bleibt für uns nicht viel übrig von Haspel und Stich."

Was er damit meint, und die Heiterkeit, die er auslöst, verstehe ich erst, als Wäsi sagt: „Dabei woarer als Kijnd a gonz schlechtr Esser." Ich wusste bisher nicht, dass Onkel Christian sich zum Vielfrass gemausert hat, und sage: „Da ist er jetzt wohl dick, der dünne Onkel." „Ach woas!", sagt's Wäsi, „rappeldürr wie eh unn jeh, zoum Imbloose. Saagemoil, Barbara, wos hutten de Andreas haut hej gewollt?"

„Der wor haut nejt hej."

„Ach! Hunn aich wirrr mol getrammet!" Sie löffelt den Rest ihrer Suppe aus, erhebt sich, verkündet: „Ach, ihr Kijn, aich sei meud. Aich leech mich e bissi im", und schlurft aus der Küche.

„Wer ist denn Andreas?", frage ich interessiert.

„Andreas Kluge ist der Verlobte von Mechthild. An Weihnachten wollen sie heiraten. Du wirst ihn übermorgen kennen lernen — was sag ich denn, die Alsfelder kommen ja morgen schon." Mechthilds Verlobter. Das überrascht mich doch sehr, und ich bin auf morgen gespannt.

Es wird früh dunkel, der Abend ist nicht mehr weit, das Schlachtfest steht bevor. Wir räumen die gute Stube aus, tragen alle verfügbaren Tische und Stühle zusammen und stellen sie zu einem Hufeisen auf, schaffen Platz für uns und die ganze Verwandtschaft.

Das Sauerkraut, eigens für dieses Ereignis vor zwei Monaten grob geschnitten eingestampft, ist durchdrungen von der Kraft des darin gegarten Wellfleischs aus Bauch, Stich und Kopf. Zuletzt werden in dem Kraut noch Blut- und Leberwürstchen heiß gemacht. Dazu gibt es Kartoffelbrei und frische Erbsen, selbst gekelterten Rauscher und Apfelwein aus der Dorfwirtschaft.

Das Essen zieht sich unter angeregter Plauderei über mehr als zwei Stunden hin. Gerhard wartet ab, bis auch der letzte Teller zum letzten Mal gefüllt und leer gegessen ist und holt die Ziehharmonika vom Dachboden. Jetzt geht es rund. Manche können sofort nach dem üppigen Mahl tanzen, die meisten schunkeln vorerst und singen, sparen die Tanzerei für später auf, die Nacht ist noch lang. Es Wäsi allerdings zieht sich in seine Kammer oben unterm Giebeldach zurück, lauscht gewiss im Einschlafen der Tanzmusik, die in ihren Träumen Erinnerungen aufleben lässt.

Die Nacht mag noch lange sein, für mich ist sie kurz vor Mitternacht zu Ende. Möchte gern noch bleiben, bin dazu aber viel zu müde. Barbara hat für mich wie immer das Stübchen überm alten Schafstall hergerichtet, in dem ich als Kind in den Ferien schlief. Das Bett ist noch das gleiche, doch anstelle des Strohsacks jetzt mit einer Matratze ausstaffiert. Ich will die Bettdecke aufschlagen und halte in der Bewegung inne. Zwei Hornissen kommen unter dem Kopfkissen hervorgekrabbelt. Die eine schickt sich an, aufzufliegen. Ich verlasse im Rückwärtsgang das Stübchen und knalle die Tür hinter mir zu. Lehne mich mit dem Rücken dagegen und hole tief Luft. Ich fürchte mich vor Wespen, Hornissen aber sind für mich der reinste Horror.

Wer weiß, wie viele von den Biestern im Stübchen sind! Wie sind sie da hingeraten? Bestimmt nicht aus eigenem Antrieb. Jetzt kommt mir wieder mein Polo in den Sinn. Zucker im Benzin. Hornissen im Bett. Wer immer es ist, der mir nach dem Leben trachtet, ist mir von Frankfurt hierher gefolgt! Es ist ihm ernst damit, mich umzubringen. Warum? Unten singen sie „Barbara, komm mit mir nach Afrika“. Ich will die fröhliche

Gesellschaft nicht stören, doch ins Stübchen zurück kann ich jetzt nicht. Ich schleiche ins Giebelzimmer zum Wäsi, lege mich in Kleidern auf den Diwan ihrem Bett gegenüber und versuche zu schlafen.

Der Nebel steigt, es fällt das Laub — die Zeit der Dunkelheit bricht an, aber der erste Tag in diesem November beschert uns eine Ausnahme. Heller Sonnenschein überflutet den Frühstückstisch.

„Ich habe heute Nacht beim Wäsi im Zimmer geschlafen“, sage ich und lade einen großen Löffel Matte auf mein Butterbrot. „Ich glaube, sie hat es nicht bemerkt, und ich glaube, sie schläft noch.“

„Die schläft immer bis so um Uhre zehn. Aber ich hatte doch für dich das Bett in unserm Stübchen bezogen!“

„Ich weiß, Barbara, aber ...“ ich erzähle, was passiert ist. Herta und Hannes springen gleichzeitig von der Bank auf, wollen sofort etwas gegen die Biester unternehmen, aber Gerhard hebt die Hände hoch und ruft: „Halt! Nicht! Am Ende klebt in einer Ecke ein Hornissennest, und das Volk schwirrt wütend umher, seit Hilde die Tür zugeknallt hat.“

„Das ist durchaus möglich!“, sagt Barbara. „Vor Jahren hatten wir schon mal eines im Haus. Im Giebelzimmer, das damals einen Sommer lang leer stand, als es Wäsi nach dem Sturz von der Leiter im Krankhaus und danach in der Reha war. Und was machen wir jetzt?“

„Dasselbe wie damals, der Fachmann muss her.“ Gerhard sieht auf die Uhr. „Kinder, die Schule fängt sowieso bald an, ihr macht euch gleich auf den Weg und geht beim Bienen-Emil vorbei. Sagt ihm, er soll kommen, sobald er kann, und seinen Imkerhut und so weiter mitbringen, weil wir vielleicht wieder ein Hornissennest im Haus haben.“

Jetzt wäre es an der Zeit, meine Befürchtung zu offenbaren, ich sage aber stattdessen: „Das hat uns gerade noch gefehlt, als ob nicht sowieso genug zu tun wäre. Bitte, teilt mich ein, was kann ich tun?“

„Hannes richtet im Dorfgemeinschaftshaus den großen Saal für morgen her, dabei kann er Hilfe gut gebrauchen. Mit dem Bürgermeister ist alles abgesprochen. Ihr müsst zuvor bei ihm den Schlüssel abholen. Wir rechnen mit siebzig bis achtzig Kaffeegästen. Ich schlage drei lange Tafeln im Hufeisen vor, aber das müsst ihr an Ort und Stelle sehen. Hannes weiß, wo alles zu finden ist, Böcke, Bohlen, Stühle, Tischwäsche, Geschirr. Kerzen müsst ihr unterwegs beim Röder-Gustav kaufen. Um die Dekoration braucht ihr euch nicht zu kümmern, ich habe Geburtstagsbukettchen bei der Rosen-Lisbeth bestellt, die ist darauf spezialisiert. Sie bringt morgen früh einen Korb voll vorbei", sagt Barbara.

„Der Stall ruft!", meint Gerd und klopft Heinrich auf die Schulter. Die zwei gehen raus. Barbara und Herta bereiten den Kuchenteig. Hannes und ich fahren ins Oberdorf. Zuerst zum Bürgermeister, den Schlüssel abholen.

„So!", sagt Hannes und stemmt beide Fäuste gegen seine Hüften, überblickt unser Werk, bevor wir die Tür hinter uns schließen. „Haben wir das nicht gut hingekriegt?" Er hat Recht. Der Saal ist wie verwandelt. „Oh ja", antworte ich, „mit der Blumendekoration morgen ist dann der Festsaal komplett. Es Wäsi wird zufrieden sein. Komm, trenn dich von dem Anblick, es wird schon dunkel draußen." Die Fahrt zwischen dem Oberdorf und dem Hof dauert nur wenige Minuten. Das ist gut so, ich sitze heute zum ersten Mal auf einem Motorrad, und ganz geheuer ist mir das nicht.

Die Kinder spielen im Hof mit Bello, das heißt, sie versuchen, ihm Kunststückchen beizubringen, und im Ern hüllen uns Wärme und Kuchenduft ein. Herta überfällt uns mit den Worten: „Stellt euch vor, was der Bienen-Emil oben angetroffen hat: das ganze Stübchen voller Hornissen, und das Nest kullerte lose unterm Bett." Barbara ist dabei, einen Quetschekuche aus dem Backofen zu nehmen. Mir fällt das Herz in die Hose. Hannes fragt: „Wieso kullerte? Herta! Willst du damit sagen, es lag da lose so herum?"

„Genau das. Also: Die lieben Tierchen hatten sich nicht etwa im Stübchen eingenistet, sondern irgendein Spaßvogel hat das Nest unters Bett fabriziert."

„Spaßvogel ist gut, du! Das muss ein ganz schön bösartiger Mensch gewesen sein. Und dazu einer, der etwas gegen Hilde hat."

„Ruhig Blut, zieht bitte keine voreiligen Schlüsse!" Alle drehen sich zu Gerhard um, der soeben von draußen hereinkommt, Heinrich hinterher. „Vielleicht hat einer der reichlichen Stürme des letzten Sommers das Nest vom Nussbaum — seine Krone ist direkt vor dem Fenster — hereingeweht. Und wer weiß, seit wann das Nest da schon gelegen hat und die Wespen durch die Klappe über den Fensterflügeln ein- und ausgeflogen sind. Es ist nur nie aufgefallen, weil ewig niemand mehr im Stübchen war."

„So ist das nicht!", protestiert Herta, „gestern Morgen hat Mama das Bett bezogen, und ich habe das Stübchen in allen Ecken geputzt. Auch unterm Bett."

„Hilde! Du bist ja leichenblass!", ruft Barbara. „Du brauchst keine Angst zu haben, wo Bienen-Emil gewirkt hat, gibt es keine Wespe mehr, keine einzige. Wenn du möchtest, kannst du auch die Kammer hinter der Wohnstube haben, und ich quartiere Mechthild im Stübchen ein."

„Nein, das ist es nicht, ich ..." Das Telefon schrillt. Es steht auf dem Küchenschrank neben dem Brotkasten. Herta nimmt den Hörer ab und meldet sich. Sie nickt etliche Male und sagt zum Schluss: „Ist okay. Danke, dass du angerufen hast", und erklärt, zu uns gewandt: „Die Alsfelder hatten eine Panne. Es wird halb acht werden, bis sie da sind. Wir warten auf sie mit dem Abendessen. Onkel Christian freut sich schon die ganze Woche auf die Brieslaabsoße. Nach seiner Meinung macht die niemand so gut wie's Wäsi." Das sitzt schon eine Zeit lang am Zentrifugentisch und schnipselt und rührt, produziert die viel gepriesene Soße. Sie hat gehört, was Barbara gesagt hat, und freut sich mit dem ganzen Gesicht. Ich stelle mein Vertrauen in Bienen-Emils Künste unter Beweis und erkläre, dass ich mich ein halbes Stündchen auf meinem Bett ausruhen werde, und gehe nach oben.

Mit über dem Bauch gefalteten Händen starre ich die Decke an. Letzthin bezeugte ich vor dem Frankfurter Amtsgericht, dass ich einen bestimmten Kunden der Bank zu einer bestimmten Uhrzeit eines bestimmten Tages am Schalter bedient hatte. Nach der Verhandlung warf mir ein finsterer Mensch in der Klingerstraße finstere Blicke zu, als ich in meinen Polo stieg. Ist er der Attentäter? Ich wüsste niemanden sonst, der einen Groll gegen mich hegt. Ich angle meine Funke aus der Nachttischschublade und wähle Ferdinands Nummer. Er ist nicht zu Hause. Vielleicht hat er sein Handy eingeschaltet. Ich probiere es. Er hat, und er meldet sich auf die ihm eigene Art: „Bin ganz Ohr." Ich erzähl ihm mein Hornissenerlebnis.

„Wer, zum Donnerwetter, kann das sein?", poltert er.

„Das, zum Donnerwetter, weiß ich auch nicht!"

„Hör zu, Kleines, du erzählst Gerhard und Barbara, was sich hier in Frankfurt bereits abgespielt hat. Die müssen auf dich aufpassen." Das hatte ich längst im Sinn und sogar dazu einen Anlauf genommen, und da hatte das Telefon geklingelt. Bei nächster Gelegenheit werde ich Barbara informieren.

Es ist acht Uhr am Abend, als ich auf der alten Holzbank zwischen Onkel Christian und Andreas, seinem zukünftigen Schwiegersohn, sitze und versuche, den Schrecken zu verarbeiten. Mechthilds Anblick hatte mir den bei Ankunft der Alsfelder eingejagt und meine Angst in den Hintergrund gedrängt. Ich habe Mechthild zuletzt vor drei Jahren auf ihrer Konfirmation gesehen, und da war ihre spastische Lähmung bei weitem nicht so ausgeprägt wie heute. Sie hat ein hübsches Gesicht, einen klaren Verstand und eine katastrophale körperliche Gestalt. Vielleicht, weil ihre Eltern, Christian und Katharina, die fünfzig längst überschritten hatten, als sie geboren wurde. Ihre Mutter starb bei ihrer Geburt.

„Katharina, was mächst du für'n griesgrämig Gsicht, lach doch emol, des stitt dir besser", sagt Onkel Christian. Ich tu ihm den Gefallen und strahle ihn an. Er nennt mich zu den seltenen Gelegenheiten, da wir uns sehen, Katharina, besonders, wenn er gut gelaunt ist. Und er richtet es immer so ein, dass er neben mir sitzt. Ich soll der echten Katharina sehr ähnlich sehen, alle sagen das. Mir ist sie ganz anders in Erinnerung, aber zu der Zeit, da sie noch lebte, war ich auch noch klein.

Ich mache mir so meine Gedanken über Andreas Kluge. Er ist groß und kräftig, sieht blendend aus. Schafft als Vorarbeiter in Onkel Christians Sägewerk. Ist er wirklich so in Mechthilds Gesicht verliebt, dass er über die schwere Behinderung hinwegsieht – oder eher ins Sägewerk? Ich ärgere mich über mich und meinen ketzerischen Gedanken, so nahe er auch liegen mag, denn der Bursche ist tatsächlich rührend um Mechthild besorgt. Schält ihr die Pellkartoffeln, teilt sie in kleine Stückchen, gibt Brieslaabsoße aus ihrem Schälchen dazu und umschließt ihre Hand um den Gabelgriff. Und wenn er sie anschaut, leuchten seine großen blauen Augen wie Sterne. Ich mache klar Schiff in meinem Kopf und schenke der Tafelrunde meine Aufmerksamkeit. Im Moment weiß ich nicht einmal, worum sich die lebhafte Debatte dreht.

Ich kann gut verstehen, dass der Onkel sich Wäsis Brieslaabsoße gewünscht hat. Sie schmeckt himmlisch, und jetzt, ich trau meinen Augen nicht, ist mein Schälchen leer, kaum dass ich zu essen begonnen habe. Philip, Mariechen und Karl lachen so herzerfrischend, wie nur Kinder lachen können. Sie lachen über mein verdutztes Gesicht und über Onkel Christians Grimasse, die er mir schneidet. Sie hatten gesehen, wie er, als ich mich nach meiner heruntergerutschten Serviette bückte, mein Schälchen Soße blitzschnell auf seinen Teller kippte. Den seinen hatte er leergeputzt, während ich mir einen Pellmann schälte. Das Lachen der Kinder steckt an, und es ist der Auftakt zu einem heiteren Abend mit Anekdoten zu Begebenheiten ähnlicher Art. Ich verstecke meine Angst und lache mit und bin froh, dass sich das Abendessen nicht lange hinzieht. Alle gehen früh zu Bett, damit sie morgen, an Wäsis Ehrentag, gut ausgeschlafen sind. Ich warte, bis im Haus Ruhe herrscht, und schmuggle Bello zu mir rauf. Mein Zeigefinger ruht dabei senkrecht auf meinen geschlossenen Lippen. Bello spürt, dass er mich beschützen soll, ist mucksmäuschenstill und macht es sich auf dem Bettvorleger bequem.

Heller Sonnenschein sticht mir in die Augen. Bellos Pfote patscht auf die Bettdecke. Jemand klopft leise an die Tür. „Wer ist da?", rufe ich. Es ist Herta. Sie fragt, ob sie reinkommen darf. „Moment, ich mach dir auf!" Ich hatte mich nämlich eingeschlossen. Sie ist völlig verstruwwelt, ihre Bluse falsch zugeknöpft, ihr Gesicht verweint, ihre Stimme kratzig: „Onkel Christian ist heute Nacht gestorben."

„Wieso gestorben?", frag ich dämlich und bereue es sofort. Ich kann das nicht glauben. Er war so heiter gestern Abend und voller Schabernack. Herta räuspert sich. „Herzversagen, sagt der Arzt."

Es Wäsi hat Augen, so rot wie Karmin. Es blickt durch das kleine Fenster zu den Wolken hinauf. „Jetzt sein alle furt, unn woadde do oowe uff mich."

Auf der Landstraße, auf halbem Weg von Wolferborn nach Kefenrod, muss Herta ihren BMW stoppen, weil eine Schafherde die Chaussee überquert. Ich kann mich der Idylle nicht erfreuen, Onkel Christians plötzlicher Abschied von der Welt lastet auf meinem Gemüt. Ich begleite Barbaras Tochter nach Alsfeld. Wir wollen seine Überführung veranlassen und Vorbereitungen zur Beisetzung treffen. Wir haben es Mechthild versprochen. Sie bringt es noch nicht fertig, sich vom Vater zu trennen, sitzt an seinem Bett und hält seine Hand in ihren Händen.

Die Fahrt durch Kefenrod und durch die drei Seemen — Nieder-, Mittel- und Oberseemen — verläuft ohne besondere Vorkommnisse, bis auf die Unruhe, in die mich ein Fahrzeug versetzt, das uns seit dem Ortsausgang im Abstand von hundert Metern folgt. Mir ist klar: Das ist kindisch und nur mit meinen derzeit angesägten Nerven zu erklären. Zwischen Volkertsheim und der Bundesstraße 275, die nach Alsfeld führt, geraten wir in eine Nebelsuppe, so dick, dass Herta im Schneckentempo den nächsten Feldweg ansteuert, der rechts abbiegt, und anhält; zwei Meter von der Landstraße entfernt.

„Rechnest du damit, dass der Nebel sich so bald auflöst, dass wir das hier abwarten können?"

„Damit rechnen wäre zu viel gesagt, aber ich hoffe es." In dem Moment taucht neben dem rechten Seitenfenster eine Gestalt aus dem Nebel auf. Herta drückt geistesgegenwärtig den Knopf der Zentralverriegelung, und da greift der Mann auch schon nach dem Türgriff. Eine Strickmütze mit zwei Schlitzen in Augenhöhe ist über sein Gesicht gezogen. Ich zerre mein Handy aus der Handtasche, will eins eins null wählen und schaffe es nicht. Meine Hände zittern so, dass mein Finger die Eins dreimal hintereinander drückt, auch beim zweiten und dritten Versuch. Herta hat den Motor gestartet, und während sie den BMW langsam rückwärts in die Landstraße lenkt, hupt sie unter dem Trommeln zweier Fäuste gegen die Scheibe dreimal kurz, dreimal lang, dreimal kurz, schaltet um und nimmt langsam Fahrt auf, zum Nebenherrennen ist es dem Kerl dennoch zu schnell. Er bleibt im Nebel zurück. Gleich darauf startet ganz in der Nähe ein Motor, heult auf und ein Auto saust links an uns vorbei, als ob es den Nebel nicht gäbe. Herta fährt immer noch langsam und so weit am Straßenrand, dass die rechten Räder über die ausgefranste Straßendecke rumpeln.

„Meinen SOS-Ruf hat sonst niemand gehört oder nicht zu deuten gewusst, aber den Räuber sind wir erst mal los." Ich stimme ihr zu. In Gedanken korrigiere ich: den Mörder, der hinter mir her ist.

Auf der Bundesstraße sind uns die Rücklichter der Autos, die vor uns fahren, eine bescheidene Orientierungshilfe, und hinter Herbstein ist der Nebel plötzlich verschwunden. Herta nimmt jetzt richtig Fahrt auf. Mein Herz hat sich noch nicht abgeregt, und mein Kopf ebenfalls nicht. Misstrauisch beäuge ich die Autos im Rückspiegel.

„Mach dir keine Sorgen, der hat von uns abgelassen. Die Straße hier ist viel zu belebt. Der hält Ausschau nach Opfern auf einsamen Chausseen."

Herta entgeht meine Unruhe also nicht. Ob ich ihr sage, dass es „dem" nicht um irgendein Opfer geht, sondern ganz gezielt um mich? (Auf ihre Frage, die dann nicht ausbleiben kann — wieso ausgerechnet um dich? —wüsste ich selbst die Antwort recht gern.)

Hinter Lauterbach nähert sich die Benzinanzeige dem Sektor Reserve, Herta fährt vorsorglich die nächste Tankstelle an. Niemand folgt uns. Die Angst hat Atempause.

Alsfeld ist ein faszinierendes Städtchen mit seiner Überfülle alter Fachwerkhäuser, noch viel schöner als in meiner Erinnerung. Ich war ewig nicht mehr hier. Unsere erste Anlaufstelle ist das Bürgermeisteramt. Wir stellen den Wagen am Kirchplatz ab und gehen ins Rathaus, in den ersten Stock und überbringen Herrn Storck eine Kopie des Totenscheins, wie Heinrich das mit ihm vor unserer Abfahrt telefonisch besprach. Von da geht es zur Firma Schneider, Pietät, Baugasse vier. Es ist von hier nur ein kurzes Stück zu Fuß.

„Ich hoffe, dass Heinrich bei dem Drunter und Drüber daheim nicht vergessen hat, unser Anliegen vorab telefonisch vorzutragen."

„Das glaube ich kaum. Da solltest du deinen Mann aber besser kennen!", antworte ich. Mitten auf dem Marktplatz halte ich Herta am Ellenbogen fest. „Entschuldige, aber ich muss rasch in die Bank rüber, Euros ziehen, du kannst das da drin sehr gut ohne mich regeln. Wir treffen uns dann im Hotelrestaurant Klingelhöffer."

„Wir können aber doch zuerst zusammen ..."

„Lieber nicht, es ist gleich halb eins, und da machen die in der Pietätfirma vielleicht Mittag, bis drei Uhr oder so, und die Bank auch." Damit laufe ich los, überhöre Hertas „Aber ..." und beeile mich. Ein Typ von der Statur des Kerls und mit der gleichen Strickkappe, der uns im Nebel solchen Schrecken eingejagt hat, verschwindet soeben in der Volksbank. Ich hatte ihn aus dem linken Augenwinkel hinter uns vorbeihuschen sehen.

Im Schalterraum stehen sechs Kunden. Ich postiere mich hinter den Typen, stelle mich auf die Zehenspitzen, umfange ihn von hinten und halte ihm die Augen zu. Er geht auf das Spiel ein und rät: „Angelika?" „Nein." „Inge?" „Nein! Ich bin es, du Schafskopf!", sage ich, lasse von ihm ab und streife ‚versehentlich' dabei die Mütze von seinem Kopf. Er schaut mich wütend an. Ich stottere: „Oh, Entschuldigung, ich hab Sie für meinen Bruder gehalten", hebe die Mütze auf, drehe sie verlegen in meinen Händen, ehe ich sie ihm reiche, und stelle dabei fest, dass da keine Augenschlitze sind.

„Blöde Anmache!", knurrt der Typ.

„Also hören Sie mal!", sage ich. Die Leute drehen sich zu uns um und grinsen. Ist mir egal. Ich bin enttäuscht, dass ich mich geirrt habe. Ich kassiere aus dem Automaten zweihundert Euro und stakse hoch erhobenen Hauptes zum Ausgang. Im Buchladen erstehe ich eine *Alsfelder Allgemeine* und erkundige mich nach dem Weg zur Hersfelder Straße. „An der Walpurgiskirche vorbei immer geradeaus, durch den Amtshof und dann rechts ab." Auf dem ganzen Weg zum Hotel Klingelhöffer ärgert mich das „Blöde Anmache" von diesem hässlichen Glatzkopf. Was bildet der sich ein? Dabei drehe und sehe ich mich ständig um, ob mich jemand verfolgt.

Ich suche mir einen Platz, von dem aus ich den Eingang im Auge habe, um verdächtige Personen sofort auszumachen und auch, um Herta herzuwinken, sobald sie das Restaurant betritt. Obwohl Tischzeit, ist es nahezu leer. Miese Jahreszeit für Vogelsberghoteliers. Ich bestelle mir ein Stück Alsfelder Salzekuchen und ein Kännchen Kaffee. Die Zeitung enttäuscht. Wie kann die sich mit siebenundsiebzig Seiten Umfang *Alsfelder Allgemeine* nennen und nur auf einer Seite aus Alsfeld berichten. Das ärgert mich. Zum Glück bringt die Bedienung schon meine Bestellung, und gleichzeitig steht Herta neben mir. „Für mich bitte das Gleiche, und dann richten Sie bitte Herrn Dötke aus, dass ich hier bin, Herta Raschke“, sagt sie der Kellnerin und setzt sich zu mir. „Gut, der Salzekuchen, gell?“, sagt sie. „Hoffe ich doch, muss erst reinbeißen, ehe ich was sagen kann. Hab schon Ewigkeiten keinen mehr gegessen.“

„Ich denke, wir werden uns für den entscheiden. Zum Begräbnistag, mein ich. Salzekuchen und Kaffee und einen Kümmel hinterher.“

„Mit wie viel Leuten rechnest du ungefähr?“

„Zum Friedhof kommen bestimmt über hundert, hierher zum Kaffeetrinken schätze ich vierzig bis fünfzig.“

„Wann ist die Beerdigung?“

„Der Termin ist noch nicht festgelegt. Herr Schneider wird sich um alles kümmern. Ich habe lediglich den Sarg ausgesucht. Morgen wird Onkel Christian nach Alsfeld überführt. Schneider setzt sich mit dem Bestattungsamt und der Kirche auseinander und wird überhaupt alles organisieren und koordinieren und sich auch mit Herrn Dötke, dem Chef dieses Hotels, kurzschließen, der von uns jetzt nur den Auftrag bekommt, was er auftischen soll. Alles, was wir noch tun müssen, ist eine Liste der Personen anfertigen, die benachrichtigt werden sollen. Ach ja, und den Text für die Zeitungsanzeigen aufsetzen. Mechthild wird noch die Predigt mit dem Pfarrer absprechen. Da fällt mir auf, du hast immer noch nicht in deinen Salzekuchen gebissen.“

Auf meiner Rückfahrt nach Frankfurt durch den Büdinger Wald ziehen die Ereignisse der letzten Tage kaleidoskopartig durch meine Gedanken. Statt einer Geburtstagsfeier gab es eine Beerdigung. Und es gab Momente der Bedrohung, der Furcht. Onkel Christian ruht in Gottes Erde unter einem Hügel von Blumen, Kränzen und Bändern. Ich weiß nicht, ob mir wirklich Gefahr droht oder ob ich aufgrund des Anschlags auf mein Leben vor meiner Reise in den Vogelsberg Gespenster sehe, mit anderen Worten unter Verfolgungswahn leide. Und ich weiß auch nicht, welches von beiden das größere Übel wäre. Letzte Nacht träumte mir, ich stünde vor dem Weinhaus in Alsfeld am Pranger mit dem Eisen um den Hals. Da kam ein Engel und befreite mich, flog mit mir in die Höhe und zum Leonhardsturm, verwandelte sich in ein Biest und warf mich durch das Loch hinter der Tür oben im Turm, und ich sank in die Tiefe. Beim Aufprall erwachte ich mit einem Schrei, der das ganze Haus zusammenlaufen ließ.

„Ganz ruhig und keine Panik!"

Mir gefriert das Blut in den Adern — diese Stimme ist mir bekannt, aber fremd das Eisen in meinem Nacken.

Mich packt der Mut der Verzweiflung. „Andreas!", brülle ich, „sind Sie verrückt geworden, oder was?", und trete reflexartig auf die Bremse, fahre rechts ran.

„Geworden ist falsch, verrückt stimmt, und das, seit ich denken kann. Verrückt nach Knete, Mäusen, Piepen, Zaster? Ich bin ganz nah dran und teile nicht gern, verstehste!" Lag ich doch richtig: Dem Mammon in Form des Sägewerks gilt seine Liebe, nicht Mechthild. Aber wieso teilen?

„Kein Wort verstehe ich, und Sie nehmen auf der Stelle das Ding da aus meinem Genick!"

„Einverstanden. Allerdings nur unter der Voraussetzung, dass du die Kiste wieder ins Rollen bringst, und zwar gleich. Da vorne hinter dem Überholverbotsschild biegst du rechts in den schmalen Weg ein und fährst bergan bis zu der Stelle, die ich dir dann nenne. Wird's bald, oder es knallt! Ich zähle bis drei. Eins ..."

Ich starte den Motor. Er nimmt das Ding, das ich für ein Schießeisen halte, von meinem Nacken, aber nur, um es mir gegen die Hüfte zu drücken. Ein anderes Auto kommt von hinten heran, überholt uns und fährt weiter.

„Was wollen Sie von mir?"

„Reden. In Ruhe reden, sonst nichts. — So, da kommt gleich der Weg, in den du einbiegst."

Ich gehorche. Der Weg ist holprig und steigt an. An seinem Ende steht eine halb zerfallene Hütte. Ich muss den Audi dahinter abstellen und vor Andreas die Hütte betreten.

„Hier rede ich, in Ruhe, wie gesagt. Meine Behauptung, sonst nichts, war nicht ganz so gemeint. Ich muss dich leider zurücklassen. Tot. Der Alte hat die Hälfte seines Besitzes dir vermacht. Um eine skandalöse Ungerechtigkeit von Anno Tobak auszugleichen, wie er sagte. Aber das Vermögen fällt Gott sei Dank wieder an Mechthild zurück, wenn du alle bist, verstehste?"

Dass Onkel Christian mich in seinem Testament bedacht hat, und auch noch in solch schwindelnder Höhe, ist neu für mich, aber im Moment uninteressant. Wichtig ist, dass ich einen Ausweg aus der Falle finde. Bis dahin muss ich diesen Irren zum Weiterreden animieren. Es macht ihm Spaß, seinem Opfer gegenüber mit seiner Genialität zu prahlen, diese Geschwätzigkeit verschafft mir kostbare Zeit. Mir muss etwas einfallen. Rasch.

An seine Pistole komme ich nicht ran, die liegt hinter ihm auf dem verrosteten Kanonenofen. Um Hilfe rufen? Nein, ist nicht gut. Kein Mensch kann mich hier hören. Besser, ihn außer Gefecht setzen und fortrennen. Ihn treten. Dahin, wo es wehtut. Dazu muss ich mich in die geeignete Position bringen. Unbemerkt, aber wie? Erst mal reden. „Sie sind an dem Zaster noch längst nicht nah dran. Mechthild ist unmündig und ihr Vater kann seine Unterschrift nicht mehr leisten. Ein Vormund muss bestellt werden, das dauert! Und ob der seine Zustimmung zu dieser Heirat gibt, steht in den Sternen. Jedenfalls wird aus der Hochzeit zu Weihnachten erst mal nichts."

„Verzichte mit Kusshand darauf. Standesamtlich sind wir längst getraut. Der Alte hatte noch auf ein kirchliches Brimborium Wert gelegt und bis dahin Diskretion erbeten. War mir recht. Bin ja tolerant. Ich hätte auch die Geduld aufgebracht, sein natürliches Ende abzuwarten, es stand ja kurz bevor. Aber er musste deine Brieslaabsoße vertilgen, der alte Fresssack, und die Kette der Pannen fortsetzen. Alles, alles war schief gelaufen, und dann das!"

Vor lauter Ärger vergisst er seinen letztendlichen Erfolg, ballt die Fäuste und wird rot vor Zorn, gleich wird er sich auf mich stürzen.

„Meine Brieslaabsoße?", ruf ich aus.

„Genau die! Sie war mit Eibennadeln veredelt und hätte dich ins Jenseits befördern sollen. Der alte Esel hat sie dir weggeschnappt, und ich muss mich jetzt mit dir in dieser Hütte befassen. Es lässt sich nicht vermeiden. Ich teile nicht gern, wie ich schon sagte. Ein kleines Stück von hier hat der Sturm einen Baum entwurzelt und ein großes Loch geschaffen, darin werde ich dich nach einem sauberen Blattschutz verbuddeln und den Audi nach Frankfurt fahren, irgendwo in der Bergerstraße abstellen und danach ..."

Er hört sich immer noch gern reden, gottlob, und plappert weiter. Mir ist es inzwischen gelungen, mich zehn Zentimeter seitwärts zu bewegen. Die alte Holzkiste ist meinem rechten Bein nicht mehr im Weg. Ich brauche noch eine Vierteldrehung, um es zielgerecht zu schwingen. Plötzlich schweigt er und wendet sich dem Kanonenofen — mit der Pistole! — zu, und zu allem Überfluss ist dadurch die Holzkiste meinem Bein wieder im Weg.

„Unsinn!", rufe ich schrill, er dreht sich überrascht um und ich lache höhnisch auf, „Eibennadeln! Was für'n Quatsch! Kommst dir irre schlau vor! Onkel Christian ist ein paar Monate früher gestorben, als die Ärzte prognostiziert haben. Eines natürlichen Todes. Der Hausarzt hätte eine Vergiftung sofort festgestellt und niemals einfach den Totenschein ausgeschrieben, einfach so."

„Dass ich nicht lache! Hier im Vogelsberg sind nicht nur die Bauern dumm, sondern auch die Studierten, die lassen sich sogar weismachen, dass — ach was, wozu erzähl ich dir das — aber eines sollst du noch wissen: In zweieinhalb Jahren — so viel Zeit muss ich aus bestimmten Gründen drangeben — fliege ich als lustiger Witwer in den sonnigen Süden. Dass der Unfall getürkt war, dem Mechthild vor meiner Reise zum Opfer fallen muss, merkt keiner, denn hier herum sind nicht nur die Bauern und Ärzte dumm, sondern auch die Polizei."

„Nicht ganz so, wie du meinst! Hände hoch, mein Freund, und keine Bewegung!"

Ich glaube, der Schrei, der durch den Büdinger Wald hallt, kommt aus meiner eigenen Kehle, untermalt von dem Klick-Klick der metallenen Schellen, die plötzlich Andreas´ Handgelenke zieren.

Hannes! Aus dem Erdboden geschossen oder vom Himmel gefallen! Er ist da, einfach da! Steht wie selbstverständlich zwischen dem Mörder und mir, sagt, als mein Befreiungsschrei endlich verklingt:

„Tut mir Leid, dass es so lange gedauert hat, bis ich zu Fuß hier oben war. Musste meinen Feuerstuhl unten am Hang lassen. Der macht bergan einen höllischen Lärm, und das hätte unseren Freund hier nervös gemacht."

„Hannes! Wie ist es möglich, dass du ...?"

„Polizeiarbeit, meine Liebe, Vogelsberger Polizeiarbeit!", sagt er und blinzelt mir zu, dieweil er Andreas auch noch ein Paar Fußschellen anlegt.

In dem Moment kommt ein Streifenwagen den Waldweg herauf und hält vor der Hütte. Die Büdinger Kollegen komplimentieren Andreas in ihr Fahrzeug. Hannes raunt mir zu:

„Hier, bitte! Dein Knirps. Den hattest du vergessen. Es Wäsi hat gesagt, dass du den aber brauchst, also bin ich dir damit nachgefahren."

Den ganzen Heimweg ging ein Satz mir nicht aus dem Sinn: Ein dreifach Hoch auf die Vergesslichkeit.

HESSISCHES WECKEWERK

Zutaten für 4 Personen:

500 g Zwiebeln
2–3 EL Griebenschmalz
Salz, Pfeffer
750 g Schweineschwarte
750 g Gehacktes (halb Rind-, halb Schweinefleisch)
Majoran, Koriander, Kümmel
1 Ei
Semmelbrösel

Zwiebeln abziehen, würfeln. Griebenschmalz zerlassen, die Grieben herausnehmen, die Zwiebelwürfel in dem Fett hellbraun braten, die Grieben wieder hinzufügen, kurz durchbraten, mit Salz und Pfeffer würzen. Die Schweineschwarte klein hacken und das Gehackte hinzufügen, durchbraten, dabei die Fleischklümpchen mit einer Gabel zerdrücken und das Fleisch gar braten lassen, mit Salz, Pfeffer, Majoran, Koriander und Kümmel abschmecken.

Masse erkalten lassen. Dann das Weckewerk in kleine Portionen (wie Frikadellen) zerteilen, mit Ei und Semmelbrösel panieren und in wenig Fett ausbraten.

Dazu gebratene Zwiebeln, Brot oder Pellkartoffeln reichen.

NIEMAND

Von Karin Tränkner

Er kicherte leise vor sich hin. Sein Therapeut war heute mal wieder mit seinem Latein am Ende gewesen. Stümper. Nie würde dieser Mensch erfahren, warum seine Welt die der Toten war. Warum er keinen Zusammenhang für das Leben fand. „Herr Niemand, Beziehungen muss man mit den Lebenden haben. Wir wollen doch Ihre Seele vom Fett des Trüben befreien." Das waren heute seine Abschiedsworte. Er hasste die ewigen Metaphern des Therapeuten. Er hasste den Therapeuten mit seinen verzweifelten Bemühungen, ihn aus der Reserve zu locken. Er hatte überhaupt viel Hass in sich. Aber nach einem Nervenzusammenbruch vor sechs Monaten musste er auf Anraten seines Arbeitgebers diese Therapie machen. Nichtsdestotrotz war er nicht gewillt, sein Innerstes nach außen zu stülpen und seine Verletzbarkeit preiszugeben. Der leichte Anflug von Belustigung war schon wieder vorüber. Heiterkeit war ihm sonst fremd. Schon die Worte „Herr Niemand" bereiteten ihm Unbehagen und machten ihn abweisend. Er war nicht Herr Niemand, er war Niemand, einfach nur Niemand. Kaum einer hier in Friedrichsdorf, der Kleinstadt in der Nähe von Bad Homburg, konnte sich an seinen Vornamen erinnern. Damals in der Schule hatten sie ihm seine Identität genommen, nach der er selbst noch suchte. Er war ein willkommenes Opfer. Mit seinem Nachnamen konnten sie eine Menge anfangen. Insbesondere Arno Zimmer. Jeden Tag, jede Stunde. Seine Seele blieb in den Köpfen seiner Umwelt zurück. Selbst einige wenige, die ihn anfangs Edgar nannten, gaben dem Gruppendruck irgendwann nach. Heute hatte er seinen Vornamen sogar für sich selbst ausgeblendet. In manchen Momenten stachelten die damaligen Bösartigkeiten seine jetzige Welt an. Eines Tages, dachte er sich immer. Er lächelte bitter vor sich hin. Was eines Tages?

Manchmal verabscheute er auch seine Heimatstadt Friedrichsdorf, an der er in Wirklichkeit gefühlsmäßig sehr hing. Es war ihm bewusst, dass er der Stadt und den Bewohnern Unrecht tat. Ihn faszinierte sehr wohl die alte Tradition der Stadt. Wenige Menschen, selbst aus der näheren Umgebung, wussten, dass die Stadt bereits im 17. Jahrhundert von in Frankreich verfolgten Hugenotten gegründet wurde. Der damalige Friedrich II. von Hessen-Homburg gewährte ihnen Unterschlupf und gab der Stadt den heutigen Namen. Sein Großvater hatte ihm viel über diese Zeit erzählt, auch dass in Friedrichsdorf bis zum 1. Weltkrieg überwiegend Französisch gesprochen wurde. Von ihm hatte er auch das kleine Färberhäuschen geerbt. Zur damaligen Zeit verdienten sich die Hugenotten durch Stoffbearbeitung ihren Lebensunterhalt. Viele dieser Färberhäuschen waren heute noch erhalten und beherbergten kleine Geschäfte sowie idyllische Kneipen und Restaurants. Und wenn er mal über den Wochenmarkt ging und die Menschen ohne Groll betrachtete, wenn, dann sah er fröhliche Menschen, Menschen, die lachten, die füreinander da waren. Menschen, die mit Begeisterung das Vereinsleben in Friedrichsdorf gestalteten und genossen, die sich respektierten und mit ihrer Stadt im Reinen waren. Hinterher fühlte er sich ausgeschlossen und zog sich unwillkürlich in seine Welt zurück.

Er hatte, wie so oft nach der Therapie, keinen Blick für seine Umgebung. Sein Weg führte ihn an der salus-Klinik vorbei, das Eis-Café links mit seinen vielen Gästen, die sich wie heute bei schönem Wetter draußen freuten, die historische Evangelische Kirche, dies alles drang nicht zu ihm vor. Das ‚Cafe Klatsch', unten in der Hugenottenstraße, war sein Ziel. Er ging immer nach der Therapie in dieses Café. Eigentlich war es kein typisches Café. Vielmehr eine Mischung aus Café, Bistro, Restaurant. Ein Fachwerkhaus, ein früheres Färberhaus, dessen Inneres ebenso ursprünglich war. Im Winter hielt er sich gerne drinnen im Bistro auf. Jetzt, im Frühsommer, war sein

Lieblingsplatz das idyllische Gartenlokal. Hier saß er öfter nach Feierabend an seinem Stammplatz, ganz hinten. Von hier aus konnte er alles überblicken. Das war ihm wichtig. Hier konnte er beobachten, reflektieren, Leute belauschen und seiner Fantasie anhand des Gehörten freien Lauf lassen. Dies waren seine einzigen Ausflüge in die Welt der Lebenden. Außerdem stand hier ab und zu sein Lieblingsgericht auf der Karte. ‚Hessisches Weckewerk', ein Gericht, das seinen Ursprung in Oberhessen hat. ‚Weckewerk', zunächst ein typisches Resteessen, heute eine gefragte Spezialität, die immer mehr Anhänger findet. Diese deftige Speise ist zwar nicht jedermanns Sache, aber er war ja nicht Jedermann, sondern Niemand. Er hatte Glück, es wurde heute angeboten.

Constanze und Olivia staksten mit schmalen Absätzen über das ausgetretene Kopfsteinpflaster nach hinten in den Garten des ‚Cafe Klatsch'.

„Ich bin gespannt, was es so Wichtiges zu besprechen gibt", sagte Olivia zu ihrer besten Freundin, während sie bereits Ausschau nach einem passenden Platz hielt. „Am Telefon klang das sehr geheimnisvoll."

„Warte es einfach ab", sagte Constanze kurz. „Ach, du dickes Ei. Da hinten sitzt ja Niemand", murmelte sie kaum hörbar vor sich hin.

Blöd nur, dass der einzige freie Tisch direkt vor ihm liegt. Na ja, macht nix, der ist sowieso gedanklich immer bei seinen Toten, dachte sie weiter.

„Komm, Olivia, setzen wir uns dahinten hin. Hallo, Niemand", Constanze hob kurz die Hand, „auch mal wieder unter den Leuten?"

Sie bedachte ihn mit einem spöttischen Blick. Olivia sah sie verständnislos an. Constanze ignorierte die fragende Miene. Irgendwie behagte ihr die Anwesenheit des früheren Schulkameraden nicht. Schon wie er da am Tisch saß. Er blickte nur kurz auf und schien durch sie hindurchzusehen. Dann starrte er wieder dumpf auf seine dampfende Speise. Seine stark behaarten Wurstfinger akkurat rechts und links neben den Teller gelegt. Seine üppigen Pfunde verbarg er unter einem weiten Hemd. Üblicherweise trug er dazu eine verwaschene Jeans XXL. Sein Gesicht, selbst im Sommer blass und fahl, wie sein schütteres Haar, war ausdruckslos. Aber das täuschte. Sie begegneten sich in den letzten Jahren zwar nicht häufig, aber wenn, dann glaubte sie immer, eine erstaunliche Wachsamkeit in seinen blassblauen Augen zu erkennen.

„Was starrst du denn diesen Mann so an?"

Olivia, die bereits Platz genommen hatte, holte sie in die Wirklichkeit zurück. Sie setzte sich fahrig hin, mit dem Rücken zu Niemand. Sie bestellten bei der Bedienung Flammkuchen, der hier vorzüglich schmeckte, dazu einen Krug Apfelwein und Wasser, und schon fühlten sie sich Gott in Frankreich etwas näher.

„Nun sag schon. Was ist mit diesem Mann los? Warum hast du ihn so angestarrt?" Olivia beugte sich verschwörerisch über den Tisch.

„Ach, das ist nur Niemand."

„Wie, Niemand?"

„Na, Niemand. So heißt er. Ich bin mit ihm zur Schule gegangen. Seinen Vornamen weiß ich nicht mehr. Kaum einer kennt ihn hier in Friedrichsdorf. Er ist eben Niemand, schon immer gewesen."

„Das gibt es doch nicht", Olivia schüttelte den Kopf. „Ein Mensch ohne Vornamen. Und der ist mit dir zur Schule gegangen? Man glaubt kaum, dass er erst fünfzig ist. Er sieht eher wie sechzig aus. Hat er Familie?"

„Der und Familie. Der ist doch mit seinen Toten verheiratet."

„Mit seinen Toten?" Olivia dehnte die Worte in die Länge. Ihr wurde die Sache immer suspekter, und die Stimme war etwas lauter geworden.

„Mensch, Olivia, brüll doch nicht so. Willst du, dass der ganze Garten und vor allem er mithört?" Constanze schaute sich unruhig um. „Ja, so sagt man hier in Friedrichsdorf. Er ist im Gerichtsmedizinischen Institut in Frankfurt als Sektionshelfer beschäftigt, oder so ähnlich. Jedenfalls hat er es den ganzen Tag mit Leichen zu tun. Den Leuten hier ist das unheimlich. Aus meinem Bekanntenkreis würde ihm keiner die Hand schütteln. Aber er hat in Friedrichsdorf ohnehin kaum Kontakte. Er ist der klassische, etwas unheimliche Einzelgänger, ein richtiges Grübelwesen, wenn du verstehst, was ich meine. Alle paar Jahre kommt er zu unserem obligatorischen Klassentreffen. Da sitzt er aber auch nur brütend da, redet kaum. Allerdings, sobald Arno Zimmer, du kennst ihn flüchtig, das ist der große Bauunternehmer, auftaucht, wird er für seine Verhältnisse ganz aufgeregt. Er wird Arno gegenüber leicht aggressiv und verlässt die Veranstaltung frühzeitig. Das ist den meisten aber auch egal, mir im Übrigen auch. Ich habe immer das Gefühl, er will bei uns Schuldgefühle wecken. Nun, während der Schulzeit sind wir nicht gerade zimperlich mit ihm umgegangen. Aber mein Gott, wir haben doch alle unsere Hiebe abgekriegt."

Constanze verdrehte die Augen, und ihr Gesicht verzog sich verächtlich. Olivia war erstaunt. So kannte sie ihre Freundin gar nicht. Sie hatten während des Studiums in Frankfurt viele Jahre eine kleine Wohnung geteilt. Sie selbst war bestimmt keine Mutter Teresa, aber diese Verachtung erschreckte sie doch ein wenig.

„Habt ihr denn kein Mitleid mit ihm? Ist doch ein armer Kerl."

„Wieso Mitleid, Olivia"? Constanze zog die Augenbrauen in die Höhe. „Wir tun ihm doch nichts mehr. Doch jetzt Schluss mit Niemand. Es ist mir sowieso etwas unangenehm, dass er heute Abend hier ist. Denn was ich dir zu sagen habe, darf niemand hören."

Erst jetzt wurde ihr die Doppeldeutigkeit klar. Sie lachte etwas zu grell auf.

„Was für eine Ironie. Es darf niemand hören."

Das Gespräch wurde durch die Bedienung unterbrochen, die nach weiteren Wünschen fragte. Constanze beugte sich vor, und ihre Stimmlage wurde eindringlich.

„Also ernsthaft, Olivia. Ich muss dich in deiner Eigenschaft als Ärztin um etwas bitten. Ich will bestimmt nicht fordernd sein, aber du bist mir noch einen Gefallen schuldig. Selbst wenn du Nein sagst, musst du dieses Gespräch für immer aus deinem Gedächtnis streichen."

Olivia nickte irritiert.

Als die beiden Frauen das Gartenlokal betraten, schwollen bei Niemand abrupt die Berührungsängste an. Constanze Hartmann, die Frau eines bekannten Architekten, und Olivia Wolf, eine Ärztin aus Frankfurt. Er hatte die Ärztin einige Male mit Constanze gesehen und Constanze hatte den Namen bei einem Klassentreffen erwähnt.

Das Erscheinen von Constanze löste bei ihm auch schon während der Schulzeit das Gefühl aus, als ob in einem warmen Zimmer ein Eisschrank geöffnet wird. Ihr Äußeres glich ihrem Inneren. Auffällig. Sie war dünn wie eine Zaunlatte, aufdringlich geschminkt, und die Augen waren immer weit geöffnet, als sei sie eben erschreckt worden. Das lange, schwarz gefärbte Haar streng zurückgebunden. Die Ärztin war äußerlich eine etwas wärmere Persönlichkeit, rundlich, das aschblonde Haar modisch kurz geschnitten.

Er versuchte zunächst, die zwei Frauen zu ignorieren, ebenso wie die unwillige, laue Begrüßung von Constanze. Er widmete sich seinem ‚Hessischen Weckewerk'. Es war köstlich, deftig, so, wie er es mochte. Er war dem Wirt dankbar, dass er dieses seltene Gericht von Zeit zu Zeit anbot. Diese Art von Deftigkeit war ansonsten nicht das kulinarische Motto des Hauses. Er musste sich unbedingt das Rezept geben lassen.

Irgendwann hörte er seinen Namen oder was auch immer die beiden darunter verstanden. Sie zwangen ihn zuzuhören, während er mechanisch weiteraß. Obwohl die Unterhaltung sehr leise geführt wurde, bekam er zunächst einen großen Teil mit. Constanzes Spott wehte wie ein träger Windhauch zu ihm herüber und legte sich unerbittlich über ihn. Er wollte nur weg. Gerade als er die Bedienung rufen wollte, um zu bezahlen, wurde das Gespräch deutlich leiser und er bekam nur noch Wortfetzen mit. Diese veranlassten ihn jedoch, das Bezahlen eine Weile hinauszuzögern. Einige Zeit später holte er es nach und schlurfte, von den zwei Frauen unbemerkt, davon. Er war sich sicher, dass die beiden Frauen irgendetwas vorhatten, er konnte das Gehörte nur nicht ganz einordnen. Aber es war eine faule Sache im Gange.

Niemand konnte noch nicht nach Hause. Einem Impuls folgend bog er von der Hugenottenstraße bei der Evangelischen Kirche rechts in die Taunusstraße ein. Ein Stück weiter oben lag rechter Hand ‚Der Tempel der Kirche Jesu Christi der Heiligen der letzten Tage', von allen Leuten nur der ‚Mormonen-Tempel' genannt. Der weitläufige Gebäudekomplex war der Mittelpunkt einer internationalen Glaubensgemeinschaft, die nach der Lehre Jesu Christi, der Bibel und des Buches Mormon lebten. Ein streng strukturiertes Milieu. Es mussten bestimmte Voraussetzungen erfüllt sein, um in das eigentliche Innere des Tempels eingelassen zu werden. Ziel der Begierde darin war ein außergewöhnliches Taufbecken, ein Kunstwerk, das von zwölf lebensgroßen Rindern aus Alabaster getragen wurde. Auf viele Menschen in und um Friedrichsdorf wirkte diese Glaubensgemeinschaft deshalb geheimnisumwittert.

Den Mittelpunkt der Anlage bildete eine weit in die Höhe ragende Säule. Wenn Niemand die Menschen satt hatte, die Lebenden wie die Toten, wenn die Feindseligkeit wieder in ihm hochkroch, wenn ihn sein spezieller Freund Arno wieder in Besitz nahm, dann suchte er hier Trost, der nie lange anhielt.

Niemand legte seinen Kopf in den Nacken und betrachtete die Säule mit geschlossenen Augen. Auf seinem Gesicht spürte er die Abendsonne. Er spürte den vergoldeten Engel mit der Posaune, der oben, weithin sichtbar, angebracht war. Er fühlte die Kühle der Alabasterrinder, die er nie gesehen oder gar berührt hatte. Diese Mischung aus Wärme und glatter Kühle erregte ihn. Nicht seinen Körper, sondern seine Seele. Die körperliche Erregung hatte er verloren, als er seine Identität abgeben musste. Einmal nur hatte er eine Vorahnung der Liebe erfahren dürfen. Auch dieser Erwartung hatte sich Arno Zimmer bemächtigt. Er hatte das Mädchen damals weggeworfen, nachdem er sie ihm genommen hatte. Seine Erregung machte dem nagenden Groll Platz.

Niemand hatte sich einige Tage freigenommen. Es war eine seltsame Unruhe in ihm. Er saß in seiner kleinen Küche, die karg, aber zweckmäßig eingerichtet war. Einziges Schmuckstück war der alte massive Holztisch in der Mitte des Raumes. An der einen Wand ein altersschwacher Herd, bei dem nur noch eine Platte funktionierte, und ein Spülbecken. Darüber hing ein Regal an der Wand, auf dem wenige notwendige Gewürze akkurat und alphabetisch geordnet nebeneinander standen. An der gegenüberliegenden Wand stand ein billiger Küchenschrank, der so leer erschien, als sei er gerade geliefert worden. Eine wertlose Pendelleuchte hing gelangweilt von der Decke herab. An den zwei Sprossenfenstern waren leichte Gardinen lieblos angebracht, in Farbe und Muster undefinierbar. Abends wurden unerbittlich schwere weinrote Vorhänge zugezogen.

Sein Frühstück war so dürftig wie die Kücheneinrichtung: Kaffee, eine Scheibe Graubrot, darauf ein Minimum an Erdbeermarmelade. Er schlug die Tageszeitung auf, wie immer von hinten nach vorn. Er starrte regungslos, als ob er es erwartet hätte, auf die halbseitige Todesanzeige: *Wir sind tieftraurig … unerwartet …, plötzlich … In unendlicher Trauer Constanze Hartmann.*

Ihm war sehr schnell klar: Sie hatte es getan! Constanze hatte ihren Mann Theo umgebracht. Das also hatten die zwei im ‚Cafe Klatsch' besprochen. Niemand war weder empört noch entsetzt. Er war vielmehr erstaunt. Der Tod von Theo Hartmann wurde auch im redaktionellen Teil erwähnt. Der schon längere Zeit herzkranke Architekt sei am Abend des vorgestrigen Tages von seiner Frau tot im Arbeitszimmer aufgefunden worden. Die herbeigerufene Ärztin hätte nur noch den Tod feststellen können. Auch große Bestürzung in der Bevölkerung und so weiter, und so weiter.

Niemand sehnte sich plötzlich nach seinen Toten. Dort war alles einfacher. Wenn er bei seiner Arbeit im Obduktionsraum war, befand er sich in einer anderen Welt. Es gab keine Sentimentalitäten. Er musste den Leichen nicht Rede und Antwort stehen. Vielmehr wollte er ihnen noch Antworten geben, denn die Toten erschienen ihm keineswegs stumm. Er konnte vor der Obduktion mit ihnen Zwiesprache halten. Sie hatten es ein letztes Mal verdient. Erst nach der Obduktion waren sie für ihn seelenlos.

Niemand saß wieder an seinem Küchentisch. Vor ihm auf einem Holzteller sein Mittagessen. ‚Hessisches Weckewerk' aus dem Glas. Seit kurzem gab es sein Lieblingsgericht auch als Brotbelag. Er wollte gerade danach greifen, als es lang anhaltend an der Haustür klingelte. Erstaunt über diese Störung hielt er inne. Außer dem Briefträger bekam er selten Besuch, und dieser war heute schon durch. Unwillig schlurfte er zur Tür und öffnete sie bedächtig. Groß, breit und selbstbewusst stand Arno Zimmer vor ihm. Ohne lange zu fragen, drängte er sich an Niemand vorbei ins Haus.

„Hallo, Niemand, ich muss kurz mit dir reden."

Er blieb erwartungsvoll in dem engen Flur stehen.

„Was ist, kann ich reinkommen, oder sollen wir uns in diesem dunklen Kabuff unterhalten?"

Niemand fühlte sich überrumpelt und ging automatisch in die Küche voran. Arno folgte ihm polternd und ließ sich unaufgefordert auf einem der zwei Stühle nieder. Niemand hatte Zweifel, ob der Stuhl diesem massigen Stück Mensch standhielt. Er hatte bisher noch kein Wort von sich gegeben.

„Also", fing Arno auch gleich an, „du hast doch sicher schon in der Zeitung gelesen, dass Constanzes Mann plötzlich verstorben ist."

Niemand konnte zunächst nur nicken.

„Na und? Was habe ich damit zu tun?"

„Bist du schwer von Begriff? Immerhin bist du auch mit Constanze zur Schule gegangen. Und ich habe beschlossen, dass die ehemalige Klasse einen Kranz kauft. Das sind wir Constanze schuldig."

„Ich bin Constanze gar nichts schuldig. Verschwinde", hörte Niemand sich sagen.

Arno war sprachlos. Er rang nach einer Erwiderung. Niemand hatte das noch nicht erlebt. Arno Zimmer, der nie um eine Antwort verlegen war, der sonst mit Worten alles überrollte, was sich ihm in den Weg stellte. Ein Mann, bei dem immer alles nach Plan ging, selbst im Privatleben. Er hatte eine Frau, die sein Essen kochte, seine Wäsche wusch, seine Kinder aufzog, seine Schläge und sein Geschlechtsorgan hinnahm, wann immer es ihm gefiel. Und nun Widerworte von einem Niemand.

„Das kann doch wohl nicht dein Ernst sein?"

„Doch, und jetzt hau ab."

Arno erhob sich mit einem Ruck, so dass der Küchenstuhl nach hinten umfiel.

„Du bist doch bekloppt. Ich habe es ja schon immer gesagt."

Sein Blick blieb auf dem gedeckten Tisch hängen. Er nahm das Glas in die Hand und las das Etikett.

„Was für ein Fraß ist denn das? Nun, wie solltest du auch Esskultur haben."

Er lachte bedeutungsvoll und legte dabei eine Hand gönnerhaft auf Niemands Schulter und verließ das Haus. Niemand war, als hätte ihm Arno ein Brandzeichen verpasst: *Niemand! Besitz von Arno Zimmer!* Seine Schulter glühte. Arno konnte ihm einfach alles nehmen, sogar sein Essen.

Nach ein paar Sekunden, die ihm wie Stunden vorkamen, fasste er einen Entschluss.

Einen Tag nach der Beerdigung von Theo Hartmann klingelte Niemand an der Jugendstil-Villa von Constanze. Nach nochmaligem Klingeln öffnete sie. Sie sah aus wie immer. Nur die Trauerkleidung war neu. Der schwarze Hosenanzug hing an ihr, als ob sie noch hineinwachsen müsste. Ihre Augen waren noch etwas weiter aufgerissen als sonst.

„Was willst du denn hier?"

„Vielleicht mein Beileid aussprechen? Lässt du mich rein?" Niemand trug eine selbstbewusste Freundlichkeit zur Schau. Constanze spürte dies. Und sie sah wieder die Wachsamkeit in seinen Augen.

„Was soll das? Ich habe keine Zeit."

Niemand wurde noch eine Spur freundlicher, als er ihre Abneigung spürte.

„Du wirst dir Zeit nehmen müssen, liebe Constanze, glaube mir."

Constanze ahnte, dass etwas anders war als sonst. Sie ließ ihn widerwillig eintreten und führte ihn in den Garten. Sie forderte ihn auf, Platz zu nehmen. Niemand setzte sich fast geschmeidig in einen der teuer aussehenden Gartenstühle. Palisander, vermutete er.

„Also, was ist?"

Niemand lehnte sich zurück.

„Tja, wie soll ich anfangen. Erinnerst du dich, dass wir uns vor zwei Wochen im ‚Cafe Klatsch' getroffen haben. Ja?" Niemand gab seiner Stimme einen wehmütigen Klang: „Was alles so in zwei Wochen passieren kann. Du hast mich allerdings kaum gesehen, denn du hattest ja mit deiner Freundin ein wichtiges Gespräch zu führen. Macht nichts."

Constanze zuckte merklich zusammen. Ihre Augen wurden noch größer.

„Ja, Constanze, ich habe euer Komplott mit angehört. Soll ich dir auf die Sprünge helfen?"

Er ahmte Constanzes Tonfall nach.

„Olivia, du bist mir noch einen Gefallen schuldig. Du musst nur den Totenschein ausstellen, natürliche Todesursache. Alles andere mache ich."

Niemand legte eine Pause ein und betrachte Constanze wie ein Raubtier seine Beute. Alle Schminke schien aus ihrem Gesicht verschwunden zu sein. Er sah am Hals ihren Puls schlagen, als ob eine Nähmaschine wütend auf einen Stoff einhackte.

„Wie hast du es gemacht? Hast du ihm die Tollkirschen pur verabreicht? Zwanzig Stück müssten gereicht haben. Hat er die ohne weiteres geschluckt? Oder hast du ihm aus den Samen einen Tee gekocht? Ich kann dir sagen, das ist viel wirkungsvoller. Besser wäre gewesen, die Ärztin hätte dir das Atropin gegeben. Hat sie?"

Constanze war nicht wiederzuerkennen. Jegliche Energie war aus ihr gewichen. Sie sah Niemand an, als sei er ein böser Geist. In ihren Augen sah er nur noch Selbstmitleid.

„Lass es mich dir erklären", versuchte sie es mit flackerndem Blick.

„Du brauchst mir nichts zu erklären. Ich habe schließlich alles mit angehört. Natürlich war Theo schon lange krank, und er war über zwanzig Jahre älter als du. Die rührselige Geschichte, die du deiner feinen Ärztin erzählt hast, glaube ich dir ohnehin nicht. Weißt du, Constanze, er war dir einfach lästig. Man munkelt, dass du es mit der ehelichen Treue nicht so genau nimmst."

Mit Erstaunen sah Niemand, dass sich Constanze wieder etwas gefangen hatte.

„Gut, das hätten wir geklärt", Constanze versuchte, ihrer Stimme einen festen Klang zu geben. „Und, willst du zur Polizei gehen? Oder willst du Geld?"

Niemand betrachtete sie wie ein lästiges Insekt. „Nichts von alledem." Er machte eine kurze Pause. „Ich weiß, dass Arno Zimmer häufig euer Gast war und umgekehrt. Ihr hättet also Gelegenheit."

„Gelegenheit für was?"

„Ich werde dir jetzt sagen, was ich will." Niemand holte tief Luft. „Und dass von vornherein eines ganz klar ist: Ich lasse nicht mit mir handeln, ich bestimme die Spielregeln. Ansonsten landest du und die Ärztin im Knast. Und ich gebe euch genau vier Wochen."

Constanze richtete sich erwartungsvoll auf. Sie glaubte an eine kleine Erpressung. Niemand sah ihr fest in ihre hoffnungsvollen Augen.

„Ich will, dass ihr das Spiel wiederholt."

„Ich verstehe nicht ganz", sagte Constanze vorsichtig.

Niemand wurde deutlich: „Ich will, dass ihr Arno Zimmer auch aus der Welt schafft."

Ein paar Minuten später verabschiedete Constanze Niemand an der Haustür: „Also bis dann, Edgar."

Niemand drehte sich ganz langsam um.

„Nimm nie wieder meinen Vornamen in den Mund. Für dich bin ich immer noch Niemand."

MARBURGER GANS

Zutaten für 4 Personen:

- 1 kleine Gans mit Innereien
- 1 große Dose Sauerkraut
- 1–2 Dosen Mandarinen
- ca. 200 g gewürztes Schweinehackfleisch
- 1 säuerlicher Apfel
- 1 Zwiebel
- 1 Packung Böhmische Knödel (alternativ: Klöße)
- Salz, Pfeffer, Ingwerpulver
- 2 Lorbeerblätter
- Öl zum Anbraten
- 1/2 L Brühe
- 1/8 L trockener Riesling

Zwiebel und Apfel schälen, klein hacken. Sauerkraut in einem Sieb abtropfen lassen, den Saft auffangen. Die Mandarinen abtropfen lassen, den Saft ebenfalls auffangen. Von den Innereien nur die Gänseleber nehmen und klein schneiden.

Zwiebel in etwas Fett goldgelb andünsten. Die Apfelwürfel, das Schweinehackfleisch und die Leber zugeben, kurz mitdünsten. Beiseite stellen und abkühlen lassen.

Das abgetropfte Sauerkraut in eine große Schüssel geben, die abgetropften Mandarinen und die vorbereitete angebratene Mischung hinzufügen. Mit zwei Lorbeerblättern und frisch gemahlenem schwarzen Pfeffer würzen und alles gut durchmischen.

Die Gans mit kaltem Wasser innen und außen gut abspülen und mit Haushaltskrepp abtrocknen. Mit Salz, Pfeffer und Ingwer einreiben. Die Sauerkrautmischung in die Gans stopfen. Die Gans sollte vollständig gefüllt sein. Mit einer Spicknadel zustecken.

Öl in einem Bräter erhitzen. Die gefüllte Gans von allen Seiten anbraten. Sauerkrautsaft, Mandarinensirup, den Riesling und die Brühe mischen, einen Teil davon über die Gans gießen und den Bräter in den vorgeheizten Backofen schieben. Bei 200° C etwa 180 Minuten garen.

Die Gans während des Bratvorgangs regelmäßig mit der übrigen Flüssigkeit begießen.

Böhmische Knödel (oder Klöße) laut Packungsangabe zubereiten.

Die Soße abgießen und eventuell überschüssiges Fett abschöpfen. Nötigenfalls mit Soßenbinder abbinden.

Gans mit der Geflügelschere in Stücke schneiden, auf einer Platte anrichten. Die Sauerkrautfüllung in einer separaten Schüssel servieren. Die Knödel (oder Klöße) und die Soße dazu reichen.

MARBURGER GANS

Von Lea Wolf

Es war immer noch da. Wie eine kleine Schildkröte sah es aus. Eine Schildkröte, die im Winterschlaf ruht, Kopf und Beine in den schwarzen Panzer gezogen. Auf der gewölbten, geriffelten Oberfläche trug es einen geheimnisvollen Schriftzug. Und ich hatte keine Ahnung, wie dieses Ding in meine Manteltasche geraten war.

Die Augen meines Freundes Hermann leuchteten auf, gleichzeitig runzelte er die Stirn, als ich die Schildkröte auf seine Ladentheke legte. Hermann redete nicht viel. Zumindest nicht über alltägliche Angelegenheiten. Doch von seinem Gesicht ließ sich deutlich ablesen, was er gerade empfand. Das freudige Aufblitzen seiner Augen rührte daher, dass er glaubte, ich sei endlich bekehrt; das drohende Stirnrunzeln signalisierte einen Anflug von Ärger, weil nicht ihm diese Bekehrung gelungen war. Dabei hatte er es so oft versucht.

»Du bist dann jederzeit erreichbar«, lautete eines seiner Argumente, mit denen er mich lange Zeit zu ködern versucht hatte.

»Aber ich bin doch fast immer erreichbar«, gab ich in schöner Regelmäßigkeit zurück. Meine Antwort löste bei ihm jedes Mal eine unmissverständliche Reaktion aus. Hermanns Augäpfel rollten gen Himmel, was seinem Gesicht den Ausdruck eines nach Luft schnappenden Karpfens verlieh.

Ich sah überhaupt keine Notwendigkeit darin, jederzeit erreichbar zu sein. Den größten Teil des Tages und die meisten Abende verbrachte ich ohnehin zu Hause. Dort schrieb ich mit mehr oder weniger Erfolg Romane, die ich nach ihrer Fertigstellung mit ebenso wechselnden Ergebnissen an den Mann oder die Frau zu bringen suchte. Bisher waren drängende Nachfragen größerer Verleger ausgeblieben. Aber wer mich erreichen wollte, der konnte mit einiger Sicherheit damit rechnen, mich in meiner Wohnung anzutreffen.

All das war Hermann wohl bekannt. Doch so leicht gab er nicht auf.

»Du kannst dann auch andere jederzeit und von jedem Ort aus erreichen.«

Ich zuckte mit den Schultern. »Warum sollte ich?«

Eine Frage, die Hermann mit erneutem Augenrollen beantwortete.

»Weil, weil ...« Mehr fiel ihm nicht ein.

Hermann war mein einziger Freund. Tagsüber war er in seinem Geschäft in der Barfüßer Straße anzutreffen, und an mehreren Abenden in der Woche verabredeten wir uns zum Biertrinken. Unser Stammlokal war die ›Gartenlaube‹, eine gemütliche Marburger Bierkneipe, wo wir meist in verständnisvollem Schweigen nebeneinander am Tresen saßen.

»Also, wen sollte ich erreichen können?«, wiederholte ich meine Frage.

»Du ... du könntest dich mit einer Frau verabreden.«

Ich hob die Augenbrauen. Was Hermann wiederum verstummen ließ. Er wusste so gut wie ich, es gab keine Frau, mit der ich mich hätte verabreden können. Das einzige weibliche Wesen, das mich permanent in seiner Nähe duldete, hatte kupferfarbenes Haar, einen wohl gerundeten Körper und war über zweihundert Jahre alt.

Hermann hatte ein ähnlich distanziertes Verhältnis zum anderen Geschlecht. Nur verbarg er seine Bequemlichkeit gern hinter der Ausrede, er habe überhaupt keine Zeit. Schließlich stünde er den ganzen Tag in seinem Geschäft. Aber unter seinen zahlreichen Kunden waren natürlich auch Frauen. Und nicht wenige dieser Frauen beeindruckten ihn. Zugeben würde er das nie, aber sein Mienenspiel, wenn er von ihnen erzählte, sprach Bände.

Diskussionen darüber hatten wir schon oft geführt, ohne zu einem Ergebnis zu kommen. In unserem Leben gab es eben keine Frauen. Nicht, dass wir etwas gegen Frauen gehabt hätten, nein, es mangelte uns einfach an Gelegenheit.

»Jetzt verrate mir doch endlich, wo du das Ding herhast.« Hermann wies auf das schildkrötenähnliche Gebilde, das ich auf die Ladentheke gelegt hatte. Fachmännisch nahm er es in die Hand und begutachtete es von allen Seiten. Technik interessierte Hermann sehr, im Gegensatz zu mir.

Trotzdem litt unsere Freundschaft nicht unter diesen divergierenden Interessen. Im Gegenteil. Wir ergänzten uns hervorragend. So war Hermann für mich eine unschätzbare Hilfe, wenn mich mein Computer mit völlig unverständlichen Worten zu Aktionen aufforderte, deren Sinn ich nicht nachvollziehen konnte. Hermann hingegen verstand den Computer genau, während ich oftmals die Kommunikationsversuche der Maschine damit beendete, eine Schaltfläche zu finden, auf der NEIN stand. Manchmal wunderte ich mich darüber, dass es mir trotz dieser eingleisigen Verständigung gelang, die Texte meiner Romane dem Gedächtnis des Computers einzuprägen und auch immer wieder von dort abzurufen. Gab es Schwierigkeiten, dann konnte ich auf Hermanns Hilfe vertrauen.

»Schönes Gerät«, meinte er. »Und, was hast du dafür bezahlt?« Bei dieser Frage kniff Hermann die Augen zusammen.

»Ich habe es nicht gekauft«, setzte ich zur Verteidigung an.

»Nicht?«, staunte Hermann. »Wie bist du denn sonst dran gekommen? Geklaut? Von mir hättest du eines geschenkt bekommen.«

Ich machte eine abwehrende Handbewegung. Noch bevor ich zu einer Erklärung ansetzen konnte, ertönte der dezente Gong seiner Ladentür. Im Spiegel hinter der Ladentheke erschien eine Kundin, die Hermanns Geschäft betrat.

»Ich möchte meine Karte aufladen«, sagte sie, ohne mich zu beachten.

Schnell ergriff ich die Schildkröte und steckte sie in die Manteltasche. Dorthin, wo ich sie gefunden hatte.

»Bis heute Abend«, verabschiedete ich mich von Hermann.

Er hob nickend den Kopf und wandte sich der Kundin zu.

»Erzähl endlich«, sagte Hermann und hob das Bierglas an die Lippen. Ich nahm ebenfalls einen tiefen Zug.

Die Schildkröte lag zwischen uns auf der Theke. Eingehüllt von Rauchschwaden und Stimmengewirr saßen wir in unserem Stammlokal am Fuße der Marburger Oberstadt.

»Na, hat er dich endlich weich geklopft?«, fragte mich Heinrich hinter der Theke, wies mit dem Kinn auf die Schildkröte, während seine Hände ein Pilsglas nach dem anderen unter den stetig fließenden Strom aus dem Zapfhahn schoben. Kaum ein Tropfen ging daneben. Ich schüttelte stumm den Kopf. Heinrich war diese Form der Unterhaltung gewohnt, nahm sie weder übel, noch ließ er sich davon in seiner Konzentration stören. Ich sah zu, wie Schaum in dem kelchförmigen Glas emporwuchs, sich am Boden in goldgelbe Flüssigkeit verwandelte, und wenn das feinperlige Weiß den Rand erreicht hatte, stellte Heinrich das Glas beiseite und nahm ein neues zur Hand.

»Heute Vormittag war ich auf dem Wochenmarkt«, sagte ich zu Hermann. Eigentlich wollte ich etwas ganz anderes sagen. Aber ich wusste nicht so recht, wo ich beginnen sollte.

»Wegen unserer Martinsgans?«

Ich nickte.

»Doch wohl hoffentlich eine aus hiesiger Freilandhaltung und nicht so ein fettes Mastvieh aus Polen oder Ungarn, das nie den blauen Himmel gesehen hat?«

»Hab ich dir jemals eine ausländische Martinsgans vorgesetzt?«, fragte ich. Dass in diesem Jahr auch die hessischen Gänse wahrscheinlich wenig blauen Himmel gesehen hatten, verschwieg ich. Warum sollte ich Hermann mit Begriffen wie ›Stallhaltungspflicht‹ oder ›Vogelgrippe‹ den Appetit verderben?

Unsere Martinsgans war eine lieb gewonnene Tradition. Hermann war noch jedes Mal beeindruckt von meiner Kochkunst gewesen. Ich briet für uns beide immer eine vollständige Gans. Eine mit Flügeln und ausgewählten Innereien.

Ich nannte sie ›Marburger Gans‹, obwohl ich wahrscheinlich der Einzige in meiner Wahlheimatstadt war, der eine Martinsgans auf diese Weise zubereitete. Das Geheimnis lag in der Soße und in der besonderen Füllung. Letztere bestand aus

Sauerkraut, einem fein gehackten säuerlichen Boskopapfel, Schweinehackfleisch, der zerkleinerten Gänseleber sowie abgetropften Dosen-Mandarinen.

Der Sauerkrautsaft, vor allem aber der Mandarinensirup verlieh der Soße einen unnachahmlichen Geschmack, eine perfekte Balance aus Süße und Säure. Ein trockener Riesling rundete das Ganze ab. Mit dieser Mischung begoss ich die Gans während des Bratvorgangs. So lange, bis die Gänsehaut eine braun glänzende Oberfläche erhielt.

Der Rest Deutschlands isst Gans mit Blaukraut. Auch gut, aber kein Vergleich mit meiner Eigenkreation. Das fand auch Hermann. Er mochte als Beilage am liebsten böhmische Knödel, während ich, meiner Herkunft entsprechend, fränkische Klöße bevorzugte.

»Und? Was war da los?« Hermann wartete immer noch auf meine Antwort.

Mit einem Anflug von Eifersucht beobachtete ich, wie seine Finger über den Kunststoffrücken der Schildkröte strichen. Eine Geste, die zärtlich anmutete.

»Ja, also ... «, fuhr ich fort. »Heute morgen war ich als Erstes am Stand unserer Marktfrau, bei der ich seit Jahren unsere Martinsgans bestelle. Um den Stand herum herrschte ein Mordsgedränge und da ...« Ich stockte.

»Willst du etwa andeuten, dass in diesem Jahr unser Martinsgansessen ausfällt?«, fragte Hermann alarmiert.

»Nein, nein. Mit unserer Gans ist alles in Ordnung.«

Hermann hob die Augenbrauen und nahm einen Schluck Bier.

Wie sollte ich ihm nur erklären, was dann passiert war? Einem Menschen, dessen Phantasie hauptsächlich durch die Anwendung elektronischer Mikrochips beflügelt wurde.

Sofort hatte ich die Situation auf dem Wochenmarkt vor Augen.

Ich sehe mich über den abschüssigen, kopfsteingepflasterten Platz schlendern, wo wie an jedem Mittwochvormittag Stände und Buden aufgebaut sind. Der Gockel über der Rathausuhr schlägt klappernd mit den Flügeln. Anschließend erklingt zehnmal sein blechernes Krähen, das kaum durch die neblige Kälte dringt.

Trotz des wenig einladenden Wetters herrscht ziemliches Gedränge. Am Stand unserer Marktfrau reihe ich mich fröstelnd in die Schlange wartender Kunden. Hinter mir versucht jemand, sich vorzudrängeln. Verärgert drehe ich mich um, werde angerempelt und verliere das Gleichgewicht. Mein Arm schnellt vor, sucht irgendwo nach Halt. Meine Finger krallen sich im Stoff eines Mantels fest. Ganz nah vor mir sehe ich das Gesicht einer Frau. Eingerahmt von einem dunklen, glatten Pagenschnitt und dem hochgestellten Kragen, der das Kinn bedeckt. In ihren Mandelaugen glimmt ein amüsiertes Funkeln.

»Entschuldigung«, stoße ich hervor und versuche mein Gleichgewicht wiederzufinden.

Ihre Lippen öffnen sich. Unter dem rechten Mundwinkel ist ein kleiner Schönheitsfleck. Ich spüre ihren warmen Atem auf meiner Haut. Rechts und links von ihrem Gesicht nehme ich verschwommen die Umrisse der Menschen um uns herum wahr. Auch sie hält sich an mir fest. Wie ein Paar, das im Begriff ist, sich zu küssen, müssen wir aussehen. Obwohl ich inzwischen wieder sicher auf beiden Beinen stehe, lasse ich sie noch immer nicht los. Unter ihrem Mantel spüre ich die weiblichen Rundungen ihres Körpers.

Mit einem leisen Lachen löst sie sich von mir. Noch einmal wendet sie den Kopf, dann ist sie in der Menge untergetaucht. Als ich von hinten erneut angerempelt werde, erwache ich aus meiner Erstarrung.

Von alldem erzählte ich Hermann nichts. Nur so viel, dass ich irgendwann nach meinem Besuch auf dem Markt das Handy in meiner Manteltasche entdeckt hatte.

»So, gefunden hast du es?« Hermanns Blick ruhte einen Moment auf mir. Dann betrachtete er erneut das Handy. »Das Ding hier ist sauteuer, ohne Vertrag«, meinte er schließlich.

Heinrich stellte unaufgefordert zwei weitere gefüllte Pilsgläser vor uns hin und malte Striche auf die Bierdeckel.

»Der Akku ist ziemlich leer. Am besten, wir gehen gleich in meinem Geschäft vorbei und holen dir ein passendes Ladegerät. Bevor der Saft ganz weg ist«, sagte Hermann.

»Jetzt?«, fragte ich. Es war bereits halb elf Uhr.

»Morgen ist es vielleicht schon zu spät. Und dann kannst du ohne PIN nichts mehr mit der SIM-Karte anfangen.«

Wie so oft, wenn es um Technik ging, sprach Hermann für mich in Rätseln. Aber was blieb mir anderes übrig, als ihm zu vertrauen?

Hintereinander gingen wir den Steinweg hoch, der in die Barfüßerstraße mündet. Hermann schloss die Tür seines Geschäftes auf und verschwand in den hinteren Räumen. Kurz darauf kam er mit einem kleinen Ladegerät wieder. Geduldig erklärte er mir, wie ich alles handhaben musste. »Drück bloß nicht auf den Knopf da, sonst guckst du in die Röhre«, schärfte er mir ein und wies auf eine verborgene Taste am Kopfende der Schildkröte. »Wenn du es versehentlich ausschaltest, hast du keine Chance mehr.«

Ich hatte zwar keine Ahnung, was für eine Chance Hermann meinte, versprach aber, seine Anweisungen ausnahmsweise genau zu befolgen.

»Morgen Abend komme ich bei dir vorbei, und dann schauen wir uns das Ding mal in Ruhe an.“

Mit meinen Gedanken war ich heute nicht so recht bei der Sache. Ich konnte mich schlecht konzentrieren. Immer wenn ich mich nach dem Handy umdrehte, hatte ich den Eindruck, es sei ein lebendiges Wesen, das mir etwas mitzuteilen versuchte. Vielleicht wollte es mir von seiner Besitzerin erzählen. Ich hatte inzwischen keinen Zweifel mehr, dass ich das Handy der jungen Frau auf dem Markt zu verdanken hatte. Der Frau mit den mandelförmigen Augen und den halb geöffneten Lippen, die ich nur einige Augenblicke lang gesehen und im Arm gehalten hatte.

Ein Brummen ließ mich herumfahren. Das Handy bewegte sich im Rhythmus der Töne sacht auf der Tischplatte. Ich sprang auf, klappte das Display auf, wie es mir Hermann gezeigt hatte, drückte die Taste mit dem grünen Telefonhörer und presste das Gerät ans Ohr.

»Hallo«, ertönte eine dunkle Frauenstimme.

»Hallo«, krächzte ich.

Meine Stimme hörte sich an wie die einer stark erkälteten Zeichentrickente.

»Ich möchte Sie zum Essen einladen«, hauchte die Unbekannte. Ihre Stimme war schmeichelnd und auffordernd zugleich. Sofort sah ich ihren verheißungsvollen Mund vor mir.

»Ja, gern! Aber ...«

Das Handy piepte dreimal. Die Beleuchtung der Tastatur und des kleinen Bildschirms erlosch.

»Mist!«, fluchte ich laut. Hatte ich etwa auf einen falschen Knopf gedrückt? Ich machte mich sofort auf zu Hermann. Er sollte mir noch einmal die Funktion der einzelnen Tasten erklären.

Ich hatte Glück. Es war kein weiterer Kunde in Hermanns Geschäft. So konnte er sich meinem Problem in aller Ruhe widmen. Während er das Gerät eingehend untersuchte, erzählte ich ihm von dem geheimnisvollen Anruf.

»Da ist keine Nummer aufgezeichnet«, murmelte Hermann, während er die Tasten bearbeitete. »Adressenspeicher und Telefonbuch sind leer, und die eigene Rufnummer des Handys ist auch nicht eingetragen«, knurrte er in einem Ton, als sei ich dafür verantwortlich.

Er sah mir prüfend in die Augen. »Willst du diese Einladung denn annehmen?«

Ich zuckte die Achseln. »Das ist doch überhaupt nichts Konkretes. Vielleicht habe ich ja dann schon eine Verabredung.«

»Du?« Der Spott, den Hermann in dieses kleine Wort legte, hätte mich eigentlich beleidigen müssen. Aber unter Freunden muss man so etwas aushalten. Ich wusste ja, wie es gemeint war.

»Ich kann es mir ja noch überlegen«, sagte ich, obwohl meine Entscheidung bereits feststand.

»Dann schauen wir mal weiter.« Hermanns Wurstfinger drückte auf weitere Tasten. Ich beugte mich zu ihm und konnte auf dem Bildschirm das Wort ›Motive‹ lesen. Plötzlich erschien ein kleines Bild. Scharf und deutlich. Ein weiblicher Mund, die Lippen zu einem Kuss geformt.

»Gib her«, sagte ich und riss Hermann das Handy aus der Hand.

»Man könnte meinen, die will was von dir.« Hermann grinste. »Vielleicht hat sie dir das Handy ja absichtlich in die Tasche gesteckt. Nur, damit sie dich zum Abendessen einladen kann.« Die Art, wie Hermann dies äußerte, sagte deutlich aus, dass er niemals an solch eine Absicht glaubte.

Ich versuchte, meinen aufsteigenden Ärger zu unterdrücken. Dass dieses Bild eine versteckte Botschaft war, schien mir sonnenklar. Vielleicht gab es noch mehr solcher verschlüsselter Nachrichten?

»Welche Taste muss ich jetzt drücken?«, fragte ich Hermann.

»Die mittlere mit dem Punkt. Am unteren Rand. Wenn du oben drückst, geht es rückwärts.«

Hermann glotzte genauso gespannt auf den kleinen Monitor wie ich. Am liebsten hätte ich das Display vor ihm verborgen. Vorsichtig berührte ich den unteren Rand der zentralen Taste.

»Du musst draufdrücken«, grunzte Hermann. »Das tut nicht weh. Weder dir noch dem Ding da.« Ich war nahe daran, es zuzuklappen. Doch meine Neugier siegte über meinen immer stärker werdenden Ärger. War Hermann schon immer so gewesen?

Ich drückte. Nicht fest, sondern mit Gefühl. Ein neues Bild erschien.

Wieder der weibliche Mund. Diesmal waren die Lippen leicht geöffnet. Weiße Zähne schimmerten zwischen verführerischem Rot. Dieses Lächeln hatte ich schon einmal gesehen.

Schnell verabschiedete ich mich von Hermann.

Zögernd betrat ich die Lobby des einzigen Fünf-Sterne-Hotels in Marburg. Das dortige Gourmet-Restaurant gehörte nicht unbedingt zu meinen üblichen Aufenthaltsorten. Noch während ich mich unauffällig umsah, eilte ein befrackter Ober auf mich zu.

»Einen wunderschönen guten Abend, Herr ...« Er sah mich fragend an.

»Pozini.«

»Herr Pozini«, wiederholte er meinen Namen und nickte mir einladend zu, als habe er mich bereits erwartet. Er nahm mir den Mantel ab. Als ich mich umsah, war ich froh, dass ich mich für meinen dunklen Anzug und eine Krawatte entschieden hatte.

»Wenn Sie mir bitte folgen wollen«, flötete eine junge Dame in weißer Rüschenbluse und schwarzem Rock und geleitete mich zu einem freien Tisch. Er war für zwei Personen gedeckt. Die beiden Stühle waren leer.

»Unser schönster Platz«, sagte die junge Dame und wies auf die dunkle Scheibe des Panoramafensters direkt neben dem Tisch. Draußen stürzte die Lahn über ein Wehr in die Tiefe. Ein Scheinwerfer beleuchtete die weiße Gischt. Das gedämpfte Brausen des Flusses hörte sich wie ferne Meeresbrandung an.

Der Kellner, der inzwischen meinen Mantel abgelegt hatte, rückte mir den Stuhl zurecht. Silbernes Besteck umrahmte kunstvoll gefaltete Servietten, die aus dem Vorlegeteller wie mit Schnee bedeckte Berggipfel emporragten.

»Darf ich Ihnen ein Glas Champagner als Aperitif bringen, Herr Pozini?«, fragte er, nachdem ich mich gesetzt hatte.

Ich nickte. Wenige Minuten später kehrte er zurück. Vorsichtig lupfte er die Serviette, baute den Schneegipfel in der Mitte des Tisches neu auf und stellte ein kleines Tablett vor mir ab. Neben dem Champagnerglas, dessen Inhalt golden perlte, lag ein tragbares Telefon.

»Ein Gespräch für Sie, Herr Pozini«, sagte er mit wissendem Lächeln und zog sich zurück. Ich sah mich vorsichtig um. Ob das in Ordnung war, hier inmitten dieses feinen Restaurants zu telefonieren? Aber schließlich hatte mir der Ober das Telefon an den Tisch gebracht.

»Hallo«, meldete ich mich mit verhaltener Stimme.

»Hallo«, hauchte die Unbekannte, mit der ich hier verabredet war. »Leider werde ich mich ein wenig verspäten. Bitte tun Sie mir den Gefallen, und beginnen Sie ohne mich. Ich hoffe, das Menü, das ich für uns beide gewählt habe, sagt Ihnen zu.«

»Aber ich warte gerne auf Sie …«, wollte ich einwenden, doch die Verbindung war bereits unterbrochen.

Ich nippte an dem Champagner. Der Ober entfernte diskret das Telefon. Ich sah auf die Uhr. Eigentlich bestand keine Eile, es war erst Viertel nach acht.

Was wohl Hermann an diesem Abend machte? Heute war Martinstag. Unser traditionelles Gänsebratenessen hatte leider ausfallen müssen. Hermann wollte erst nicht glauben, dass ich mich mit jemand anderem zum Abendessen verabredet hatte. Martinstag war nicht nur unser Tag, sondern auch mein Namenstag.

»Warum ausgerechnet morgen?« Hermann hatte wie ein Kind geklungen, das auf den lang ersehnten Martinsumzug mit selbst gebastelter Laterne verzichten sollte. Er war so tief enttäuscht, dass er nicht einmal fragte, mit wem ich verabredet sei. Selbst mein Versprechen, unsere traditionelle Martinsgans am darauf folgenden Abend zuzubereiten, hatte ihn nicht getröstet.

»Das ist nicht dasselbe. Ganz und gar nicht«, hatte er geäußert. Was mir ein schlechtes Gewissen bereitete. Man lässt seinen besten Freund nicht für eine Frau im Stich. Noch dazu für eine völlig Unbekannte.

Der Ober erschien. Er legte eine kleine, handgeschriebene Menükarte vor mich hin.

»Unser Traditionsmenü zum Martinstag. Ein Kerbelsüppchen mit Crème fraîche. Als Hauptgang Gänsekeule an Calvadosjus mit Apfelrotkohl, Williamsbirne und Jostabeeren. Als Beilage Thüringer Klöße. Unser Nachtisch: Topfenpalatschinken mit Marillengeist flambiert. Zu dem Menü hat Ihre Gastgeberin einen außergewöhnlichen Wein gewählt. Eine ausgezeichnete Wahl, wenn ich mir diese Bemerkung erlauben darf.

Hochheimer Hölle, Riesling Spätlese, Jahrgang 2004.« Er sah mich abwartend an.

»Bitte«, forderte ich ihn auf. Ich trank selten Wein. Aber wenn, dann bevorzugte ich trockenen deutschen Riesling. Zu unserer Martinsgans tranken Hermann und ich Riesling, obwohl wir beide ansonsten passionierte Biertrinker waren. Die Hochheimer Hölle kannte ich. Genauer gesagt, die Weine, die aus dieser Lage stammten.

Nach meinem Besuch auf dem Wochenmarkt hatte ich drei Flaschen dieses Rieslings gekauft, den mir der Ober eben angekündigt hatte. Das seltsame Gefühl, dass meine Gastgeberin einiges über mich wusste, beschlich mich.

»Kennen Sie eigentlich die Dame, die äh ...?«, fragte ich den Ober.

»Sie meinen, die Dame, die diesen Tisch für zwei Personen reserviert hat? Nein. Leider nicht. Sie hat jedoch am Telefon genaue Wünsche für das Menü geäußert und bittet darum, dass Sie ohne sie beginnen mögen. Darf ich servieren?«

Diesen Wunsch fand ich ungewöhnlich. Doch inzwischen hatte ich einen Bärenhunger. Also nickte ich.

Das Kerbelsüppchen mit knusprigen Croutons war hervorragend. Die trockene Spätlese aus der Hochheimer Hölle war genau richtig temperiert, um ihr volles Aroma zu entfalten. Dennoch wurde ich ein wenig unruhig. Fast wünschte ich mir, Hermann würde mir Gesellschaft leisten.

Zeitgleich mit der Gänsekeule, deren Haut kross und saftig glänzte, servierte mir der Ober erneut das Telefon.

Inzwischen hatte ich festgestellt, ich war nicht der einzige Gast, dem unauffällig das Telefon auf einem Silbertablett gereicht wurde. Niemand benutzte ein Handy, auch das meine lag friedlich in meiner Jackentasche.

Die Dame, mit der ich verabredet war, schien diese Gepflogenheit zu kennen. Ich war allerdings der einzige Gast in dem voll besetzten Restaurant, der alleine speiste. Nur der Stuhl mir gegenüber war frei.

Ich räusperte mich, bevor ich nach dem Telefon griff.

»Hallo«, meldete ich mich. Diesmal war die weibliche Stimme keine Überraschung mehr.

»Ich bin untröstlich, bitte glauben Sie mir. Aber zum Dessert leiste ich Ihnen ganz bestimmt Gesellschaft. Und dann haben Sie zum Ausgleich für meine Verspätung einen Wunsch frei. Ist das ein Angebot?« Ihr Kichern hatte einen kehligen Unterton.

Ich schluckte und brauchte einen Moment, um festzustellen, dass sie bereits wieder aufgelegt hatte.

Die Gans, sämtliche Beilagen, selbst der Apfelrotkohl waren über jede Kritik erhaben. Dennoch stellte ich mit einiger Befriedigung fest, die geschmackliche Raffinesse meiner ›Marburger Gans‹ erreichte die Martinsgans selbst in diesem Nobelrestaurant nicht.

Beinahe unbemerkt hatte ich die ganze Flasche Wein geleert.

Als ich zu Hause aus dem Taxi stieg, war ich zwar ziemlich angeheitert, keinesfalls jedoch heiter gestimmt. Meine Enttäuschung, dass ich auch das Dessert ohne Gesellschaft hatte einnehmen müssen, hatte mich dazu verführt, die köstlich lockeren Topfenpalatschinken und den doppelten Espresso mit einigen Gläsern Marillengeist anzureichern.

Der Ober war mit tieftraurigem Gesicht um mich herumscharwenzelt, hatte ein Glas und die Flasche mit dem Marillengeist auf meinem Tisch platziert und dafür gesorgt, dass das Glas stetig mit der duftenden Essenz gefüllt blieb. Ich hatte nicht mitgezählt. Fast hatte ich den Eindruck, als fühle er sich für das Ausbleiben meiner Gastgeberin verantwortlich. Als ich ihm winkte, um die Rechnung zu verlangen, brachte er meinen Mantel und raunte mir zu: »Es ist alles erledigt. Draußen wartet ein Taxi auf Sie, Herr Pozini. Beehren Sie uns bald wieder.«

In meiner Wohnung brannte Licht. Das war merkwürdig. Ich war ganz sicher, das Licht ausgeschaltet zu haben, bevor ich gegangen war.

Ich suchte in meiner Tasche nach dem Schlüsselbund. Die Haustüre war verschlossen. Mit unsicheren Schritten stieg ich hinauf in den ersten Stock. Leise drehte ich den Schlüssel im Schloss und öffnete die Tür. Aus dem Wohnzimmer klang gedämpfte Musik. Alle Räume waren hell erleuchtet. Auf Zehenspitzen inspizierte ich die Küche, das Wohnzimmer, mein Arbeitszimmer und das Schlafzimmer. Ständig begleitet von den Klängen eines Symphonieorchesters, dessen Streicher versuchten, mein ohnehin vernebeltes Hirn noch mehr einzulullen.

Mit dem Paukenschlag, der ein unerwartetes Furioso einleitete, entdeckte ich die Karte auf dem Wohnzimmertisch.

»Ich hoffe, Sie waren zufrieden«, stand da in schwungvollen Lettern. Und darunter ein kleiner Zusatz: »Ich bin es jedenfalls.«

Die Buchstaben verschwammen vor meinen Augen. Blitzschnell drehte ich mich um, als ich eine Bewegung hinter mir wahrnahm. Doch ich hatte mich getäuscht. Außer mir war niemand anwesend.

Noch einmal inspizierte ich meine gesamte Wohnung. Selbst das Badezimmer, die Vorratskammer und den Besenschrank ließ ich nicht aus.

Und dann bemerkte ich die winzige Veränderung.

Bereits eine halbe Stunde später klingelte es an meiner Tür.

»Hauptkommissar Elflein«, stellte sich der zart gebaute Mann vor und zeigte mir seinen Dienstausweis. Mit leiser Stimme dirigierte er eine zweite Person, ganz in einen weißen Overall gehüllt, durch meine Wohnung. Einem Nachtfalter gleich, flatterte der Weiße mit Pinsel und Folie in der Hand durch die Räumlichkeiten, stets den Anweisungen seines Chefs folgend.

Sowohl der Nachtfalter als auch der Kommissar lehnten das Bier ab, das ich ihnen anbot. Während ich den beiden zusah, leerte ich drei Flaschen.

Das Handy und die handgeschriebene Karte steckte der Kommissar in eine Plastiktüte und überreichte beides seinem schweigsamen Kollegen. Keine geheimnisvollen Botschaften mehr. Schade. Ein Gefühl des Bedauerns beschlich mich. Ich hatte mich an das Handy gewöhnt.

»Wir suchen nach Fingerabdrücken«, erklärte Elflein. Ich zuckte mit den Schultern. Wer diese Sache eingefädelt hatte, der hinterließ keine Fingerabdrücke. Aber ich wollte Kommissar Elflein keineswegs vorschreiben, wie er zu arbeiten hatte. Ich wollte nur noch ins Bett. Auch die beiden Polizisten sahen müde aus, als sie sich um halb zwei in der Nacht von mir verabschiedeten.

»Sie sind übrigens nicht der einzige Geschädigte«, sagte Kommissar Elflein, bevor die Tür hinter ihm ins Schloss fiel.

»Du hast dich selbst übertroffen, Martin«, sagte Hermann und schob den leeren Teller von sich. Sein Gesicht glänzte vor satter Zufriedenheit, so wie die Haut unserer ›Marburger Gans‹ geglänzt hatte, bevor wir ihr zu Leibe rückten. Ich war ebenfalls zufrieden und hob mein Glas in Hermanns Richtung.

»Auf unsere Freundschaft«, sagte ich und spülte den Rest des bitteren Aspiringeschmacks hinunter. Die Tablette war zur Bekämpfung meiner gestrigen Eskapade nötig gewesen. Eigentlich war die Hochheimer Hölle dafür zu schade.

»Auf unsere Freundschaft«, antwortete Hermann.

Streicherklänge aus der Ouvertüre des ›Tannhäuser‹ untermalten diese Beteuerung. Dass die CD eine Hinterlassenschaft der Unbekannten war, hatte ich Kommissar Elflein vorenthalten.

Ich war froh, dass Hermann mir verziehen hatte. Er war eben doch ein wahrer Freund.

»War ja wohl ein ziemlich teures Abendessen gestern«, sagte er. Sein Blick wanderte durch die geöffnete Küchentür zu der hellen Stelle an der Wand im Flur.

»Nicht ganz so schlimm, wie es ausschaut«, sagte ich und unterdrückte eine aufsteigende melancholische Anwandlung. »Die Venus von Lucas Cranach war zwar alt, aus dem früheren neunzehnten Jahrhundert, aber kein Original, sondern nur eine herausragende Kopie.«

»Herausragend, aha«, sagte Hermann. Alles Weitere interessierte ihn nicht. Sein Metier war die Technik. Von Kunst verstand er nichts.

Mich schmerzte der Verlust trotzdem. Diese Kopie war für mich persönlich wertvoller als das Original. Nicht materiell, sondern ideell gesehen. Und an die Gegenwart meiner kupferhaarigen Venus mit ihrer milchweißen Haut und dem Katzenblick hatte ich mich gewöhnt.

Vor nicht allzu langer Zeit hatte die Fränkische Galerie in meiner Geburtsstadt Kronach angefragt, ob sie diese Kopie von mir ausleihen könnte. Man wolle den Besuchern den Vergleich zwischen dem Original und der Kopie eines unbekannten Künstlers erlauben. Eine Anfrage, der ich freudig zugestimmt hatte. Allerdings hatte ich bereits damals die Gegenwart meiner Venus schmerzlich vermisst und war froh, als sie nach der Ausstellung ihren Platz in meiner Diele wieder einnehmen konnte.

Der Kopist hatte den dünnen Schleier, der im Original den nackten Körper der Venus kaum verhüllte, so unnachahmlich durchsichtig und verbergend zugleich gestaltet, dass Fachleute der Meinung waren, er habe damit selbst den alten Meister übertroffen. Diese Expertenmeinung war auch in der überregionalen Presse veröffentlicht worden. Allerdings waren dort die Besitzverhältnisse der jeweiligen Bilder etwas unklar ausgedrückt. Auch die Tatsache, dass das Original wieder an seinen angestammten Platz in der Frankfurter Städelschen Kunstsammlung zurückgekehrt war, wurde nicht erwähnt.

Ich seufzte und versuchte mich mit einem Schluck Riesling zu trösten. Mit Frauen, selbst wenn sie nur in einem Gemälde verewigt waren, hatte ich anscheinend kein Glück. Ich konnte sie nicht halten. Auf Hermann hingegen war Verlass.

Zufrieden lehnte ich mich zurück und begann von vorn zu lesen. Die ersten Kapitel meines neuen Romans waren fertig. Neben meiner weiblichen Hauptfigur, Superagentin und Diebin aus einem fernöstlichen Land, wobei ich noch zwischen Korea und Thailand schwankte, würde sich James Bond wie ein ungehobelter Holzklotz ausnehmen. Im Auftrag ihrer Regierung stahl meine Heldin Kulturgüter ihres Heimatlandes, die von reichen Sammlern entführt worden waren, und brachte sie den rechtmäßigen Besitzern zurück. Kein Safe, keine noch so ausgeklügelte Alarmanlage konnte sie aufhalten. Die unrechtmäßigen Besitzer der Kunstschätze lockte sie mit einem einfachen, aber wirkungsvollen Trick aus ihren Villen.

Ich sah meine Superagentin deutlich vor Augen. Schwarz glänzendes Haar, Pagenschnitt. Braune Mandelaugen. Die Lippen voller Verheißung. Unterhalb des rechten Mundwinkels ein kleiner Schönheitsfleck. Gleichmäßige Zähne. Ein schlanker, durchtrainierter Körper, das waren ihre äußeren Merkmale.

Mit der linken Hand umklammerte sie gerade ein hauchdünnes Stahlseil. Lockerte den Griff, trat über die Brüstung und glitt pfeilschnell aus der schwindelnden Höhe eines Hochhauses herunter. Böiger Wind zauste ihr glattes Haar und ließ ihren schlanken Körper hin und her pendeln. Im schwarzen Leder ihres rechten Handschuhs blitzte ein …

Das Telefon klingelte. Ich ging in den Flur und hob ab. Es war Kommissar Elflein.

»Hätten Sie heute Zeit? So um zwei, bei uns auf der Polizeidienststelle?«

»Wozu?«

»Wir brauchen Ihre Fingerabdrücke zum Vergleich.«

»Kein Problem«, sagte ich. Obwohl ich es bedauerte, meine neu erschaffene Heldin im Stich lassen zu müssen.

»Außerdem wollen wir mit Ihrer Hilfe ein Phantombild erstellen. Sie haben die Frau gesehen, Herr Pozini. Als Schriftsteller müssten Sie doch eine gute Beobachtungsgabe haben.«

»Selbstverständlich«, stimmte ich zu.

Ich sah keine Schwierigkeit darin, das Bild der Unbekannten vom Wochenmarkt aus meinem Gedächtnis abzurufen.

Gerade als ich im Begriff war, das Haus zu verlassen, klingelte erneut das Telefon. Diesmal war es mein Verleger. Ich hatte ihm von meinem neuen Vorhaben berichtet, eine asiatisch aussehende Serienfigur ins Leben zu rufen, die es mit James Bond gut und gerne aufnehmen könnte. Ein Probetext lag ihm bereits vor.

»Herr Pozini, ich bin begeistert«, begrüßte er mich überschwänglich. »Das wird ein absoluter Knüller. Glauben Sie mir. Ihre Kim Sung, oder wie Sie die Dame auch immer nennen mögen, hat das Zeug zur Serienfigur. Also: unbedingt dranbleiben. Je eher Sie mir den Roman abliefern, umso schneller können wir in Druck gehen.«

Nur allzu gern hätte ich seiner Aufforderung Folge geleistet. Doch ich musste erst zur Polizei. Dort würde ich die Dame vom Wochenmarkt folgendermaßen beschreiben: Kupferrotes langes Haar, milchweiße Haut und ein Katzenblick. Besonders das mit dem Katzenblick stimmte genau.

Im Stillen hatte ich längst beschlossen, dass Kim Sung, die Heldin meiner zu erwartenden Romanserie, zwischen zwei Buchdeckeln wesentlich besser aufgehoben war als auf einem Fahndungsplakat. Und wenn ich meine Venus einmal vermissen sollte, dann werde ich einen Ausflug in das Städel nach Frankfurt unternehmen. Ohne Hermann.

NACHWORT

Hessen ist nicht nur ein Land mit vielen Spezialitäten: Grüne Soße, Arme Ritter, besondere Wild- und Geflügelrezepte, Grie Pannekuchen, Frankfurter Kranz und vieles mehr kann man hier zusammen mit einem saftigen Apfelwein genießen. In seinen Städten und Ortschaften lässt es sich auch wunderbar literarisch erdrosseln, vergiften, erdolchen. Diese beiden Leidenschaften miteinander zu verbinden und dem Leser kulinarische Morde zu präsentieren, war das Ziel dieser „Tatorte Hessen“.

Entstanden sind mörderisch gute Geschichten rund um bekannte und unbekannte hessische Gerichte. Natürlich sind zumindest die Rezepte alle zum Nachmachen geeignet. Dafür verbürgen sich die hessischen Krimiautoren. Vom Nachmachen der Morde möchten wir dagegen abraten - sie wurden von den Autoren nur in Gedanken erprobt und in der Fantasie verübt.

Ich danke den Krimiautoren dieses Buches für ihren Kurzkrimi und für die Mühe, die passenden Rezepte zu finden und in die Geschichte zu integrieren.

Nun wünsche ich allen viel Spaß beim Lesen, gutes Gelingen beim Kochen und keine mörderischen Gedanken beim Essen.

Lothar Ruske

BIOGRAPHISCHES ZU DEN AUTORINNEN UND AUTOREN

Uli Aechtner

Uli Aechtner studierte Germanistik, Philosophie und Kunstwissenschaften in Bonn. Sie arbeitete als TV-Journalistin für das Französische Fernsehen TF1, für den SWR in Mainz und Baden-Baden und für das ZDF. 1984 gewann sie das internationale Journalisten-Stipendium ‚Journalistes en Europe' am Centre de Formation et de Perfectionnement des Journalistes, CFPJ, in Paris. Seit 1992 lebt sie als freie Autorin mit ihrer Familie in Bad Vilbel. Sie ist Mitglied bei den Sisters in Crime und im Syndikat.

1995 Too much TV, Roman, Rotbuch, Hamburg, Lektorat: Gabriele Dietze
1998 Talk Show Down, Roman, ebenda
2000 Wallensteins Wehr, Kurzkrimi in: Dunkle Wassermänner, Eichborn Verlag, Frankfurt am Main, Lektorat: Thea Dorn
2001 Programmschluss, Roman, Fischer Taschenbuch Verlag, Frankfurt am Main, Lektorat: Ingeborg Mues
2002 Meine erste Million, Roman, ebenda
2003 Liebe Frau Senta, Roman, ebenda

Zahlreiche Kurzgeschichten in Zeitschriften und in Anthologien bei S. Fischer, Scherz, Rowohlt u.a. Den Roman ‚Too much TV' gibt es in Blindenschrift, der Kurzkrimi ‚Wallensteins Wehr' wurde ins Südkoreanische übersetzt.

Cornelia Christina Anken

(Jahrgang 1967) wurde in Frankfurt am Main geboren. Dem Abitur schloss sich ein Studium an der Frankfurter Johann Wolfgang Goethe-Universität mit dem Abschluss „Magister Artium" an. 1991 war sie Preisträgerin des „Jungen Literaturforums Hessen/Thüringen"; es folgten Lyrik-Publikationen. Seit 1999 ist sie freie Texterin und Übersetzerin. 2002 war sie Preisträgerin des „MordsChancen-Wettbewerbs" der Zeitschrift „Journal Frankfurt". Zur Buchmesse 2002 folgte der Kriminalroman „Narrenspiele". Im November 2003 stellte sie den Episodenroman „Before Better Roads" fertig. Anken lebt in Frankfurt.

Dieter Bromund

Dieter Bromund, 1938 in Westpreußen geboren, aufgewachsen in Niedersachsen, schreibt seit seinem 16. Lebensjahr. Arbeitete nach dem Studium als Werbe- und PR-Berater. Seit 1969 in Buchschlag lebend, verheiratet, zwei erwachsene Töchter, einen Enkel. Lebt weiter vom Schreiben und Übersetzen. Mehr als 20 eigene Bücher, 21 übersetzte, viele Kurzgeschichten und zahlreiche Funkfeatures und Hörspiele. Die Kurzgeschichte „Die Geschichte des Alan Macleod ..." (in „Mordlichter", Leda, 2001) wurde für den Glauser nominiert, ebenso sein Roman „Die wandernden Sände" (Leda, 2002).

Andrea C. Busch

Andrea C. Busch ist Diplom-Übersetzerin, Schriftstellerin und Herausgeberin. Sie wurde 1963 in Darmstadt geboren und lebt in Groß-Zimmern. Schon früh wurde sie von Reinhard Meys "Der Mörder ist immer der Gärtner" inspiriert. Ihre kriminelle Karriere begann im Alter von 25 Jahren mit einer Diplomarbeit über die verbrecherisch schlechte Übersetzung eines niederländischen Kriminalromans. Es folgten eine vierjährige Innendiensttätigkeit im Verkauf von Membranen für DNA-Analysen und mehrere Jahre freiberuflicher Übersetzungstätigkeit. Seit 2001 arbeitet Andrea C. Busch an der TU Darmstadt.

Mord zwischen Lachs und Lametta, (mit Almuth Heuner), Gerstenberg 2005

Mord im Grünen, (mit Almuth Heuner), Gerstenberg 2001

Bei Ankunft Mord, (mit Almuth Heuner), Gerstenberg 2000

Mord zwischen Messer und Gabel, Gerstenberg 1999, erweiterte Neuausgabe 2001

Mord stinkt zum Himmel, Econ 1996, Neuauflage 1998

Anne Chaplet

Anne Chaplet wohnt in Frankfurt am Main und in Südfrankreich und veröffentlichte 1998 mit „Caruso singt nicht mehr" ihren ersten Roman. Ihr siebter, „Sauberer Abgang", erschien im Frühjahr 2006. Unter dem Namen, der in ihrem Paß steht, dem der promovierten Politikwissenschaftlerin und Historikerin Cora Stephan, hat sie zahlreiche Sachbücher verfaßt. Für ihre Romane wurde sie mit dem Radio-Bremen-Krimipreis und zweimal mit dem Deutschen Krimi Preis ausgezeichnet. Sie ist Mitglied bei den Sisters in Crime und im Syndikat.

Klaus-Joachim Frahm

Frahm, Klaus-Joachim, Pseudonym: Blindschleich; geboren am 27. März 1954 in Kiel, wohnt mit Ehefrau und den Zwillingen Joanna Liv und Niklas Till in Eisemroth. Nach zahlreichen Jobs unter anderem als Blumenhändler, Lumpensammler, Fensterputzer, Gärtner, Taxifahrer und Werbetexter, Studium der Philosophie, Literatur- und Musikwissenschaften in Gießen. Abschluss über aktuelle Humortheorien. Arbeitet als freier Journalist für verschiedene Medien, Schwerpunkt Musik- und Literaturkritik. Autor zahlreicher Kriminalgeschichten.
Veröffentlichungen:
Kurzkrimis in Zeitschriften, Zeitungen und Anthologien. Unter anderem:
„Kristallklar", in Tatorte Hessen, Societäts-Verlag 2004, „Ein lästiger Fahrgast" in Mörderisches Wiesbaden, Societäts-Verlag 2005, „Eingemacht in Vallendar" in Tatorte, Kontrastverlag 2006.

Andrea Isari

Andrea Isari, 1954 in Koblenz am Rhein geboren, bildete sich nach dem Abitur zunächst in Frankreich und Italien fürs Leben weiter, um anschließend das Studium der Rechtswissenschaften zu absolvieren. Abschluss erstes Staatsexamen in Freiburg im Breisgau.
Dann bot sich die Chance, die juristische Ausbildung teilweise ins Ausland zu verlegen. Sie ging nach Brasilien. Drei Jahre spä-

ter kam sie zurück, um in der Geburtsstadt Begonnenes zu beenden, und bestand 1985 das zweite juristische Staatsexamen. Doch der Wunsch, in den Journalismus zu gehen, wurde übermächtig. Sie absolvierte ein Zeitungsvolontariat und berichtete bis 1998 als Korrespondentin für verschiedene Medien über Politik und Wirtschaft aus Bonn. Bereits während dieser Jahre verbrachte sie erneut viel Zeit in Italien und heiratete einen Römer. 1998 zog sie für zwei Jahre nach Rom. Ende 2000 kehrte sie nach Deutschland zurück, um in Frankfurt zu leben und zu arbeiten.

Bibliographie:
Römische Affären (2003)
Eine Arie für die Diva (2004)
Letzter Tanz am Tiber (2006)
Alle im Piper Verlag erschienen.

Vera Kaltwasser
studierte Germanistik, Anglistik und Psychologie. Aus Interesse an dem Gebiet der Persönlichkeitsentwicklung machte sie zusätzliche Ausbildungen in Supervision, Psychodrama und Qi Gong. Die praktische Lehr- und Beratungstätigkeit verbindet sie seit vielen Jahren mit schriftstellerischer Arbeit (freie Mitarbeit beim Hessischen Rundfunk, Fachautorin, Krimi-Autorin).

Susanne Kronenberg
Susanne Kronenberg, 1958 im niedersächsischen Hameln geboren, studierte nach dem Abitur in Göttingen und Hannover, schloss im Fach Innenarchitektur als Dipl.-Ing. ab und konnte anschließend ihren Wunsch verwirklichen, auf journalistischem Gebiet zu arbeiten. Während ihrer Tätigkeit als Redakteurin entstand das erste Jugendbuch, dem zehn weitere, mit Übersetzungen in mehrere Sprachen, und zwei Fachbücher zum Thema Reiten und Pferde folgten. 2005 erschien der erste von inzwischen drei Kriminalromanen, als deren Schauplatz die Autorin, selbst eine begeisterte Reiterin, einen Pferdehof in Hameln wählte. Seit 1996 lebt Susanne Kronen-

berg mit ihrem Mann in ihrer Wahlheimat Wiesbaden. Bei ihren Reisen von Hessen nach Niedersachsen ist sie immer wieder gefesselt von der weiten Landschaft der Rhön.
Kriminalromane, erschienen im Gmeiner-Verlag:
Pferdemörder (2005)
Flammenpferd (2005)
Kultopfer (2006)

Krystyna Kuhn
Krystyna Kuhn, 1960 in Würzburg geboren, studierte Slawistik, Germanistik und Kunstgeschichte, zeitweise in Moskau und Krakau. Sie arbeitete als Redakteurin für ein mittelständisches Softwareunternehmen und ist seit 1998 freiberufliche Autorin von Kriminalromanen und Kurzgeschichten. Krystyna Kuhn lebt im Spessart, wo ihre zweifelhafte Liebe zum Verbrechen mit den Spessarträubern seinen Anfang nahm. Ihre literarische Hauptstadt ist Frankfurt.
2001 Fische können schweigen, Piper
2003 Die vierte Tochter, Piper
2005 Engelshaar, Piper
Februar 2007, Wintermörder, Goldmann

Richard Lifka
(Jahrgang 1955) wurde in der hessischen Landeshauptstadt geboren. Er studierte in Mainz und Frankfurt Germanistik und Soziologie. Von 1983 bis 1989 war er Lektor an der Cuza-Universität im rumänischen Iasi. Seit 1990 arbeitet er als Autor und Journalist. Lifka lebt in Wiesbaden.

Marianne Reuther
(Jahrgang 1929) wurde in Ortenberg geboren. Sie wuchs in Frankfurt am Main und Wohnbach (Wetterau) auf; es folgten berufliche Stationen an der Lehrerbildungsanstalt in Königstein und der Werkkunstschule in Offenbach. Seit 1990 schreibt Reuther Kriminalerzählungen, Romane und Gedichte. Marianne Reuther lebt in Dreieich (Landkreis Offenbach).

Lothar Ruske (Herausgeber)
Geboren 1947, lebt in Frankfurt/Main. Er ist PR-Berater mit Schwerpunkt Kulturevents und Literaturveranstaltungen wie „Crimetime" in Frankfurt, Berlin und Hamburg, war künstlerischer Leiter des Rheingau Literaturfestivals, schreibt Kurzkrimis und ist Herausgeber von Anthologien.

Karin Tränkner
(Jahrgang 1953) wurde in Hechingen geboren. Sie war zunächst Zahnarzthelferin, besuchte dann das Abendgymnasium, arbeitete im Öffentlichen Dienst, im Verlagswesen und seit 1991 beim Hessischen Rundfunk. Bisher hat sie mehrere Kriminalerzählungen geschrieben und arbeitet derzeit an einem Drehbuch. Tränkner lebt in Bad Homburg vor der Höhe (Hochtaunuskreis).

Lea Wolf
Pseudonym für: Gabriele Korn-Steinmetz (Gabriele Keiser) und Wolfgang Polifka.
Gabriele Korn-Steinmetz wurde in Kaiserslautern geboren. Nach dem Abitur studierte sie amerikanische, englische und deutsche Literaturwissenschaft in Heidelberg und Marburg. Sie ist verheiratet und hat zwei Kinder. Lebt und arbeitet in Andernach am Rhein.
Wolfgang Polifka ist 1947 in Kronach geboren. Nach verschiedenen Managementtätigkeiten in der Industrie und vielen Auslandsaufenthalten ist er als Trainer und Personal Entwickler tätig. Er lebt mit seiner Familie in der Nähe von Marburg an der Lahn.
Das Autorenduo publiziert seit 2003 unter dem Pseudonym Lea Wolf und unter eigenem Namen gemeinsam Kriminalromane. Beide Autoren sind Mitglied im SYNDIKAT, der Vereinigung deutschsprachiger Kriminalautoren.
Lea Wolf : KALT IST DER SCHLAF, 2003
Lea Wolf : IM ROTEN SCHEIN DER NACHT, 2005
Gabriele Keiser / Wolfgang Polifka : PUPPENJÄGER, 2006